世界文学への招待

野崎 歓・阿部公彦

JN090559

（新訂）世界文学への招待（'22）

©2022　野崎　歓・阿部公彦

装丁・ブックデザイン：畑中　猛

s-53

まえがき

　地球上にはいったい，どれくらいの数の言語が存在するのでしょうか？　1億人以上が用いている，いわゆるメジャー言語だけでも10を越えます。全体としては7000以上になると言われています。

　「世界文学」には，そのそれぞれの言語が生み出してきた，そして現在も日々生み出し続けている文学作品がすべて含まれるはずです。もし一個人が全体像をとらえようとしても，それはおよそ無理なことでしょう。

　その意味で，世界文学とは一種のマジックワードであるのかもしれません。到底すべてを見渡すことができないという不可能性をはらんでいるからこそ，私たちはいっそう，未知なる世界文学に強く惹きつけられるのです。

　そこで頼りになるのが翻訳です。翻訳さえあれば，自分の知らない外国語で書かれた作品にもアクセスして，それを味わい，楽しむことができるのです。

　文学作品は，原語で読まなければ本当には真の価値を理解できないのではないかと不安に思われるかもしれません。しかし，この授業を受講するみなさんには，そんな懸念は捨て去っていただきたいのです。近年盛んになっている世界文学論では，翻訳が演じる役割の重要さが強調されています。実際上，世界文学というカテゴリーは，翻訳をとおして成り立つと考えてもいいでしょう。翻訳によって国境を越え，言語の壁を通り抜けて，異なる言葉を話す人々に共有されるとき，そこに世界文学が生まれるのです。

　さいわい日本は，伝統的に，翻訳が活発かつ多様に繰り広げられてき

4

た国です。行ったこともない国々の文学作品を自分の国の言葉でいくらでも読むことができる。これぞ贅沢な精神の楽しみというべきではないでしょうか。各国の新しい作品も続々と訳出され続けています。

　それではこれから，いま世界で生み出されている文学と出会うための旅に出発することにしましょう。ここには，フランスやアフリカ，ラテンアメリカや韓国など，さまざまな国の生きのいい作品が並んでいます。もちろん日本の作品も扱います。予備知識は何もいりません。名前を聞いたことのない作家が多いかもしれませんが，恐れることはありません。いずれも，どんな読者にも開かれた，そして知的な刺激を与えてくれる作品ばかりです。この科目を受講してくださるみなさんには，文学をとおして世界の現在に触れることの喜び，そして興奮さえをも実感していただけるものと信じています。

　なお，関連科目としては『ヨーロッパ文学の読み方——近代篇（'19)』や『世界文学の古典を読む（'20)』がありますので，ぜひそちらにも足を延ばしてみてください。

　印刷教材の編集は，杉山泰充さんがご担当くださいました。放送教材の製作には草川康之プロデューサー，武谷裕二ディレクターをはじめとする皆様に大変お世話になりました。御礼申し上げます。そして最後になりましたが，インタビュー取材に応じてくださった作家や研究者の方々に，心より御礼申し上げます。

2021年9月
野崎　歓・阿部公彦

目 次

1 『異邦人』から出発する旅 ——カミュとダーウド

野崎　歓

《目標＆ポイント》　フランスの作家アルベール・カミュの小説『異邦人』（1942年）は，現代文学の可能性を切り拓いた画期的作品として世界的な反響を巻き起こし，現在に至るまで広く読みつがれている。同時に，これまでさまざまな批評の対象ともなってきた。『異邦人』がどのような批判を引き起こしつつ，のちの作家たちに刺激を与えてきたのかを学び，「世界文学」のフィールドにおいて，一つの作品が新たな作品を生み出していくダイナミックな過程を辿ってみる。
《キーワード》　フランス文学，小説，不条理，アルジェリア，植民地主義，他者の表象

1. カミュ略伝

　アルベール・カミュは1913年，アルジェリアのモンドヴィで生まれた。モンドヴィはアルジェから西に500キロ以上離れた小さな町である（現在の地名はドレアン）。父リュシアンはワイン醸造所で働く樽詰め職人だった。父，そして母カトリーヌも生まれはアルジェ近郊だが，元を辿れば父方はフランス，母方はスペインからの移民の一族である。リュシアンは1914年，第一次大戦の勃発とともに徴兵され，同年9月，フランス軍アルジェリア歩兵隊の一員として戦場に出た。ドイツ軍を迎え撃つマルヌ会戦の際，砲弾の破片が頭部を直撃，その負傷によりリュシアン

は同年10月に戦死した。アルベールには父親の記憶がない。

　未亡人となったカトリーヌは，二人の男児（兄リュシヤンとアルベール）を抱えてアルジェ市内の母の家に身を寄せ，家政婦をして家計を支えた。アルベールは貧困のうちに育ったが学校の成績はよく，教師の励ましを受けて高校，大学まで進学する。17歳のときに結核にかかり喀血，死を覚悟するという出来事があったが，海水浴とサッカーを愛し，友人たちと演劇活動に打ち込んだ。卒業後は地

写真1-1　アルベール・カミュ
（写真提供　ユニフォトプレス）

元紙「アルジェ・レピュブリカン」（のち「ソワール・レピュブリカン」）の記者として働きながら作家を志す。

　1939年，第二次大戦が勃発。平和主義を唱える「ソワール・レピュブリカン」は廃刊を強いられた。カミュは結核ゆえに徴兵を免れ，パリに出て「パリ・ソワール」紙の記者となった。『異邦人』の原稿は1940年5月，パリで書き終えたことがカミュの手帳の記述からわかる。アルジェにいたころから取り組んでいたこの作品の後半部分を，カミュはモンマルトルの安宿にこもって完成させたのだった。

　1942年，フランスを代表する出版社ガリマール社から刊行された『異邦人』は徐々に話題を呼び，ジャン＝ポール・サルトルの小説『嘔吐』（1938年）と並び，フランス文学の新傾向を代表する一作と目されるようになる。戯曲『カリギュラ』『誤解』（いずれも1944年），さらに長編小説『ペスト』（1947年）の刊行によって，カミュの名声は国際的に高まった。1956年，43歳の若さでノーベル文学賞を受賞。しかし3年後，カミュは

自動車事故でこの世を去った。執筆を進めていた自伝的小説『最初の人間』は未完に終わったが，1994年に出版された。

　こうしてカミュの人生を概観してみたとき，そこにフランスによる植民地支配の影が幾重にも落ちていることを意識しないわけにはいかない。フランスは1830年にアルジェリアに侵攻してアルジェを占領。激しい抵抗運動を鎮圧し，1848年にはアルジェリア全土を支配下に収めた。カミュの父がフランス軍の兵士として徴兵され戦死したのも，その遺児であるカミュがアルジェにおいて「フランス国家の遺児」制度（フランス軍兵士の遺児の教育を支援する制度）により奨学金を得たのも，ひいては彼が「フランス文学」を代表する作家となったのも，すべてはアルジェリアがフランスの植民地だったためである。

　植民地制度とは，支配する側の植民者と，支配を受ける側の被植民者のあいだに絶えず軋轢や葛藤を生み出すものである。また法律や教育制度はフランス本国と同一だとしても，現実には本国に対しアルジェリアは住民の構成も文化・伝統もまったく異なる「外国」である。1936年の時点で，アルジェリアの住民のうちヨーロッパにルーツをもつ者の占める割合は14パーセント，現地の人間（植民地化以前からこの地に住んでた人々）は86パーセント[1]。ヨーロッパ出身者にはフランス人以外に，カミュの母親の一族のようなスペイン系，あるいはユダヤ系も含まれていた。現地の人間の多くはアラビア語を話すが，イスラーム化される以前からの住民であるベルベル人も存在し，彼らは異なる言語を用いる。またカミュが育った下町で話されていたのは「パトゥエート」と呼ばれる，独特の訛りのある簡素なフランス語だった。

2. フランス文学の純粋形？

　ノーベル賞作家カミュが綴る格調高いフランス語は，彼が生まれ育っ

---

1) Augustin Bernard, «Recensement de 1836 dans l'Afriqne du Nord», *Annales de géographie*, t. 46, n° 259, 1937, p.84.

た環境においてはきわめて抽象的な，ほとんど現実から遊離したもの
だったとも考えられる。そもそもカミュの母は文字が読めず，カミュの
家には一冊も本がなかったという。

『異邦人』が刊行されたとき，批評家たちはこの作品をまさしく高度
な抽象性を備えたものとして読み，競って解釈を試みた。そこには，一
見きわめてシンプルで読みやすく透明に書かれているにもかかわらず，
その実，とらえがたく謎めいた側面をもつ作品の深いパラドクスが表れ
ていたともいえる。その象徴となったのが有名な冒頭部分である。

　　きょう，母さんが死んだ。きのうだったかもしれないが，わからな
　い。養老院から電報が届いた。『ハハウエシス／ソウギアス／ケイグ』
　これでは少しも意味をなさない。おそらくきのうだったのだろう。(以
　下，引用は野崎試訳による)

これはおそらく，フランス小説の冒頭として最も人口に膾炙したもの
である。フランス語読者にとっては，文章語としての単純過去ではなく，
口語の複合過去で文学作品が書き起こされた点に革新的意義があった。
翻訳で読んでも，語り手にして主人公であるムルソーのクールな佇まい
が，感傷を排した文体からまざまざと浮かび上がってくるだろう。きり
りと引き締まった文章は，一見あくまで明快であり，主人公の姿もまた，
理解しにくい部分があるとしても，母の死に涙をこぼさない一種の非情
さにおいて一貫している。

感情を表に出さない主人公ムルソーは，つねに周囲のものを凝視する
男として描かれている。養老院まで出かけて行ったムルソーは，霊安室
に通される。

　　中に入った。とても明るい部屋で，石灰で白く塗ってあり，天井が
ガラス張りになっていた。椅子と，Ｘ型の台がいくつかおいてあった。
そのうちの二つが，部屋の中央で棺を支え，棺には蓋がしてあった。
見えるのはきらきら光るねじだけで，ねじは完全には締められないま
ま，褐色に染められた板から頭を出していた。

　母の棺の蓋からわずかに飛び出している「きらきら光るネジ」にじっと
注がれる視線には，いわば光源を感知してそちらにレンズを向けるカメ
ラのごとき語り手ムルソーの特質が表れている。ものの形や色に関する
視覚的描写が優勢で，心理描写は抑制されている。その点をとらえて，
批評家ロラン・バルトは『異邦人』を「オブジェクティフ文学」（フラ
ンス語のオブジェクティフは「客観的」という形容詞であるとともに「対
物レンズ」という名詞としても用いられる）を切り拓いた作品と位置づ
け，「白いエクリチュール（文体）」と呼んだ。第２次大戦後，フランス
では従来のリアリズム小説が前提としていたような世界に対する意味づ
けの破壊を旨とする「アンチ・ロマン（反小説）」，「ヌーヴォー・ロマ
ン（新しい小説）」の動きが先鋭化していった。『異邦人』はその流れの
中で一つの模範と仰がれたのである。
　とりわけ大きかったのは，サルトルの実存主義思想との同時代性であ
る。世界は「不条理」で意味を欠いていると喝破して，サルトルは超越
者としての神を否定し，人間の根源的な自由を主張した。カミュもまた，
『異邦人』から間髪おかずに刊行した哲学的エッセイ『シーシュポスの
神話』（1942年）で，「不条理」の語を世界認識の鍵として用いた。その
結果，カミュはたちまち実存主義陣営のもう一方の雄と目されるに至っ
た。すなわち『異邦人』は，哲学思想と緊密に結びついた，フランス現
代文学のいわば純粋形として受容されることになったのである。サルト

ルが評論「『異邦人』解説」（1943年）において，この小説を「不条理を
めぐり不条理に抗って」書かれた「古典的作品」と位置づけたことで，
フランス純文学の系譜に連なる傑作という評価は決定的なものとなっ
た。

3. 『異邦人』，フランスの彼方へ

　今から振り返ると，そのことによって『異邦人』のはらむ二つの要素
が見えにくくなったのではないかと思われる。一つは，それが全編アル
ジェを舞台とし，アルジェリアの太陽と海を背景とする「アフリカ小説」
だという点。もう一つはフランス純文学のみならず，アメリカ現代小説
の潮流ともクロスする世界文学性を備えた作品だという点である。

　第一の点に関しては，『異邦人』を論じた初期の評者たちが作品のア
ルジェリア的要素にほとんど触れておらず，むしろそれを暗に等閑視し
ようとしたことが指摘できる。重要な批評家にして思想家モーリス・ブ
ランショは，この作品の特異な意義にいち早く反応した一人である。ブ
ランショは，カミュは人間的現実とその表現のあいだに「越えがたい距
離」を創り出し，その主人公ムルソーは「根源的な不在」を表現してい
るとして透徹した分析を展開した。しかし同時に彼は，ムルソーが母の
死後すぐに「プールに泳ぎに行った」と記している[2]。これはもちろん
プールではなく「海」が正しい。作品がアルジェリアの土地に根差して
いる点が捨象されていることが感じられる。

　第二の点に関しては，カミュ自身がアメリカのいわゆるハードボイル
ド小説やミステリを愛読しており，そこからインスピレーションを得て
いたことを考え合わせる必要があるだろう。人物の感情や心理を掘り下
げず，行動の描写を主体とするアメリカ小説のあり方は，フランス文学
の伝統とは異質なもので，カミュやサルトルに大いに刺激を与えたので

2）アメリカの研究者アリス・カプランによる指摘（Alice Kaplan, *En quête de
　L'Etranger*, traduit par Patrick Hersant, Gallimard, 2016, p.170）。

ある。『異邦人』に関しては特にジェームズ・M・ケインの『郵便配達は二度ベルを鳴らす』（1934年）がヒントとなっている。

　ケインの小説では，ガソリンスタンドに雇われた主人公の青年が，ガソリンスタンドの「ギリシア人」経営者の妻と恋仲になり，妻と共謀して夫を殺害する。いささか無頼な青年のぶっきらぼうな語り口とともに，『異邦人』が受けついでいるのは，青年の「手記」というケイン作品の形式である。青年が独房にとらわれの身であることも『異邦人』第二部と共通する。さらにはケイン作品において被害者がもっぱら「ギリシア人」とのみ呼ばれているのも，『異邦人』でムルソーが銃弾を浴びせる相手が「アラブ人」とのみ呼ばれていることと似通っている。ケインの作品は1936年にガリマール社からフランス語訳が出版された。カミュがこの作品を読んだことについては親友パスカル・ピアの証言がある（ベルナール・パンゴー『カミュの「異邦人」』審美社，1975年を参照）。『異邦人』が同時代のアメリカ文学の刺激を受け止めて成り立ったことを忘れるわけにはいかないだろう。

4. アルジェリアからの問題提起

　文学的斬新さがもっぱら論じられた時期を経て，『異邦人』をめぐる論調に大きな変化が生じたのは1980年代，いわゆるポストコロニアル批評が活発化して以降である[3]。「どう」書かれているか以上に「何が」書かれているか（あるいは書かれていないのか）が問われるようになった。すなわち，作中でムルソーに殺害される「アラブ人」の問題である。

　強いインパクトを与えたのはエドワード・サイードによる批評だった。『異邦人』のアラブ人たちには名前が与えられていない。サイードは『文化と帝国主義』の一章において，そこに「きわだってフランス的な帝国支配の現実」（大橋洋一訳，みすず書房，1998年）を見出した。実際，

3）植民地主義に対する批判を根底に据えたポストコロニアル批評については，丹治愛・山田広昭編『文学批評への招待』放送大学教育振興会，2018年，第13・14章（木村茂雄執筆）を参照のこと。

カミュの小説中では，浜辺におけるアラブ人との対決が緊迫した場面を形作り，ついにはピストルの轟音が鳴り響くことになる。第一部の幕切れで語られる事件の模様を引用しておこう。ムルソーの友人レーモンはアラブ人とのあいだに揉め事を起こし，ナイフで切りつけられ傷を負っていた。一人で浜辺を歩くムルソーはそのアラブ人と出くわす。

引き返しさえすればいいんだ，それでおしまいなんだと思った。しかし，太陽で昂ぶった浜辺全体がぼくの背後にのしかかっていた。ぼくは泉のほうに何歩か進んだ。アラブ人は動かなかった。何といっても，彼はまだかなり遠くにいた。顔が陰になっているせいか，笑っているように見えた。（中略）太陽に焼かれるのに耐えられなくなって，ぼくは前に進んだ。そんなのは馬鹿げている，一歩前に出たところで太陽から逃げられないとはわかっていた。するとアラブ人は，体を起こさないままナイフを取り出し，太陽にかざしてみせた。

ムルソーは「太陽のシンバル」に額を打たれるように感じ，したたり落ちる汗で両目が見えなくなる。そのとき，「すべてがぐらりと」し，彼は犯罪へと向けて決定的な一歩を踏み出してしまう。

全身がこわばり，ピストルを握りなおした。引き金が動き，ぼくは銃尾のなめらかな腹に触れた。そのとき，乾いた，そして耳が聞こえなくなるほどの轟音のなかですべてが始まったのだ。ぼくは汗と太陽を振り払った。自分が昼間の均衡と，幸せにすごした浜辺の特別な沈黙を打ちこわしてしまったことを理解した。そこでぼくはさらに四発を，ぐったりした体に向かって撃ち込み，弾は痕跡も残さずに食い入った。それはまるでぼくが不幸の扉を叩いた，四つの短い音のようだった。

　のちに裁判で反抗の動機を問い詰められたムルソーが「それは太陽の
せいだ」と，いささか異様な弁解を口にすることはよく知られている。
しかし引用に描かれているのはまさに，夏の炎天下，太陽を相手取って
の闘いなのだ。その闘いにムルソーは破れ，まったく無駄な殺人を犯す
結果となった。あたかもギリシア神話の一挿話のような壮麗な悲劇性を
感じさせる。そこにはまた，人生においては不意に，意味を欠いた「不
条理」な空隙がぽっかりと口を開きかねないことが衝撃的に示されても
いる。それをサイードは「人間の条件についての寓話」とあえて皮肉に
呼んだ。確かに，ムルソーの物語の中では，裁判においてさえ，被害者
の名前は一度も明示されない。ひょっとするとムルソーは自分の殺めた
相手の名前を知らなかったのかもしれない。「アラブ人」には父も母も
経歴もないかに思えるとサイードは指摘する。存在を認められていない
にも等しい。その点にサイード以降のポストコロニアル批評は，植民地
化された側の人間の意思を無視し踏みにじる植民地支配の歪んだあり方
を見出そうとした。

　そうした『異邦人』読解の変遷を踏まえつつ書かれた小説が，カメル・
ダーウドの『ムルソー再捜査』である[4]。1970年生まれのアルジェリア
の作家ダーウドは，2013年にアルジェでこの長編第一作を出版（使用言
語はフランス語）。翌年フランスの出版社から刊行されて大きな話題を
呼んだ。冒頭から，挑戦的な姿勢は明らかだ。

　　今日，マーはまだ生きている。
　　彼女はもう何も言わない。でも，話そうと思えばいくらでも話すこ
　とができるだろう。この物語をさんざん繰り返したせいで，ほとんど
　何も思い出せなくなった僕とは正反対だ。
　　つまり，半世紀以上も前の物語ってことなんだ。それが起こったと

4）邦訳は『もうひとつの「異邦人」　ムルソー再捜査』鵜戸聡訳，水声社，2019年。
　以下，同書からの引用にページ数を付す。

きには，みんなその話でもちきりだった。いまもその話をする人たちがいる。でも思い出すのはたった一人の死者のことだけ——恥知らずだと思わないかい，死んだのは二人だっていうのに。ああ，二人だ。もう一人が省かれた理由だって？

一人目は話をすることができたんだ。自分の犯罪を忘れさせることができるくらいね。その一方で，二人目は（中略）自分の名前をもらう暇さえなかった名無しだよ。（9-10頁）

写真1-2　カメル・ダーウド
（写真提供　ユニフォトプレス）

『異邦人』の冒頭を逆転させた最初の一行から，ダーウドの戦略は明白だ（マーは『異邦人』の「母さん」に対応する）。第二段落で言われている二人の死者の一人は死刑囚として処刑されたはずのムルソーであり，もう一人は彼に殺害された「アラブ人」である。ダーウドが綴るのはその「アラブ人」の弟ハールーンが語る物語なのだ。

ハールーンは自分の兄の名前が「ムーサー」だったことを明かす。そして『異邦人』においては「たった一言の権利すら持たなかった」（16頁）兄を復権させるための言葉を——バーでフランス人を相手に思い出を語るという体裁のもと——紡ぎ出す。

「考えてみたまえ，そいつは世界で一番読まれた本のひとつだ。君の作家が名前をくれてさえいたら僕の兄は有名になっていたかもしれない。」そんな言い方には皮肉まじりのユーモアが感じられる。パロディ的な遊戯性も漂わせながら，語り手は「ムーサーがいなくなって（中略）壊れてしまった」（57頁）母親の人生を描き出す。「長い喪」に服す母の

もと，弟たる彼は「生きていることの罪悪感」（63頁）を植え付けられ，「幽霊みたいな子供時代」を強いられた。そしてあるとき『異邦人』を読み，「母さんも僕も招かれていないパーティールームの窓ガラスに顔を押しつけているような気になった」（92頁）のである。

　「すべてが僕たち抜きで行われた。僕らの喪も，そのあとに僕らに起こったこともその痕跡すらない。何にも無しだ，友よ！」そう語り手は嘆く。「ちょっとばかし怒ってもいいだろう，違うかい？　君の主人公があれを本にするなんてことまでせずにせめて自慢するだけで留めていたなら！　あの頃は，あいつみたいなのは何千人もいたんだ。でもあいつの才能こそがその犯罪を完璧なものにしたんだ。」（93頁）

5.「異邦人性」への接近

　こうして物語は，ムルソーおよび「ムルソーの本」（173頁）に対する積年の恨みを晴らす意味をもつことになる。ところがこの作品の小説としての面白さは，後半，そうした復讐譚としての一枚岩の性格が揺らぎ出すところにある。実はハールーン自身，「一九六二年の七月」（142頁）に殺人事件を起こしていたのだ。深夜，自宅の中庭に迷い込んできた白人男を撃ち殺したのである。事件後，尋問に当たったアルジェリアの将軍は，なぜ「われわれとともに」殺さなかったのか，「今週じゃなくて戦争中にな！」と詰問し，ハールーンに平手打ちを食らわす。つまりハールーンがフランス人を殺害したのはアルジェリア独立戦争の終結直後のことで，もはや大義のない，正当化されえない行為だったのだ。「僕の人生ではすべてが無償に思える」（153頁）と彼は述懐する。意味なんかない，どうだっていいと口癖のように呟いていたムルソーに，ハールーンは危険なほど似てくるのである。

　そのことは彼の語りの随所に『異邦人』の文章への目配せが含まれて

いることにも感じられる。最も重要なのは宗教との関係性だろう。物語後半，彼はイスラーム社会で感じる違和感をこんな風に述べる。

　　今日は金曜日。僕の暦では死に最も近い日だ。人々は着替え，おかしな服装をして，寝間着姿のままで通りをぶらついたり，昼日中というのにスリッパ履きで，まるでこの日には礼儀をわきまえずともよいかのよう。僕らのところでは，信仰は内的な怠惰を煽り，金曜毎に人目を引くほどのだらしなさを許可するのであり，あたかも男たちはしわくちゃの不精な身なりで神のもとに向かうかのようだ。(99頁)

　『異邦人』の「日曜日だと思うとうんざりした。日曜日は嫌いだ」というくだりを意識して書かれていると思しい一節である。イスラームの安息日は日曜ではなく金曜で，モスクでの集団礼拝の日と定められている。だが礼拝は形骸化し，だらしない服装が如実に示すとおり精神の「怠惰」ばかりが蔓延（まんえん）しているのではないかとハールーンは冷ややかに眺めている。彼は「拡声器を通して怒鳴り散らすイマーム［導師］の声」に苛立ち，モスクに向かう「信者たちの偽善的な急ぎ足と不誠実」をあげつらう。「金曜日？　そいつは神が休息をとった日じゃない，それは神が逃げ出してもう決して戻らないと決めた日なんだ」(100頁) とまで言い募るとき，彼の言葉はほとんど冒涜（ぼうとく）の響きを帯びる。「あえて言えば，宗教ってものが嫌いなんだな。あらゆる宗教がね！　というのもそれは世界の重さを歪めてしまうからさ。」

　アルジェリアはイスラームを国教とする国である。そのただなかで暮らす人間として，ハールーンはかなり異端的な相貌を帯びている。「宗教というのは，僕にとっては自分の乗らない集団交通機関みたいなもの」だ，「団体旅行はごめんだね」と彼は啖呵を切る (95頁)。社会全体が従

う制度としての宗教のあり方に個人の立場で叛旗をひるがえし，自らの
精神的な自由を主張する態度はまさしく，『異邦人』のムルソーが作品
後半で示していたものだった。死刑囚として獄につながれたムルソーは，
刑務所付き司祭の面会を断り続ける。司祭は不意に彼の独房を訪ねてき
て神の話をし，ムルソーに自分を「神父様（＝わが父）」と呼ぶよう促す。
「そのとき，なぜかは知らないが，ぼくの中で何かが裂けた。大声で叫
び出し，司祭を罵り，祈るなと命じた。司祭の衣の襟を掴んだ。胸の内
をぶちまけながら，喜びと怒りの入り混じった興奮を覚えた。」ムルソー
は，死にゆく自分の運命を昂然と引き受け，来世など望まない者として
の信念を，司祭にむけて激しく主張する。それまで周囲に内面をまった
く示さなかった彼が堰を切ったように語り出す瞬間だ。

　ダーウドの主人公ハールーンがイマームに向ける不信は，そんなムル
ソーの司祭に対する攻撃性に呼応している。「反ムルソー」の立場で『異
邦人』に挑戦していたはずのハールーンは，信仰をめぐる思考において，
ムルソーと深く共鳴し，その精神を受け継ぐかのような反逆性を明らか
にする。カミュの小説と対峙することで，実のところハールーンは，自
ら「僕の異邦人性」（133頁）と呼ぶような，自己の精神の実相を探り当
てたのである。

6. 『異邦人』への回帰

　サイードによる批評やダーウドによる異議申し立ては，われわれに『異
邦人』へ，そしてカミュへとふたたび立ち戻ることを促してくれる。植
民地主義の現実やアラブ人の置かれていた状況が，カミュの小説にとっ
て一種の「死角」になっていた点をサイードは突いた。ダーウドはそこ
に新たな物語の糸口を見出した。

　とはいえ本当にそれはカミュにとって「死角」だったのかと，さらに

問うことができるだろう。サイードとダーウドに共通するのは，登場人物であるムルソーと作者アルベール・カミュを同一視し，植民地主義的な態度を難じるやり方だ（アルジェリアで出版された最初のバージョンで，ダーウドはアラブ人を殺害した男を「アルベール・ムルソー」という名で呼んでいた）。しかし実際には，ムルソーはカミュ自身ではまったくない。新聞記者として世に出たカミュは，すでに1930年代から，アルジェリアにおける植民地政策の悪を告発し，現地人の置かれた困難な状況を訴える記事を書いていた。たとえば1939年7月には，植民者の農場で低賃金にあえぐ農民たちがストを行ったところ不当逮捕された事件を数回にわたり取り上げている。農民たちは取調官の拷問により自分たちに不利な自白を強いられ，裁判で有罪になった。「不正に歯止めをかける」ことが何より大切だと訴える若き記者は，その記事で「モハメド・アリミ，アマール・ベッティシュ……」と原告の名を列挙している[5]。その記事を書いたのと同時期に，彼は『異邦人』の執筆にとりかかっていたのである。

　そもそも「今日母さんが死んだ」という一行目は，ムルソーとカミュ自身の差異を際立たせる書き出しだったとも思える。カミュは，字が読めず言語的コミュニケーション能力にハンディキャップがあった母のことをつねに気にかけていた。アルジェリア戦争勃発時には「私は正義を信ずる。しかし正義より前に私の母を守るであろう」と述べて，テロをも辞さないアルジェリア解放戦線に賛同しようとせず，フランスの左派知識人たちの非難を浴びることとなった。母の葬儀で涙一つ流さず，翌日には女友だちとコメディ映画を観て笑う——そしてその点を糾弾されて死刑判決を受ける——ムルソーとは対照的である。

　だからこそ，ムルソーという人物を造形し得たことはカミュにとって，社会派記者としての活動とは異なる，大きな意義をもったのではないか。

5）Camus, *Œuvres complètes*, t.I, Gallimard, « Pléiade », 2016, p.732.

根本的にムルソーは，正当化しにくい人物である。動機なき殺人を犯して悔いる様子はない。恋人に「わたしのこと愛してる？」と聞かれると「それはなんの意味もないけれど，でも愛してはいないと思う」とにべもない返事をする。「どっちでも同じことだ」という決まり文句を冷然と繰り返す態度に，社会の偽善を退ける潔癖さや倫理観を見ることもできなくはない。だがアラブ人を一個の人間として尊重しない様子が，植民地の白人という限界を露呈させているのは確かだろう。

　つまりムルソーはおそらく作者自身にとっても煮ても焼いても食えない，厄介な男だったはずだ。だからこそムルソーは，意味づけの困難な世界に対峙する，人間としての一つの「原型」を提示し得たのではないか。世界が不条理であるならば人間もまた，かくも不条理でありうる。ムルソーはその事実を生一本な姿で示す人物なのだ。しかもそんな一種ニヒルな彼は，夏の海や晴天，「夜と花の匂い」や「さわやかな大地の匂い」を深く愛する男でもある。司祭との対決の場面で，「あの世」をどう考えているのかと問い質されたムルソーは，「この世のことを思い出せるような暮らしのことさ」と答える。不思議な言い回しだが，あの世など自分には必要ない，この人生を何度でもくりかえしたいという強い願いが伝わってくる。司祭はムルソーに対し「あなたはそれほどまでに，この世を愛しているのですか？」と訊ねていた。まさにそのとおり，ムルソーは一徹に現世を愛し，断固地上に留まろうとする男なのである。

　こうして，他者への無関心や社会に対する反抗と，この世に対する深い愛着をあわせもつ主人公の姿に改めて思い至る。強靭な否定性と根源的な肯定性の融合。そこにムルソーの一種，不思議な魅力がある。ポストコロニアル批評の正当さは理解したうえでなお，われわれが『異邦人』の放つ輝きに惹かれるのはそのためだろう。ムルソーの物語は一個の謎を形作り，読む者の精神に訴えかけずにはいないのだ。

　その呼びかけに応答することが，新たな文学が生まれ出るきっかけともなる。最後に，日本の現代小説の例を紹介しておこう。旺盛な活躍を続ける作家・中村文則は2002年，長編小説『銃』でデビューを飾った。その冒頭はこう書き出されていた。

　　昨日，私は拳銃を拾った。あるいは盗んだのかもしれないが，私にはよくわからない[6]。

　『異邦人』の冒頭部分にインスパイアされた書き出しであることは見まがいようがない。中村自身によれば，「カミュの『異邦人』を読んだ時の衝撃たるやものすごいもの」で，「勢いあまって」フランス語も読めないのに原書を買いに行ったほどだったという。中村が読んだのは窪田啓作訳の文庫本だった。「原作者が書いたものと，翻訳者がそれを訳したものの化学反応で生まれたかなり特殊な文体っていうものに，影響を受けて，僕の作家生活は始まった」のだと中村は自ら分析している[7]。
　翻訳を介して，一つの作品が別の試みを生み，新たな挑戦を引き起こす。国境や言語の差異を超え出て広がる途切れることのない連鎖が今世界規模で小説のフィールドを作り上げていく。『異邦人』をめぐる受容と創造の連鎖が浮き彫りにしているのは，そうした世界文学のダイナミズムそのものなのだ。

6）中村文則『銃』新潮文庫，2006年，7頁。
7）「中村文則×野崎歓　創作と翻訳の罪と悦楽」，2014年12月14日，静岡大学学術リポジトリ file:///C:/Users/kanoz/Downloads/S10-0167%20(1).pdf

参考文献

　サルトル，ブランショ，サイードらの古典的『異邦人』論に関しては，野崎歓『カミュ「よそもの」 きみの友だち』みすず書房「理想の教室」2006年巻末の簡潔な紹介や，三野博司『カミュ「異邦人」を読む　その謎と魅力』彩流社，2011年の包括的な概観を参照のこと。

　カミュの詳細な伝記としてはオリヴィエ・トッド『アルベール・カミュ　ある一生』有田英也，稲田晴年訳，上下，毎日新聞社，2001年，伝記と作品注解を兼ね備えた本としては三野博司『カミュを読む　評伝と全作品』大修館書店，2016年が参考になる。中条省平『カミュ伝』集英社，インターナショナル新書，2021年も有益。

　カミュの『異邦人』窪田啓作訳，新潮文庫，1963年を読んだら，ジェームズ・M・ケイン『郵便配達は二度ベルを鳴らす』池田真紀子訳，光文社古典新訳文庫，2014年や，カメル・ダーウド『もうひとつの「異邦人」　ムルソー再捜査』鵜戸聡訳，水声社，2019年，そして中村文則『銃』新潮文庫，2006年（のち河出文庫，2012年）とぜひ読み比べてみよう。

2 | 危機に挑む文学 ——ウエルベックとサンサール

野崎　歓

《目標＆ポイント》　フランスの作家ミシェル・ウエルベックの小説『服従』
（2015年）は，現代ヨーロッパにおけるイスラームとの共存の難しさをあぶり
だす作品として世界に衝撃を与えた。宗教や文化の大きな違いを乗り越えて，
自由と多様性に向けた議論の場を作り出すところに，現代文学の意義がある。
ウエルベックと，イスラーム圏アルジェリアの現代作家サンサールを読み比
べることで，暴力的な葛藤に満ちた現代の状況において，小説が担い得るポ
ジティヴな役割を探求する。

《キーワード》　フランス現代小説，イスラーム，原理主義，アルジェリア，
ライシテ，世俗化，脱宗教化

1. スキャンダラスな予言？——ウエルベックという作家

　現代フランスの作家で，その作品が世界的に広く読まれ，言動が注目
を集め続ける作家といえば，ミシェル・ウエルベックをおいてほかにい
ない。ウエルベックは1958年（56年説もある）にレユニオン島で生まれ
た。レユニオン島はフランス共和国の海外県で，アフリカ大陸の南東，
マダガスカル島のさらに東に位置する。フランス文学には，カミュやル
ソーのように，本国以外にルーツを持つ文学者たちが革新をもたらして
きた伝統がある。ウエルベックは，そうした伝統に加わった新たな才能
といえるだろう。

彼が登場したとき，フランス文壇には前衛文学や現代思想のブームが一段落したのちの空白状況が生じていた。ウエルベックは長編第一作『闘争領域の拡大』（1994年）以降，西欧文明の行き詰まりと現代人の絶望を暴き出す作品を次々に発表し，小説ジャンル自体を一気に活性化させたのである。

写真2-1　ミシェル・ウエルベック
（写真提供　ユニフォトプレス）

皮肉な観察眼の光る仮借ないリアリズムと，登場人物の苦悩に寄り添う共感の深さが渾然一体となってウエルベック独自の作風を生み出している。エロチックな描写の大胆さで驚かせると同時に，代表作の一つ『素粒子』（1998年）が示すように，クローン技術が行き渡ったポストヒューマンの時代を幻視するようなSF的ヴィジョンも備えている。

「人生は苦痛に満ちたもので，われわれの期待を裏切る」（『H・P・ラヴクラフト　世界と人生に抗って』）というペシミズム，無力感が彼の人生認識の根幹をなす。しかし小説家としてのウエルベックは，じつに逞しく意欲旺盛な挑戦を続けている。タブーをものともしない挑発的な資質が存分に発揮された作品が『服従』である。

20世紀末から21世紀初頭にかけて，公立校に女子生徒がヒジャブを被って登校することの是非をめぐってフランス世論は大いに揺れた。おおやけの場に宗教を持ち込まない「ライシテ」がフランス共和国の国是である[1]。その国是にイスラームは馴染まないのではないかと憂うる声が上がった。そのころ，アメリカの政治学者ハンチントンは著書『文明

1）ライシテ（laïcité）は辞書的には「非宗教性，世俗性，政教分離」等を意味する。フランス共和国を支える理念としてのライシテは本来，非宗教や脱宗教ではなく，私的な信仰の自由と，公的権力や教育における宗教的中立を意味する。

の衝突』(1996年) において，西欧とイスラームの対立の不可避性を主張。イスラームへの恐怖を煽るような彼の説は不幸にも，2001年9月11日のアメリカ同時多発テロ以降，多くの事件により裏書きされ，欧米社会には緊張が高まった。

　小説『服従』で展開されたのは，そうした状況を背景にした近未来の物語だった。2022年，大統領選挙で「イスラーム同胞党」党首が過半数の票を得て当選し，フランスはイスラームに服従する。そんな一種の「ディストピア」(ユートピア＝理想郷の反対) を描いた作品である。そこに漂うひりつくようなリアルさは，フランスにおける政治状況の閉塞がみごとに捉えられていることに由来する。欧州の多くの国や日本と同様，フランスでも社会主義政党の退潮が著しい。その空隙を埋めるように勢力を伸ばしているのが極右的な政党である。

　つまり『服従』というポリティカル・スリラーの根底には，人種差別主義や排外主義を隠さない極右政党が躍進し，既成政党が新しいヴィジョンを打ち出せない現状に対する批判と諦念がある。それが，既成政党の衰退を尻目に，イスラーム政党が伸長するという構図に結びつく。

　この小説は2015年1月7日に書店に並び，同日付の風刺週刊新聞「シャルリ・エブド」紙はウエルベックを予言者風に描いて揶揄したカリカチュアを第一面全面に掲げた。まさにその日，同紙編集部はイスラーム原理主義を奉じる武装したテロリストたちによって襲撃された。編集者や画家ら12人が射殺され，11人が重軽傷を負った。翌日にも別の2カ所でテロ事件が起こり，同時多発テロにフランスは震撼させられた。ウエルベックの小説はたちまち，前代未聞の衝撃的事件を先取りしていたとしてスキャンダラスな話題を呼んだ。その翻訳はヨーロッパ諸国でもベストセラーになって激しい議論を巻き起こしたのである。

2. グロテスクな戯画？
——『服従』あるいは共和国の危機

　ウエルベックが予言者だなどというのはもちろん大仰に過ぎる。事態の進展にだれよりも慌てたのは作家本人だったろう（彼は 1 年半のあいだ内務省の保護下に置かれ，おおやけに姿を現すことができなくなった）。事件の衝撃が収まったいま読み返してみるなら，『服従』が一種冗談めいたワンアイデアを押しとおすことで書かれた，戯画的な風刺小説の試みだったことがわかる。冗談めいたというのは，フランスに有力なイスラーム政党が存在したためしはなく，イスラーム政党が極右政党としのぎを削る展開はまったくの空想にすぎないからだ。そしてまた，モアメド・ベン・アッバスなるイスラーム系大統領が，まさにいまのフランスに求められる保守穏健派の理想像を示している点にも皮肉なユーモアが感じられる。フランス共和主義の伝統が活力を失った時代，政治も移民に頼るほかないと作者は言いたげだ。語り手はパリ第 3 大学で教える19世紀文学の専門家，フランソワ（いかにも平凡なファーストネーム）。フランス文学の過去の栄光にしがみつき，時代の流れに乗り遅れ，何の定見ももたないその姿は，いまどきのフランス知識人の非力さを象徴する。大統領選を前にしたベン・アッバスの記者会見をテレビで見て，彼は感嘆する。

　でっぷりと肥って快活，ジャーナリストたちには当意即妙で答えるこのイスラーム教徒の候補者は，エコール・ポリテクニークにもっとも若くして入学し（中略）たことをまったく忘れさせた。というのも彼の様子はどちらかと言うと近所の乾物屋の陽気なチュニジア人の親父を思わせたからで，そもそもそれは彼の父親の職業だった（中略）。

共和国の能力尊重主義の恩恵を受け，それ故に，自分が，フランス国民の選挙に立候補するまでに恩義を受けたシステムに打撃を与えるようなことは誰よりも望んでいないと今回も強調していた。そして乾物屋の二階にあった小さなアパートで自分は宿題をしたのだと話し，感動を引き起こすのにちょうど十分なだけ自分の父親を簡潔に描写した。ぼくはすっかり兜を脱いだ[2]。

「乾物屋」と訳されている「エピスリ」épicerie は主に食料品を扱う個人商店をさす。日本式のコンビニがないフランスでは，夜遅くまで開いていて休日，祝日も休まないアラブ系移民によるエピスリが市民に重宝されている。慎ましい家庭に育ちながら，機会均等を保証するフランス共和国の教育制度のおかげで，超一流校に進学したベン・アッバスは，いまや国の頂点に立とうとしている。原理主義に感化される移民系の若者たちがフランス育ちであるのと同じく，彼もまた完全にフランス育ちなのである。原理主義の若者たちが社会に対する不満，憤りを募らせているのに対し，ベン・アッバスは何もかも手中にしたエリート中のエリートであり，いかにも温厚な余裕綽々の表情を浮かべている。同じく40歳を超えた中年男性として，大学教師の地位はあるが人生に何の意義も見出せないフランソワとは対照的である。だが極右の対立候補を退けたベン・アッバスは，じつはフランス共和国のあり方を根底から覆すような破壊性を秘めた存在だった。二つの点に注目しよう。

　一つは，ベン・アッバスにとってフランス大統領選など通過点にすぎず，はるかに大きな野望が彼を突き動かしていることだ。作中の事情通によれば，来たるべき「ヨーロッパ全体の大統領の普通選挙」において，「初めてのヨーロッパ大統領になること」（166頁）が彼の目標である。湾岸諸国の潤沢なオイルマネーに支えられてEUを乗っ取る。近年，欧

2）ウエルベック『服従』大塚桃訳，河出文庫，2019年，113頁。以下，同書からの引用にページ数を付して示す。

州サッカーの強豪クラブがオイルマネーの投資対象と化している状況が報道されているが，ベン・アッバスは欧州全体を乗っ取ろうというのだ。

　もう一つは，女性の地位をめぐる問題である。イスラーム大統領が就任してのち，フランス社会の宿痾だった失業率が減少に転じる（犯罪発生率も大幅に減少）。それは「女性が労働市場から大量に脱落したことが原因だった」(209頁)。離職した女性には手厚い家族手当が支給される。その財源は教育予算の削減によってまかなわれる。「新たな教育制度では，義務教育は小学校で終わっていた。つまり，十二歳だ」(210頁)。こうして，ベン・アッバスが選挙前に語っていた，共和国のシステムには打撃を与えないという言葉は嘘だったことがわかる。教育の保証と女性の自立というフランス共和国の支柱が打倒されたのだ。

　第二次大戦後のフランス社会の活力を生んできたのは女性解放のムーヴメントであり，女性の社会進出は今日，たとえば日本と比べてはるかに進んでいる。その潮流を真っ向から否定するような政策が国民に受け入れられる可能性はまずない。この小説のもっとも非現実的な部分だろう。だが物語の向かう先としてはそこが重要になっていることも確かだ。「二十世紀初頭の制度が復活」(210頁) するなりゆきは，人生に積極的な意味を見出せず無気力に漂流していたフランソワにとって，「男」としての希望を蘇らせる契機となる。いち早く改宗したかつての同僚は「ソルボンヌ・イスラーム大学」の学長に収まった。フランソワにも改宗を勧めながら，新学長は奇妙な理屈をこねる。「女性が男性に完全に服従することと，イスラームが目的としているように，人間が神に服従することの間には関係があるのです」(273頁)。イスラームとはアラビア語で「服従」を意味するが，この理屈では女性は神と男への二重の服従を強いられることになる。フランス共和主義の誇る自由と平等の原理を，あまりにグロテスクに踏みにじる事態ではないか。しかも社会的地位の

ある男は複数の妻をもつことができる。学長自身，料理の上手な中年の
妻に加え若い娘を新しく娶っていた。その様子がフランソワの目には魅
力的に映ったのだろう。いまや彼も改宗への意を固める。作品終盤，フ
ランソワは次のように改宗式の朝を思い描く。

　　ガウンを着て，ぼくは，長い廊下，アーチを支える列柱の間，非常に
　　繊細なモザイク模様の壁の間を進んで行く。（中略）ぼくの周囲は沈
　　黙が支配しているに違いない。（中略）少しずつ，ぼくは宇宙の秩序
　　の偉大さに足を踏み入れ，それから静かな声で，音声で暗記した次の
　　言葉を口にするだろう。「アシュハドゥ　アンラー　イラーハ　イッ
　　ラー　ラフ　ワ　アシュハドゥ　アン　ムハマダン　ラスールーッ
　　ラーヒ」それは正確には次のことを意味する。「アッラー以外に神は
　　なく，ムハンマドはアッラーの使者であることをわたしは証する」そ
　　して，それで儀式は終わり，ぼくはイスラーム教徒になるのだ。
　　（312-313頁）

　以前，フランソワは人生の虚しさに耐えられなくなり，救いを求めて
カトリック大修道院の門を叩いたことがあった。彼の研究する19世紀の
作家ユイスマンスが，頽廃的な暮しからカトリック信仰に転じたことの
模倣である。だがフランソワは，修道院の個室が禁煙だったことに我慢
できず，信仰を得るどころかほうほうの体で退散した。それに比ベイス
ラームへの改宗ははるかに簡便だ。丸暗記したコーランの一節を唱える
だけで終わりという手軽さは，フランソワという男の内面性の欠如に見
合っている。彼は確固たる信仰を得たわけでも，イスラームの文化への
深い理解をもっているわけでもない。「宇宙の秩序の偉大さに足を踏み
入れ」るといった表現も唐突で，ウエルベックは本気で書いているので

はなく，フランソワへの嘲りを込めているのではないかという印象がある。だが，フランソワにはこういう「服従」以外の救いがなさそうであることも確かなのだ。

　ウエルベックはかつて小説『プラットフォーム』（2001年）刊行時，イスラームに対する懐疑的な発言によって物議をかもしたことがある。ちなみに『プラットフォーム』の終盤では，タイの国際的観光地でイスラーム過激派によると思しき重大なテロ事件が発生する。これもまた，翌2002年の10月，バリ島で起こった爆弾テロ（犠牲者202名）を「予言」したとして評判を呼ばずにはいなかった。とはいえ，単にイスラームへの恐怖や嫌悪の表現と考えるには，彼の作品はあまりに一筋縄ではいかない性格をもつ。『服従』の筋立てのうちに，イスラームの力を借りてかつてのヨーロッパの父権制を復活させようとする目論見を指摘する論者もいる[3]。

　逆説的で曖昧なイスラームへの姿勢をとおして浮かび上がるのは，ウエルベックが近代的な西洋進歩思想に注ぎ続ける，皮肉で，苦々しい幻滅感のこもった視線である。小説『素粒子』の記述によれば，キリスト教の伝統的道徳観念にもとづく生き方が失われたのち，ヨーロッパは「アメリカに起源をもつセックス享受型大衆文化」の波に洗われた。女たちは社会的に自立し，男女もろとも「誘惑の市場」のただなかに放り出された。その結果，社会はごく一部の勝者と，みじめな敗者に二極分解し，後者は「素粒子」となって孤独と絶望に陥る。

　そんな暗鬱な人生観の根本には，両親が離婚したのち，父方の祖母のもとに引き取られたウエルベック自身の幼少年期の体験が影響しているだろう。祖母は人生を子どもや孫のために捧げ，惜しみない愛を注ぐ女性だった。祖母の愛情のみを支えとして育ったウエルベック（彼は祖母の結婚前の姓を筆名に選んだ）は，自分の両親は「家庭崩壊のムーヴメ

3）マルク・ヴェッツマンによる書評。*Le Monde* 紙2015年1月6日付に掲載。

ントの先駆者」であり，自分は早くから「不当な仕打ちを受けているというはっきりした感覚」を抱いていたと述懐している[4]。戦後社会の一大転換を身をもって経験せざるを得なかった彼の胸には，祖母の象徴する過去の伝統へのノスタルジアと，両親（とりわけ子どもを顧みず医師としてクリニック経営に邁進した母）の象徴する新世代への不信が抜きがたく植えつけられた。それが近年のフランス社会を揺さぶるさまざまな危機と深く共振し，逆説と挑発に満ちた小説を生み出したのだ。

　女性蔑視を疑われもする彼の作品は，フランスでは意外に女性に支持されている。自由で解放された女性という価値観の絶対視に息苦しい思いを抱く女性読者の共感を誘うのかもしれない。『服従』の主人公と同じパリ第3大学の教授である女性研究者ノヴァク＝ルシュヴァリエは，ウエルベックのスキャンダラスな小説は，読者を現在の桎梏から解き放つ「慰め」を本質とすると説く[5]。底に流れる深い悲しみの情も小説の魅力につながっているだろう。チュニジア出身の思想家ベンスラマによれば，ウエルベックの作品が描くのは「西欧の超自由主義的な秩序」，「荒れ狂う資本主義・消費主義と科学技術主義との混合への隷従への終わり」である。それは「凋落し，退廃し，衰微し，厄災を運命づけられた西欧世界の表象」なのだ[6]。

3. イスラーム社会と小説の挑戦
——ブアレム・サンサール

　こうした「西欧世界の表象」に，西欧世界の外部からどのような作品を対置させることができるだろうか。この時代の突きつけてくる問いを，より立体的に捉え返すために，『服従』とどのような作品を響き合わせ

---

4 ）*Les Inrockuptibles*誌1996年4月号掲載のインタビューによる。
5 ）Agathe Novak-Lechevalier, *Houellebecq, l'art de la consolation*, Stock, 2018.
6 ）フェティ・ベンスラマ「ウエルベックは陰鬱なジハーディストだ」，松葉祥一訳，「現代思想」2015年3月臨時増刊号「シャルリ・エブド襲撃／イスラーム国人質事件の襲撃」，172ページ。

ることが可能だろうか。

　そこで注目したいのが，アルジェリア
の作家ブアレム・サンサールの存在であ
る。ウエルベックは，西欧がイスラーム
化されたらどうなるかをめぐって，いわ
ば空想上の思考実験を繰り広げた。一方，
イスラーム世界のただなかにあって自己
の表現を追求する者が直面する困難を，
敢然と引き受けて書き続ける作家，それ
がサンサールである。

写真2-2　ブアレム・サンサール
（写真提供　ユニフォトプレス）

　サンサールは1949年，アルジェの北
160キロほどの村で生まれた。サンサー
ルの少年時代は，アルジェリアがフランスから独立し，経済的な成長を
果たす過程と重なる。教養豊かな家庭に育ったサンサールは，大学院で
工学の修士号，さらには経済学の博士号を取得し，産業省の高官のポス
トにつく。ところがそのキャリアをなげうって作家に転身したのは，独
立後のアルジェリアの歩みに対する疑問と批判を抑えきれなくなったか
らだった。

　とりわけ1980年代末から，アルジェリアではイスラーム原理主義政党
（イスラーム救国戦線）が台頭し，国民のあいだに支持を広げる。それ
に対抗して1992年，軍部がクーデタを敢行したことから内戦状態が勃発，
10年間で10万人を超える犠牲者を出す暗黒の時期に突入したのである。
イスラーム武装集団（GIA）は知識人やジャーナリスト，外国人を標的
とした暗殺テロを繰り返し，アルジェリアは国際的に孤立した。99年に
かつての独立戦争の英雄ブーテフリカが大統領に就任したのち，事態は
収拾に向かった。しかし過激なイスラーム原理主義の脅威は消えず，ま

た大統領への権力集中による弊害も増大した。

　そうした混迷と恐怖のただなかでサンサールは書き始めた。1999年，50歳でのデビュー作『蛮人の誓約』（未訳）では，フランスへの出稼ぎから戻った男が，愛する故郷が様変わりしたことに衝撃を受けて，「楽園をあとにして出かけたのに，戻ってみたら地獄だった」と述懐する。男の記憶に残る幸福な思い出は植民地時代のものでしかないのだ。

　アルジェリアの現況に対する批判がさらに衝撃的な形を取ったのが，代表作と目される『ドイツ人の村──シラー兄弟の日記』（2008年）だ。主人公のシラー兄弟は，ドイツ人の父とアルジェリア人の母のあいだに生まれた。両親はアルジェリアの村で暮らし，兄弟はフランスで育つ。成績優秀な兄ラシェルは名門大学を卒業し，エンジニアとして成功するが，やんちゃな弟マルリクは定職もなくパリ郊外の団地でくすぶっている。アルジェリアに残った両親がGIAにより殺害されたことで，兄弟の日常は一変する。故郷の村を訪れた兄は，亡父の遺品から恐るべき秘密を知る。アルジェリア独立の勇士だったはずの父は，ドイツ時代，ナチス親衛隊の将校だった。終戦後に逃亡し，過去を隠して第二の人生を築いていたのである。その事実の重さに耐えかね，心身に不調を来して兄は自殺する。弟は兄の日記を頼りに，父の過去と向き合う決意をする。

　青柳悦子によれば，これはアルジェリアにかつて「国外逃亡した元ナチス将校が治める〈ドイツ人の村〉」が実在したという事実にもとづく設定だという[7]。そこからサンサールは現代世界を捉える三つの枠組を作り上げた。①元ナチスの父親の過去を探るドイツへの旅，②独立後のアルジェリアの裏面をあぶり出す旅，そして③移民たちの暮らすパリの団地に広がるイスラーム原理主義をめぐる物語である。その三層が，兄弟それぞれの日記の記述をとおして交錯し，暴力と抑圧に満ちた半世紀以上におよぶ歴史の再検証が行われる。

7）ブアレム・サンサール『ドイツ人の村』青柳悦子訳，「訳者あとがき」343頁。以下，同書からの引用にページ数を付して示す。

　そこでは，ナチズムとイスラーム原理主義が，自由を奪い，人々のあいだに憎悪を植えつける点において同質なものとして捉えられている。そのことをパリ郊外の団地を舞台に，若者たちの困惑をとおして描く部分は特にいきいきと精彩を放っている。「『イスラーム教は俺の親たちの宗教だ。世界で一番いい宗教なんだ！』」という少年の素朴な思いと，それを食いものにするかのように暴力と憎しみの教説を吹き込もうとする「髭面野郎」（＝原理主義者）たちの策謀が対比される。マルリクは親友たちと三銃士ならぬ「八銃士」を結成して，テロを扇動する導師（イマーム）に立ち向かう。そして内務大臣宛に手紙を書き，団地の危険な状況を訴える。

　　私たちの親は目をしっかり見開くには信仰心に篤すぎ，子供たちは自
　　分の鼻先より遠いところには目が行かないほど未熟なゆえ，このまま
　　放っておけば，団地は近いうちに完璧に組織されたイスラーム共和国
　　になってしまうことでしょう。（中略）私たちの団地をふたたび共和
　　国として立て直すために，大臣と大臣も一員である政府がどんな戦略
　　を展開なさるのか，その見取り図をお示しください。きっとそうだろ
　　うと思っておりますが，儀礼的な書簡でしたら送っていただくには及
　　びません。読む前からわかっておりますので。（279-280頁）

　マルリクによれば，イスラーム主義者たちが「団地を植民地化」し，「強制収容所の状態にすでになっております」というのだ。まさにウエルベックの『服従』に直結するような，せっぱつまった現状の認識である。しかし『ドイツ人の村』には，ひとすじの光も射している。ドイツ，アルジェリア，フランスの三カ国にルーツをもつマルリク少年には，あとに続く子供たちを「自分の鼻先より遠いところには目が行かない」状態か

ら脱却させたい，自分の掴んだ真実を伝えたいという強い願いがある。
「真実は知られるべきなんだ。子供たちの頭のなかで，真実はあるべき
道をたどるはずだ」(240頁)という未来志向の姿勢に，この小説を支え
る信念がうかがえる。

　だがサンサール作品で，子供たちの体現する未来への希望がつねに優
位を占めるわけではない。話題作『2084　世界の終わり』(2015年)は
その事実をまざまざと示す。ジョージ・オーウェルの『1984年』(1949年)
は「思想警察」が人々を管理し，密告や拷問の日常化した世界を描く近
未来小説だった。オーウェル作品のアイデアを引きつぎながらサンサー
ルが描き出すのは，オーウェル的な管理社会に宗教という要素が加わる
ことで，いっそう逃げ場のなくなったディストピアのありさまだ。「大
聖戦」ののち，「ヨラー」の神を絶対とする未来社会が成立する。狂信
がすべてを支配している。ところが古代遺跡から，現代の宗教独裁体制
が世界を制覇する以前，はるかに優れた文明が存在したことを示す証拠
が見つかる。それを契機として一部の人間が真実を求め立ち上がる。

　そんなストーリーは，いにしえのSF映画『猿の惑星』(1968年，原作
はフランス人作家ピエール・ブールの小説)を思い出させる。それにし
てもこれは，『猿の惑星』や『1984年』，『服従』と比べても，何とも沈
鬱な小説であり，読者は凄まじいまでの窒息感を味わわされる。

　サンサールは現在，アルジェリアで厳しい検閲に晒されており，フラ
ンス語による彼の諸作はもっぱら，フランスの大手出版社から刊行され
ている。だが彼は「内部からしかおこなえない闘いがある[8]」との思い
ゆえに，母国を離れようとせず，アルジェ郊外で暮らしながらフランス
語で書いている。一行一行に込められた覚悟は重く，尊い。

---

8) 青柳悦子「訳者あとがき」，サンサール『ドイツ人の村』340頁。

4.　もうひとつの「言語」を求めて——世界文学の意義

　ウエルベックとサンサール，地中海をはさみフランスとアルジェリアそれぞれで執筆する作家たちの小説を読むとき，文学はいかなるものとして立ち上がってくるだろうか。

　そこに際立つのは，過激な原理主義の脅威や，民主主義の無力，混迷といった主題の共通性である。そしていずれの作家も，文学を危険をはらんだ問いかけの場としている。現代社会の突きつけてくる難題を引き受けつつ，可能な世界のあり方を想像し，描き出すことに力を注いでいるのだ。

　ウエルベックの場合は，フランスおよびヨーロッパをめぐる自虐的なまでの苦々しい幻滅が，夢破れ幸福を掴めずに終わろうとする人生への哀しみと入り混じり，独特なパトス（悲壮感）のうねりを生み出している。サンサールの場合は，イスラーム社会の内部で生き続けながら，その現状を直截に批判し，覚醒を促す姿勢の苛烈さが読者を圧倒する。

　いずれにおいても，現実に対する特効薬や即効薬が提示されるわけではない。『服従』が示すように，むしろ現状に対する不安をさらにかきたてようとするかのような側面さえ小説は備えている。だがそこに，何ごとをもタブーとせず率直に検討しようとする精神が脈打っていることも感じられる。ウエルベックのように，西欧の自由主義それ自体にまで嘲弄的な目を向ける場合であっても，そこにはやはり西欧の文学，思想がこれまでの歩みの中で培ってきた自由検討の精神の発露がある。小説家は世の中に行き渡っている言説に挑みかかり，揺さぶるのだ。

　サンサールのように，イスラーム社会の内部から過激派の狂信や，一般信者の知的怠慢に異議を申し立てる場合，それはまさに，かつて教会の不正や圧制，カトリック信者の狂信と闘った啓蒙思想家たち，ヴォル

テールやディドロらの姿勢を思い出させる。もちろん，それは単に西洋の模倣ではありえない。『ドイツ人の村』が示すとおり，ドイツの過去やフランスの現在に対する呵責ない批判とともに，アルジェリアにルーツを持つ者としての物語が切り拓かれている。現在のフランス文学（というよりもフランス「語」文学）は，かつて植民地だった国々からのそうした発信によって，大いに活気づけられている。

　そこで小説という器の意義が改めて明らかになる。小説はあくまで虚構の世界に遊ぶというかまえで書かれ，また読まれるものであり，政治的パンフレットでもなければ学問的論説でもない。そこで人は日常的な規範やアイデンティティの桎梏からしばし解き放たれて，想像上の出来事を経験し，味わい，思索することができる。「私は戦争で闘っているのではなく，文学を作り出しているのだ」とサンサールは『ドイツ人の村』刊行時に語っている。「文学にはユダヤも，アラブも，アメリカもない。文学が語りかける物語はあらゆる人々に向けられたものだ[9]」。

　現代の社会と文化を考えるうえで示唆に富むエッセー『アイデンティティが人を殺す』（1998年）で，レバノン生まれの作家アミン・マアルーフはこう書いている。世界の多様性が明確になっているにもかかわらず，今日，国家や民族，宗教といった「帰属」を声高に主張し，排他的，ときには暴力的な言説や行動に走る傾向が目立っている。歴史的にはキリスト教以上の寛容さを備えていたはずのイスラームが「非寛容で全体主義的な態度へと逸脱[10]」しつつある。他方では，ヒジャブの着用問題に見られるように，西欧にも自分たちの自由主義を硬直化させて他者との共存を拒もうとする動きがある。さらにはグローバリゼーションと英語中心主義により自分のアイデンティティが脅かされていると感じ，「失望，幻滅，屈辱」を味わう層が増えている。偏狭なアイデンティティにがんじがらめにされないため，また他者にラベルを張って貶めるような

9）*Rue 89*誌，2008年3月14日号のインタビューによる。

10）マアルーフ『アイデンティティが人を殺す』小野正嗣訳，ちくま学芸文庫，2019年，74頁。

発想から脱け出るための鍵を握るのは「言語」だとマアルーフは主張する。とりわけ「母語と英語のあいだにもうひとつ言語を」（163頁）確保することが重要になる。アイデンティティの言語である母語と，グローバリゼーションの言語である英語。そのあいだで，異質な他者に触れ，コミュニケーションを発展させるために，第三の言語を学ぶ姿勢が大切だというのである。

　語学学習の重要性を説く言葉だが，文学作品，とりわけ外国の文学を読むこともまた，マアルーフのいう「もうひとつの言語」の体験として今日，意義を持ちうるだろう。翻訳のおかげで，われわれはたとえばフランスの作家，アルジェリアの作家，それぞれの作品世界にアクセスし，われわれの日常からかけ離れた物語のスリルを味わうことができる。ときに当惑や抵抗感も覚えながら，物語に投影されたさまざまな思考と感情を受けとめる。そのとき，異なる作家同士の——そして彼らとわれわれ自身のあいだの——対話の可能性が垣間見えてくる。文学という場に加わることは，ともすれば自らの「帰属」先に閉じこもりがちなわれわれの精神を活性化させ，世界の抱える困難の深さを感じ取りながら希望のありかを探る，刺激的な営みでありうるのだ。

参考文献

ウエルベック『服従』(大塚桃訳, 河出文庫)。同じ作者の小説として『素粒子』(野崎歓訳),『地図と領土』(同, いずれもちくま文庫),『闘争領域の拡大』(中村佳子訳),『プラットフォーム』(同),『ある島の可能性』(同, いずれも河出文庫) も参照のこと。

ブアレム・サンサールの邦訳には『ドイツ人の村』青柳悦子訳, 水声社, 2020年,『2084』中村佳子訳, 河出書房新社, 2017年がある。

アミン・マアルーフ『アイデンティティが人を殺す』小野正嗣訳, ちくま学芸文庫, 2019年は現代社会に必要な多元的なアイデンティティのあり方を説く重要なエッセイ。

3 | 好きになれない主人公が見る世界 ——J・M・クッツェーの『恥辱』を読む

阿部公彦

《目標＆ポイント》 19世紀から21世紀と時代に進むにつれ，小説の形態はさまざまな面で変化をとげてきた。私たちはついそれを「書き方」「読み方」の問題ととらえがちだが，実は根底のところでかかわっているのは，作品の語り手と読者との間の「信頼」の構造である。この章では，南アフリカの作家J・M・クッツェーの『恥辱』を題材にしながら，作品中で語り手と読者がどのような信頼関係をつくり，それが主人公の提示方法などとどうかかわるか，また読者がそれをどう受け止めるかといったことを考えていく。

《キーワード》 南アフリカ，英語圏文学，クッツェー，共感，自由間接話法

1．『恥辱』の主人公の「どん底」

　南アフリカの作家J・M・クッツェーの『恥辱』には，いわゆる「キャンパス・ノヴェル」の要素がある。これは大学のキャンパスを舞台に，教員や学生を主な登場人物にするもので，デイヴィッド・ロッジの『交換教授』（高橋進訳　白水社，2013年）をはじめ軽快でコミカルなものも多い。『恥辱』にも明らかに風刺性が感じられる。主人公の大学教員デイヴィッド・ルーリーは颯爽とした長身で，若い頃はその容貌のおかげもあり，女性たちとの交流も盛んだった。今でも，彼は若い頃の華やかな生活が忘れられない。しかし，時代は変わった。デイヴィッドは50代に入り，もはやかつての精彩はない。そして何より，彼のようなライ

フスタイルが「アヴァンチュール」とか「プレイボーイ」といった言葉で許容されることもなくなった。

　失いつつある自分の若さや，かつての男性中心の文化にしがみつく男性が社会的に許されない過ちを犯すという構図は，現実の社会でもよく見られるものだ。デイヴィッドは妻とは離婚，遊びのつもりの娼婦との関係でも拒絶に遭う。そのあげく彼は女子大生に誘いをかけ，相手の気持ちを無視して関係を持ち，その後もしつこくつきまとってハラスメントで訴えられてしまう。絵に描いたような「セクハラ」である。

写真3-1　Ｊ・Ｍ・クッツェー
（写真提供　ユニフォトプレス）

　デイヴィッドは学内の査問委員会にかけられる。証拠は揃っている。しかし，彼は弁明することも謝罪することもせず，「エロスのためだ」などと言い返すのみ。そこで効果を持つのが，デイヴィッドがロマン派の詩人バイロンの研究者だということだ。バイロンには有名なドンファンを描く『ドン・ジュアン』という作品がある。こうした「ドンファンもの」では，美男で好色家の男性が女性遍歴を繰り広げるというストーリーが描かれ，バイロンの主人公もそのヴァリエーションの一つとなっている。デイヴィッドが頭の中で取り憑かれているのは，どうやらそうしたドンファンの世界らしい。現実のデイヴィッドはもはや文学の授業も持てず，「コミュニケーション」ばかり教えさせられているのだが，そんな彼が文学史上の詩人像や物語類型にしがみついているのである。そこにはクッツェーの精緻なたくらみが読めるだろう。クッツェー自身に——少なくとも容貌的年齢的に——このデイヴィッドと重なるところ

がありそうなのもおもしろい。ここには，文学批判とも文学擁護とも言い切れない，複雑な韜晦（とうかい）と皮肉が読み取れる。

　私たち読者は，この主人公の運命をどのような気持ちで読めばいいのだろう。冒頭部ですでに彼はどん底まで転落している。このあと，どのような回復が，あるいは回心が待っているのか。ところが読み進めてみると「どん底」のように見えて，この先さらに大きな，そしてより深い苦難が彼を待ち受けている。

　大学での調査に対し，反省の弁を口にすることを拒否したデイヴィッドは，当然のことながら職を追われた。結局，ケープタウンから離れ，地方で農場を営んでいる娘の元に身を寄せることになる。娘との関係ももちろんスムーズではないが，デイヴィッドは彼なりに新しい親子の付き合い方を模索しはじめる。ところがそこへとんでもない事件が起きる。彼らの家が強盗の襲撃に遭うのである。デイヴィッドは火傷を負う。娘のルーシーはレイプされ，しかも妊娠してしまう。

　冒頭部の事件は決してデイヴィッドにとっての「どん底」ではなく，よりひどい「底」が待っていた。どこかコミカルで軽いテンポだった語り口は，相変わらず残酷なまでにその軽さを保つものの，ひどい苦味を混じらせるようになる。

　しかし，この小説の最大の苦味はおそらく，別のところにある。私たちはこのデイヴィッド・ルーリーという主人公のことをなかなか好きになれないのだ。デイヴィッドは共感するのが難しい人物として描き出されている。そんな彼が苦難にあうさまを，私たち読者はどのように受けとめるのか。

2.　共感の衰頽？

　ここであらためて文学作品の中で「共感」がどのような機能を果たし

てきたか確認しておこう。第4章でも触れるようにたとえば詩では，さまざまな形式上の工夫を通して読者の反応を感情的に喚起するということが行われる。リフレインや脚韻，リズムといった要素だけではなく，明確には名指せないような得も言われぬテンポや響きが，内容とあいまって読者と語りとの心理的な同一化を引き起こす。

　言語は共同体で共有されることではじめて機能を果たす。詩のさまざまな約束事も，共同体で共有された言語感覚を元に成り立つ。詩にはそれぞれの言語のエッセンスがつまっているのだ。しかし，近代に入ると個人主義が隆盛，それにともなって詩の「内容」も「形」も変化する。形という面では，形式の枠に縛られないものが増える。米詩人ウォルト・ホイットマンに典型的に見られるように，明瞭な形式性を持たない自由詩と呼ばれる作品が書かれるようになり，内容的にも自分にしか書けないこと，どうしても言いたいことを語るという姿勢が見られる。イギリスロマン派の詩人たちも，ワーズワスなどを代表に「自分だけが知る真理を語る」というスタンスで語りを展開する。

　これがさらに20世紀になると，たとえばモダニズム期の作品に見られるように，読者の理解や了解を拒絶するかのような難解な言葉で書かれた詩が出てくる。これは19世紀になって「個人の声」を表現するようになった詩の言葉が，よりプライベートな傾向を強め，独自性を高めた結果とも解釈できる。詩的表現は各詩人固有の言語感覚に依存するようになり，飛躍と暗示に満ちたものとなったのである。そうした表現を理解するべく，新しい批評の枠組みもできあがっていく。詩的言語の特徴は日常言語をずらすところにポイントがある，といった考え方が出てきたのである。ということは，もともと共同体的な了解や共通理解を土台にしていたはずの詩が，むしろ共同体的な了解に抵抗したり，覆したりすることをその本務とするようになったということである。文学はいった

いどのような方向に向かっているのか（このあたりは第4章も参照）。

　しかし，文学は決して人間同士のコミュニケーションを否定している
わけではない。詩の言葉がよりプライベートなものとなり，個人のうち
にある心の表現に向かったことからわかるのは，文学の言葉が共同体と
個人との結束を高めるより，個人と個人とをつなぐことに力点を移した
ということである。この変化は詩という古いジャンルの変質にあらわれ
ただけでなく，近代小説の隆盛にもおおいに関与している。

　近代小説の重要な前提は，一人一人の個人がそれぞれ異なった内面を
持ち，異なった欲望や動機に突き動かされて行動しているということで
ある。一人一人異なる以上，私たちはそれぞれの内面や欲望を知りたく
なるし，知ることに意味があるとも考える。もっと言えば，知ろうとす
ることが私たちの倫理的な要請であるということになる。たとえば政治
の場でも，そのような「声」を知るように努めることが必要とされるし，
だからこそ，そうした内面の「声」を救い上げる場として代議制や選挙
というシステムが維持されてきた。そうした価値観を中心のところで補
強しているのが，個人の心の声に表現を与えてきた小説というジャンル
なのである。

3.　自由間接話法の効果

　とはいえ，「心の声」に表現を与えるのは簡単なことではない。一番
単純な方法は，本人にしゃべらせることである。だからこそ，告白や自
伝といった様式が古くから重宝されてきた。初期の小説では，たとえば
サミュエル・リチャードソンの『パメラ』に見られるように書簡という
形を通して，個人の声が表現されてきた。

　このように本人にいわば直接法で語らせる様式は，今に至るまで生き
残ってはいる。それを支える理念は「正直さ」や「誠実さ」である。イ

ギリスロマン派の詩をささえたのも，負の要素まで含めて全部語る，という「正直さ」の美徳である。日本でも私小説というモードが今に至るまで一定の力を保っているのは，この「正直に語る」という方式こそが語りの声に力を与えるからである。

　しかし，一人一人の内面が異なる以上，本人の声による語りには限界がある。複数の人間の関係性を描き，社会のあり方をとらえるには個々の人間にしゃべらせるだけでは十分とはいえない。何しろ，個々の人間にとって重要なのは，何を考えているかわからない他者とどう付き合うか，またそうした他者の集積としての社会の中でどう生き延びていくかということなのである。その結果，19世紀の小説でしばしば見られるようになったのは，作家が全知全能の立場に身をおき，中心となる人物をすえつつも，さまざまな人間の内面にも踏み込むことで個人間の関係や，社会全体のありさまを描き出すという方法だった。

　このときに鍵になるのは，作家がいかに個人の内面に入り込み，その動きや欲望を理解するかということだった。つまり，まず作家こそが共感の力をためされ，さらにその作家の語りを受け取る読者もまた，作家に導かれて共感を追体験する。従って19世紀の小説でしばしば前提となるのは，対象となる人物に接近し理解しようとする姿勢であり，そこには善意と愛があふれるかのようにも見えてくる。そんな中で威力を発揮したのが，英語では自由間接話法という様式だった。

　自由間接話法は，語順としては直接話法の方式に則り，人称や時制は間接話法のような形をとる。つまり形の上では直接話法と間接話法の折衷である。このモードを使うと，外側からの目と，人物の内面の声との両方に重心をおくことができるので，場合によっては外からの目を保ったまま個人の内面に迫り，その声を拾い上げるかのような効果を得ることができる。たとえばジョージ・エリオットの代表作『ミドルマーチ』

の冒頭近くには次のような一節がある。主人公のドロシアがどのような
結婚相手を選ぶかが問題になっている箇所である。

　彼が自分への求婚者だなどという考えは，ドロシアにはひどくバカバ
カしいありえないことと思えただろう。人生の真実を追求することに
かけては彼女は人後に落ちなかったが，結婚となると子供っぽいこと
を考える。あの思慮分別で有名なリチャード・フッカーが相手なら，
結婚する気になっただろうと彼女は思ったりした。自分があの時代に
生まれていたら，フッカーがあんなひどい結婚をしないよう助けてあ
げたのに，というのである。あるいは目が見えなくなったミルトンで
も同じだ。他の偉人だってそうだ。彼らが奇妙な性癖を持っていたと
しても，それを堪え忍ぶのがこの上ない敬虔さの証しとなる。ところ
がこの人懐こい准男爵ときたら，自分が不安気にものを言ったときで
さえ「まさに！」などと相槌を打ってくる。こんな人が恋人としてこ
ちらの心を動かすことがどうしてできるだろう。ほんとうに良い結婚
は，夫が父のような存在で，こちらが望めばヘブライ語だって教えて
くれる，というくらいでないと[1]。

　ある論者はこの部分が，はじめは語り手の視点からの叙述なのが，次
第に人物の内面に寄り添った語りに移行していくと指摘している（17〜
18頁）[2]。たしかに前半では「〜と思った」という言い方だったのが，
次第に「どうして〜だろうか」というように，より直接話法に近い形に
変化していくのである。ここでは語り手の声と人物の声とが拮抗してい
るのだという見方もできるが，別の観点からは，このようなプロセスを
通し，語り手が人物に接近し，没入しているとも言える。

4. にこやかな善意からよそよそしさへ

　上記の例からもわかるように，自由間接話法では「外の声」と「内の声」のバランスをめぐってさまざまな「さじ加減」の調整が可能になる。そして，この「さじ加減」が時代によって変わるのである。19世紀にはどちらかというと作家には登場人物への接近が——従って共感と善意と愛とが——期待されがちだった。作家が人物と一体化を果たしさえすれば，少なくとも作品内には愛と共感の共同体が成立すると考えられた。全知の語り手という言い方からもわかるように，まだこの時代，キリスト教的な価値観への信頼が残っており，小説家の力で世界を合理的に理解できるはずだとも考えられていた。だからこそ，共感も美徳として貴ばれた[3]。

　しかし，こうした作家による共感は，その裏に権力や支配の意識，傲慢さといった望ましくない要素を隠し持ちうる。20世紀にさしかかるあたりから，一部の文学作品はそうした一元的な声の支配に対して懐疑的な態度を見せるようになる。ジェイムズ・ジョイスの『ユリシーズ』や，ヴァージニア・ウルフの『灯台へ』『ダロウェイ夫人』といった作品には，地の文の特権的な支配から登場人物たちの声を開放しようとする傾向が見られるようになった。神の視点から自由に気楽に，ときにはいい加減にときには意地悪く，自分らしさを保ったまま語る人物たちが現れるのである。また，ウィリアム・フォークナーの『響きと怒り』のような作品では，内面の理解が簡単ではないと思える知的障害者を視点人物の一人にすえることで，常識的な世界観の外に出るような視点を提供している。

　このように，20世紀に入ると作家たちは，人物に接近するよりはむしろ遠ざかってみせることで，つまり共感や愛よりも，無理解やよそよそ

しさやときには嫌悪感さえまじえた表現を通して人間の心をとらえよう
とした。こうした動きを理解するには「形而上詩人」(1911年)の中でT・
S・エリオットが示した文学観が参考になる。

　　いつの時代でも，詩人たるもの哲学などの領域に関心を持たねばなら
　　ないというわけではない。ただ言えるのは，我々が生きる今現在の文
　　明においては，どうやら詩人は「難解」でなければならないというこ
　　とである。我々の文明は実に多様で複雑であり，この多様性と複雑さ
　　とが洗練された感受性に働きかけることで多様で複雑なものを生み出
　　さねばならないのである。詩人はより一層広いものをカバーし，より
　　暗示的に，より間接的になり，そうすることで必要とあらば使い方を
　　ずらしたりしながら言葉を強引に自分の言いたいことへと導くのであ
　　る[4]。

　詩人が読者による共感や理解を期待するなら，平易な表現を用いざる
をえないだろう。しかし，複雑な生活を強いられる現代人が，その心の
声を表すのに必要なのはむしろ難解（difficult）な表現だとエリオット
は言う。ここには，なぜ20世紀に入り愛や共感よりも離反や逸脱や転覆
の方が文学者の表現として注目されるようになったのかを理解するため
のヒントがあるだろう。
　ではクッツェーの場合はどうか。実は『恥辱』は，無国籍とでも呼び
たくなるような癖のない，ニュートラルな文章で書かれている。クッ
ツェーの他の作品にもときとしてそうした特徴は見られる。こうした文
体を通して，彼は何を表現しようとしているのだろう。

5. 「無責任な語り」が暴くもの

　冒頭近く，デイヴィッドが女子学生のメラニーを自身の家に呼びこん
で誘惑しようとする場面がある。ロマン派の詩人ワーズワスがいかに偉
大か，その『序曲』（Prelude）がいかにすばらしいかを彼が力説したあ
と，次のような会話がかわされる。

「授業を最後まで受けたらもっとワーズワスの良さがわかるかもしれ
ません。好きになるかもしれません」
「かもね。ただ，僕の経験では詩っていうのははじめからいいと思うか，
まったくピンと来ないかのどちらかなんだ。ぱっと啓示があって，ぱっ
と反応してしまう。稲妻みたいなもんだ。恋に落ちるのと同じだ」
　恋に落ちるのと同じ。若者は今でも恋に落ちるのだろうか。それと
もそんな心の機構はもう時代遅れで，不必要で，珍妙なものなんだろ
うか。まるで蒸気機関車みたいに？　彼にはわからない，ついていけ
ない[5]。

　この一節には，デイヴィッドがどのような人間として設定されている
かが凝縮された形で表現されている。女子学生に教育的配慮から文学指
導をしているようでいて，ほとんど無意識のうちにそこに性的な気分が
まぎれこむ。しかし，そうした性的欲望も文学作品への傾倒と結びつけ
られることで，彼自身の中では美化，もしくは浄化されている。
　そこで問題になるのが語り手の立ち位置である。語り手はここではど
こにいるのだろう。デイヴィッドに接近し，共感し，愛しているのだろ
うか。ここでも自由間接話法が用いられているが，そこには愛の語りが
あるとは思えない。むしろ語り手はデイヴィッドの下心を見透かし，暴

き出している。語り手自身の，距離を取った風刺的な視線が感じ取れるのである。たとえば'He is out of touch, out of date.'というあたりは，とりあえずデイヴィッド自身の思考のように見えるが語り手が半ばヤジるようにして茶化しているように見えなくもない。ひょっとすると，語り手がデイヴィッドを助けてこのように思考させているのか。

　自由間接話法によって語り手と登場人物の境界が曖昧化されることで，このように共感や愛とは正反対の，距離を置いた風刺的な視線が生まれる。他方で，叙述の言葉はごく平易である。衒学的な気取りも，権威主義的な断罪もない。語り手自身が，デイヴィッドという軽薄な女たらしの分身のようにも見える。デイヴィッドをはやしたて，その背中を押しているようにも見えなくはない。

　『恥辱』の自由間接話法は，このように責任の所在の明確でない，とにかく軽快さばかりが先に立つテンポで進む。そしてこのテンポのよい語りの中で，その後の重く苦い物語も語られるのである。強姦による妊娠が判明したあと，ルーシーはデイヴィッドの反対にもかかわらず出産を決意する。しかも強盗たちの一人はルーシーの身近な人物と非常に近い関係にあるらしいことも判明する。

　デイヴィッドのハラスメントと，ルーシーの強姦との間に重なりを感じ取る読者は多いだろう。単純な寓話として読むなら，ルーシーが強姦されたことと，彼が犯したハラスメントとは対になっている。他人の娘を蹂躙した男が，自身の娘を蹂躙されたことでその痛みを思い知ったという構図である。またこの対立には，かつてヨーロッパの列強がアフリカ大陸の住人に対して行った植民地支配の歴史が重なる。列強はアフリカを植民地化することで，いわば性的に蹂躙したとも言える。ところが，かつて支配されていた側が今，束になってデイヴィッドとその家族に復讐を果たそうとしている。ヨーロッパ系の白人が，かつて蹂躙され

た側によって蹂躙されようとしているのである。自分の娘が悲惨な目に
あってはじめてデイヴィッドは，自分と自分の属する文化による罪過と
を確認する，ということである。

　しかし，例の「無責任な語り」はこうしたわかりやすい読みを攪乱す
る。この語りが介在することで，この寓話的構図に対する疑念が生まれ
るのである。「無責任な語り」が暴いたのは，「恋愛」についてのデイヴィッ
ドの文学的な見立てがいかに欺瞞に満ちた，ご都合主義的なものかとい
うことだった。デイヴィッドはメラニーを誘惑するときに，性的な出会
いが文学作品との出会いと「似ている」という理屈を用いることで正当
化しようとしたのである。こうした類比と重ね合わせの論理は，共感を
生み愛を育むこともあるが，それゆえに微細な違いやずれを見えなくす
る。とりわけ，違和感や嫌悪感を隠蔽する。そこには暴力性がある。「無
責任な語り」はこれを外から暴き出すかわりに，自由間接話法というモー
ドを使って，デイヴィッド自身が自らの声でその嘘をさらけ出してしま
うように仕向けた。

　文学化や寓話化にはこのように「嘘」がまぎれこみやすい。文学は類
比や重ね合わせを優先することで共感や愛を生み出すかもしれないが，
結果的に違和感や嫌悪感を抑圧することにもつながる。「無責任な語り」
は，デイヴィッドの内面に接近することで愛の語りを装いつつも，実際
には無責任にふるまうことで共感や愛をずらし，むしろ悪意や嘲笑や残
酷さを見せつける。私たちははっと目が覚めたように，寓話の説得力の
呪縛から自由になる。つまり，『恥辱』の語りに無責任さや軽薄さを感
ずるおかげで，私たち読者は自由間接話法に伴う接近が，愛や救済につ
ながるよりも，悪意に満ちた侵入や嘲笑を生み出すことを実感する。し
かし，それは必ずしもネガティブなことではない。むしろこうして語り
の悪意や嘲りを介在させればこそ語られうることがある。そのおかげで

こそ見えてくる世界の相貌というものがある。

6. まとめ

　『恥辱』のデイヴィッドがいわゆる「女たらし」として描かれていることは意味深い。彼は自らの魅力を武器に「誘惑する人」としての人生を歩むことで，類比や重ね合わせというロジックの，そして寓話と文学という枠組みの生きる体現者となってきた。彼自身の理屈も世界の見方も共感や愛に依存しており，そのため，十分にずれや違和感を見据えることができない。

　しかし，そんなデイヴィッドがひどい目に遭うおかげで，私たちはかなり強烈な苦味とともにずれや違和感を目の当たりにし，寓話や文学の失墜をこの目で見届けることができる。そこには苦さを基調にしたリアリズムがある。

　『恥辱』は南アフリカでは黒人に対する偏見を助長する作品として非難も浴びたという。たしかにそこには共感や融和よりも断絶と違和感があふれ，その過酷さは違和感を生み出すもととなった人物たちに向けられうる。他方で，そうした読みを否定したとされるクッツェーの反論は，この作品の安易な寓話化への抵抗とも見える。少なくとも言えるのは，クッツェーの作品がそう簡単に癒しを与えてくれはしないということである。南アフリカの現実は，安易な寓話では描出しきれない[6]。この作品の共感と断絶をめぐる微妙な側面に注目することで，より豊穣な読みをすることが可能なのかどうか，答えは作品中には書かれてはいない。それは未来の読者に託された課題なのである。

〉〉注

1 ）原文は以下の通り。That he should be regarded as a suitor to herself would have seemed to her a ridiculous irrelevance. Dorothea, with all her eagerness to know the truths of life, retained very childlike ideas about marriage. She felt sure that she would have accepted the judicious Hooker, if she had been born in time to save him from that wretched mistake he made in matrimony; or John Milton when his blindness had come on; or any of the other great men whose odd habits it would have been glorious piety to endure; but an amiable handsome baronet, who said "Exactly" to her remarks even when she expressed uncertainty,--how could he affect her as a lover? The really delightful marriage must be that where your husband was a sort of father, and could teach you even Hebrew, if you wished it.
（George Eliot. *Middlemarch*, p.10. 和訳は筆者による）

2 ）Paul Sopcak. Don Kuiken, David S. Miall. "The Effects of Free Indirect Style in George Eliot's 'Middlemarch': A Reader Response Study". *Anglistik*. 31-1 (2020), pp.15 - 29.

　　この論文でも言及されているように，free indirect discourse, free indirect speech, free indirect thoughtといったカテゴリーの微妙な区分も話題になる。

3 ）このあたりは拙著『善意と悪意の英文学史』（東京大学出版会，2015年）に詳しい。

4 ）T. S. Eliot *Selected Essays*. London: Faber, 1951, p.289. 和訳は筆者による。

5 ）原文は13頁。和訳は筆者による。

6 ）なお，主人公のデイヴィッドが動物とのかかわりを通して一種の再生を果たしたとする評論もあることを付記しておく。動物とのかかわりで文学作品を読み直すアプローチも近年増えており，「共感」をめぐる読解のあらたな方向性を示すかもしれない。たとえば下記などを参照。Sonia Li "Violence and Ventriloquism in J. M. Coetzee's 'Disgrace'." *Mosaic: An interdisciplinary critical journal*, 52-1 (2019), pp.87-102.

引用・参考文献

　本文中の引用はいずれも拙訳を付した。クッツェー『恥辱』の原文はJ. W. Coetzee. *Disgrace*（New York: Vintage, 2000）による。翻訳は鴻巣友季子訳『恥辱』（ハヤカワepi文庫，2007年）も参照のこと。クッツェーの論集は田尻芳樹訳『世界文学論集』，同『続・世界文学論集』として刊行されている。またより詳しく知りたい読者には，同じく田尻芳樹による『J. M. クッツェーの世界——"フィクション"と"共同体"』がある。なお，本文中で言及したその他の作品については，下記の版を参照した。George Eliot. *Middlemarch*（Oxford University Press, 1997），T.S. Eliot *Selected Essays*（Faber&Faber）1951. 参考までに翻訳は下記のようなものが刊行されている。T・S・エリオット，矢本貞幹訳『文芸批評論』, 岩波文庫, 1962年。ジョージ・エリオット，廣野由美子訳『ミドルマーチ（1〜4）』, 光文社古典新訳文庫, 2019年。

4 | アイルランド詩と土の匂い ——シェイマス・ヒーニーの作品から

阿部公彦

《目標＆ポイント》 外国語で書かれた詩を読むのはハードルが高い。そもそも詩を読むときに必要な心構えとは何か，英語の詩にはどのような特徴があるかといったことを確認した上で，詩人シェイマス・ヒーニーの「掘る」という作品を読んでみる。現代詩は形式から自由になったと言われるが，実はそのおかげでより繊細な「声」の表現が可能になり，言葉未満の微妙な領域に私たちの注意を向けることにもつながったとも言える。
《キーワード》 英詩，アイルランド，ヒーニー

1. 詩を読むということ

　詩は文学のもっとも古いジャンルだと言われる。芝居や小説，エッセイなどよりもはるかに長い歴史がある。その理由は簡単で，詩には形式があったからである。どんな言語表現でも，その表現を相手に伝えるための「入れ物＝メディア」が必要となる。芝居であれば劇場や舞台，小説であれば紙や印刷術がその役割を担ってきた。しかし，舞台にしても印刷物にしてもテクノロジーの発達に依存している。これに対し詩の場合，表現の「入れ物」となったのは，言葉そのもののだった。たとえば日本語でいえば，五七調のリズムにするだけでまるで詩のように響く。そういう意味では詩の形式は，言葉を使うようになった人類がもっとも早い段階で洗練させたテクノロジーだと言えるのである。

しかし，皮肉なことに，これが現代社会における詩の存在感の低下にもつながった。かつて詩がほとんど唯一のメディアだったころ，人間はリズムや韻などの装置を活用することで言葉に形を与え，記憶を助けたり，流通させたり，重要箇所を強調したりしてきた。しかし，印刷術が普及すると，私たちの語感にかわって紙が情報を記録／記憶するようになり，さらに時代が進んで，今や情報は紙よりも磁気媒体で記憶されることが多くなった。こうなると，「何で詩があるの？」「誰が詩なんて読むの？」といった疑問さえ出てくる。

写真4-1　シェイマス・ヒーニー
（写真提供　ユニフォトプレス）

　しかし，詩がもともと持っていた機能は，決して消滅したわけではない。何しろ，詩の最大の持ち味は「言葉の形」を通して人間に働きかけることである。言葉はその内容だけではなく，形を通して知的刺激を与えたり，情感をかきたてたり，記憶に刻み付けたりする。内容と形とは相互に依存しており，決してどちらかだけで機能をまっとうすることはできない。どんなに意味のあるメッセージでも，言い方をまちがえたら相手には届かない。

　たとえば茨木のり子の「抜く」という作品は，次のように始まる。

　抜いたと感じる瞬間がある
　抜こうと思っているわけではないのに
　追いかけているわけでもないのに
　人を抜いたと感じる瞬間の　いわんかたなき寂しさ

　平易な言葉で書かれており，「抜く」という行為について語っていることはすぐにわかる。しかし，一見した平易さとは裏腹に，内容は簡単ではないことも次第に見えてくる。それは「抜く」という言葉が何度も繰り返されるからだ。繰り返しは詩の，あるいは言葉が持つ最も有効な装置である。繰り返しの使い方次第で，言葉はまったく異なった響きを持つ。ここでとくに注目したいのは，「抜いた」「抜こう」といった言葉が何度も使われるのに，「何」を「どのように」抜いたのかが語られないところだ。そのせいでかえって「抜く」という行為の，奥深さが目立ってくる。「抜く」と呼ばれるような場面は徒競走で抜く，身長で抜く，収入で抜く，などいろんな状況で想像できるが，そうやって具体化すればこの行為は散文化し，日常生活の些細なひとコマとしてインパクトを失う。しかし，具体的な部分に触れないまま，「抜いた」「抜こう」とだけ言われるとかえって深さや，すごみさえ出てくる。つまり，「抜く」という単純な語でもそれをどのような形の中に置くかで，表す意味の深みがらっと変わるのである。

　あわせて言えば，1行目から2，3，4行目と進むにつれ，言葉と音節の数が増え，行が少しずつ長くなっていることにも注目したい。こうして長くなることで，じわじわと何かが高まっていることが感じられる。感情，緊張感，そして「抜く」という語の真意をめぐるミステリーも深まる。そのクライマックスでくるのが「寂しさ」という予想外の語なのである。「抜く」は勝つことであり，ポジティブな行為のはずなのに，なぜそれが「寂しさ」なのだろう。少なくとも，本来は対極にあるはずのこの両者をあえてつなげることで，世界の見え方がらっと変わってくるのはたしかだ。このすぐ後の「父を抜いたと感じてしまった夜／私は哭いた　寝床のなかで　声をたてずに」という箇所まで読めば「なるほど」と合点がいく人も多いだろう。

　今，人間はさまざまな技術を駆使し，自分たちの仕事の代替をさせるようになった。とりわけ「記憶」の部分は外注することが多い。私たちは語感を通して自分で記憶するよりも，書類やデータファイルに頼って生きている。しかし，人間が人間である以上，すべてを肩代わりしてもらうことはできない。最低限の記憶──たとえば自分が自分であるという記憶──が土台としてなければ，私たちは生きているという実感さえ持てないだろう。ましてや物事に知的な興味を持ったり，情緒や感情に動かされたりというレベルになれば，もはや肩代わりなどきかない。人間が何より「言葉を使う存在」である以上，言葉という技術を介しての記憶や注意，感動といった体験は別の装置ではなかなか代替が効かないのである。私たちは詩と接することで，いかに言葉にとって「形」が大事であるかを実感することができるし，そのことを通して私たちは，言葉を使う存在として人間の人間らしさをあらためて発見することになる。

2.　ヒーニーという詩人

　そういうわけでこの章では，言葉の形とはどのようなものか，実際にヒーニーの詩をみながら確認していく。その前に簡単にこの詩人の背景を確認しておこう。

　シェイマス・ヒーニーは，北アイルランド・デリー県のモスボーンで農業を営むカトリック系の家庭に生まれた。9人兄弟の長男だった。ヒーニーはその後ベルファストのクィーンズ大学に進学。ベルファストはアイルランド紛争がもっとも荷烈だった場所で，少数派のカトリック系住人と，多数派のプロテスタント系の住人の対立が激化し，70年代には多数のテロ事件が発生した。その背景には，長らくイングランドの植民地として搾取されてきたアイルランドの歴史がある。正式に大英帝国に組

み込まれたのは19世紀になってからだが，それ以前の数百年にわたってアイルランド島ではケルト系の住人が大ブリテン島から来たイングランド系の住人に支配されていた。そんなアイルランドで20世紀初頭に独立の機運が高まり，反乱や内戦をへて1949年，アイルランド共和国が連合王国から完全な独立を果たす。しかし，アイルランド島の北部だけは，住人の多数派がプロテスタントということもあり，北アイルランドとして連合王国に残った。これが後の紛争の種となったのである。

　ベルファストで学生生活を送ったヒーニーは少数派のカトリックとしてそうした空気を呼吸して育った世代だと言える。彼は一方で農家を営む実家の，土との関わり合いに誇りを持ちながら，大学では後に詩人・批評家として活躍するマイケル・ロングリーやカリスマ的な英文学教師フィリップ・ホップスバウムらの薫陶を受け，アイルランド・イングランドを問わず文学の滋養をたっぷりと吸収した。

　そんなヒーニーがいったいどのような政治的なスタンスをとったかは興味深いところだ。紛争が激化した60年代後半の北アイルランドで教鞭をとったヒーニーは，とくに初期の作品では，政治的な状況に飲みこまれずに独自の詩的スタンスを保つことに注力したのである。彼にとってはそれが執筆継続のための最重要課題だった。彼の作品を読むと，非常にデリケートなバランスをとりながら政治と向き合っていることがわかる。紛争や暴力を直接に描くのではなく，神話的な素材を用いたり，家族や自然を繊細な筆遣いで丹念に書き尽くすことで，間接的に現実とかかわる。そんな慎重な態度に業を煮やした批評家からその「非政治性」が批判されることもあった。

3. ヒーニーの言葉の「形」

　以下，ヒーニーの「掘る」'Digging'という作品を読んでみよう。こ

の詩は代々大地と交わりながら生きてきた家に生まれた自分が，そうした先祖伝来の土との交流を引き継ぎつつも，農具のかわりにペンを手に取るのだという決意をこめた詩である。冒頭部は次のようになっている。「僕の人差し指と親指の間に（Between my finger and my thumb）／ずんぐりとしたペンが　ぴたりと銃のようにおさまる（The squat pen rests; as snug as a gun.）」。語りはペンを握っている自分の描写から始まり，つづいて父や祖父が地面を掘る様が回想される。そこに「銃」といった比喩がでてくると，北アイルランドの歴史もよぎらざるを得ない。自分にとってはペンが一種の銃なのだ，ちょうど鋤が父や祖父にとっての武器であったのと同じように，という感慨がある。

　この詩の「形」に注目してみよう。上記の二行をみると，行末のthumbとgunという語が完全に韻を踏んではいないまでも類似した音になっていることに気づく。さらに次の三行の行末では，より明確な音の重なりがある。

　　窓の下からは　砂利まじりの地面にスコップが沈むたび
　　（Under my window a clean rasping sound）
　　軽やかな削る音が聞こえてくる
　　（When the spade sinks into gravelly ground:）
　　父さんが掘っている　見下ろすと
　　（My father, digging. I look down）

sound/ground/downという連鎖には共通して [aʊn]という音が聞こえる。近代の英語（概ね1500年以降）では，このように行末の音をそろえる「脚韻」がよく使われるようになる[1]。たとえば2行ごとにセットになる二行連句（couplet）をはじめ，一行おきに韻を踏んだり，もっ

と複雑なシステムにしたりすることで詩人たちは技を示し，それが意味内容の響き方をも変えてきた。

　韻には脚韻以外にも頭韻（alliteration），行中韻（internal rhyme）などがある。ノルマン征服（1066年）以前の古英語の時代には頭韻が主流だったとも言われるが，近現代の英語でも頭韻は使われるし，「掘る」でもgravelly groundといった一節では，語頭の/g/の音が耳に残る。脚韻がどちらかというと意外性を伴って知的な要素を持つのに対し，頭韻はよりストレートな感情につながりやすい。

　次にこの詩のリズムを確認すると，一行目では太字で示したように，強音節と弱音節が規則的に入れ替わっている。Be**tween** my **finger and** my **thumb** このような律動は「弱強（iamb）」と呼ばれ，英詩の七割がこのリズムを採用しているとも言われる。通常の会話のリズムにも近く，シェイクスピアの芝居のセリフでもよく使われる。

　20世紀になると韻にしてもリズムにしても，精緻に形式を守る詩は主流ではなくなり，形式から自由な詩が増える。いわゆる自由詩や，ある程度形式を守ってはいても少々形を崩して半韻（half rhyme。たとえばthumbとgunなど）などが使われる。ヒーニーの詩もまさにそうした例の一つで，冒頭のリズムがずっと維持されるわけではなく，詩の進行の中でさまざまな転調があるし，一行あたりの音節の数もまちまちだ。韻にしてもそれとわかる様式を守って踏まれるわけではなく，流れの中でかなり自由な共鳴が仕こまれている。

4. 形なき形

　では，形から自由になった現代詩はもはや詩と呼ぶには値しないのだろうか。そもそも「形」が旗印の詩にとって，その放棄は存在証明の喪失ということにはならないのか。

　しかし，興味深いのは表立って形式を守っていない詩が，それゆえにこそより微妙で繊細な形の響きを表現しうることでもある。たとえば今引用した「掘る」の冒頭五行だけを見ても，明確な韻以外に finger/window/sinks/digging といった語群に共通する /in/ という音節から微妙な共鳴が聞こえてくるのがわかる。thumb/gun/sound/ground/down といった語群からは /n/ の響きが聞こえる。

　これらの語の音節の数が少ないことにも注目したい。ちょうど日本語で漢文脈と和文脈の違いがあり，前者はどちらかというと抽象的で形式張って聞こえる（「悲憤慷慨」など）に対し，後者は平易で冗長，日常感覚に近い（「さめざめと泣く」など）とされることが思い出される。これと同じように英語でも，いわゆるアングロサクソン系の語（dog, dig, gun など）は音節数も少なく，どちらかというと平易で日常的な状況にかかわる。対して，ラテン系の語は専門用語や宗教関係の語など抽象的な領域にかかわるものが多い（meditation, interpretation, literature など）。

　こうした要素に加え構文の作り方でも短いか長いか，複文か重文かなどさまざまなレベルで「形」の効果が生み出される。先の引用部でも次の「掘る（digging）」という語のある箇所は，流れの中で息が急に短くなって立ち止まる感覚がある。...My father, digging. I look down... まるで「ぐっ」という音が聞こえてくるかのようで，土を鍬で耕すときの湿った鈍い感触が感じられ，この抵抗感から独特のリズムが生まれる。「掘る」という詩がその形を通して伝えてくるのは，こうした大地の抵抗感と，心臓の鼓動や呼吸音のように規則正しい弱強の静かな息づかいとの拮抗だと言えよう。これは世界そのものから返ってくる手ごたえとも呼べるもので，身体性という語で指し示すのがふさわしいかもしれない。世界は理念や数値だけでは理解できず——つまり「頭」だけでは受

け止められず——認識以前の「たしかにそこにある」という実感なしには語れない。その土台となるのが,「身体性」と呼ぶべきこの存在の感触なのである。「掘る」の「形」は,まさにそこをとらえる。

　こうしたたくらみをすべて詩人自身が意識的に仕組んでいるわけではないが,少なくとも直感的には何かを察知しているはずだ。大事なのは,形式として名指すのは難しいけれど,手触りもしくは肌ざわりと呼びたくなるような感覚とともに読者や聞き手に訴えてくる何らかの「形」があるということである。20世紀の詩人の多くはいわゆる形式を捨てたように見えるかもしれないが,実際には言葉の響きへの感受性をより研ぎ澄ませてきた。「形のある形」だけでなく,「形ならぬ形」までも繊細に活用するようになったのである。ヒーニーの詩人としての最大の功績の一つも,明確な言語表現になるかならないかの微妙な境界領域を表現したことである。ヒーニーの詩は,私たちの社会の土台にある「未開と近代」,「自然と文明」,「土地と人間」,「身体と精神」といった対立にあらためて目を向けさせ,こうした対立が明瞭なものではなく,むしろ両者が「すれすれ」のところにあることを実感させる。これは私たち人間のルーツへの問いかけとも言えるだろう。

5. 動詞の優位

　あらためて言えば,詩の形でもっとも重要なのは反復である。リズムにしても韻にしても,繰り返しをベースにした羅列や共鳴をどう組み合わせるかでさまざまな効果が生み出される。「掘る」という詩はそれに加え,より素朴な反復も用いているので最後にそれを確認する。注目したいのは「掘る」(digging) という語の反復である。

　詩の後半,祖父が地面を掘る様子はつぎのように描かれる。

おじいさんはトナー沼地では誰よりも
（My grandfather could cut more turf in a day）
たくさんの泥炭を一日で集めたもの
（Than any other man on Toner's bog.）
ミルクを入れた瓶に紙を突っ込んで栓をし　持っていったときも
（Once I carried him milk in a bottle）
おじいさんは背中を伸ばしてぐいっと飲み
（Corked sloppily with paper. He straightened up）
またすぐ仕事に取りかかった
（To drink it, then fell to right away）
刻んで　薄く切る　その様があざやかだ　土を
（Nicking and slicing neatly, heaving sods）
肩越しに放りあげ　どんどん深く
（Over his shoulder, going down and down）
良い泥炭を求めて掘っていく　掘る
（For the good turf. Digging）.

「誰よりも…泥炭を…集めた」（could cut more turf）とはじまり「持っていった」（I carried him milk）とか「背中を伸ばしてぐいっと飲み」（He straightened up / To drink it）といった動作が描かれるが，その後はだんだんとNicking, slicing, going, diggingという風に動詞がing化する。出だしでは語り手は，ペンを手にして書斎に座っている。地面を「掘る」という肉体的行為からは遠く隔たっているのだ。ところが先にも触れた三行目のMy father, diggingという微妙なリズムの転調をきっかけに，自らも「掘ること」に没入する。「掘る」という行為を見る＝想うことで，「掘ること」のただ中に吸いこまれていくかのようである。祖

父の様子の回想は，はじめは過去形だったが，その後は時制の区別を越え，永遠の現在としてのing形に変わる。没入の語りが形の上でも示されるのである。

　そんな中でタイトルの「掘る」という語が何度も使われる。すでに触れたように，その役割は文を短く，すぱっと切ることにある。「どんどん深く／良い泥炭を求めて掘っていく　掘る」(going down and down / For the good turf. Digging.) これはペンや鋤によって何かに切れ目をつけ，覆し，耕していくという行為と重なる。英詩のリズムは基本的にどんどん長く連なるところから生まれるが，この詩の場合，diggingという語に具現される短い「ぐ，」という断絶や抵抗の感触を，どんどん長くなっていくリズムと上手に組み合わせることで，単なる流麗さとはひと味違う運動感を出している。

　diggingの繰り返しによって作られる現在進行的な感覚には，抑制の利いた寡黙さがある。「ぐ，」という音には，「黙って，やれよ」というようなひたむきさがこめられるのだ。外に向けて雄弁に語ることをめざすのではなく，声にならなくてもいい，とにかく，自分なりの音を発しながら，自分自身の根っこに向けて自分がやらなければならないことをやる，そんな姿勢が読める。詩の最後もそうした寡黙さが優勢のまま終わる。次第に文法のユニットが短くなり，リズムとしておとなしくなるが，それは内へ内へと力のこめられていくことの証左でもある。

イモ畑からのひんやりとした香り　水気を含んだ泥炭の
(The cold smell of potato mold, the squelch and slap)
ずぶっ　ぴしゃっ　という感触　刃がすぱっと
(Of soggy peat, the curt cuts of an edge)
植物の根を切断する様　脳裏にすべてが甦るが

（Through living roots awaken in my head.）
私の手にはスコップはなく　彼らのようにすることはできない
（But I've no spade to follow men like them.）
僕の人差し指と親指の間に
（Between my finger and my thumb）
ずんぐりとしたペンが　ぴたりと銃のようにおさまる
（The squat pen rests.）
僕はこれで掘る
（I'll dig with it.）

　最終行の「僕はこれで掘る」は，「やるぞ」という意気込みを非常に低い抑えた声で語ることで，詩全体を公のものとせず，自分自身のプライベートな声の領域にとどめておきたいという願いを表してもいる。

6.　まとめ

　この章ではヒーニーの「掘る」を読むことを通し，詩の形がどのように機能するか，また形式から自由になったと言われる現代詩の中で，それでも「形なき形」がいかに重要な機能を果たしているかということを確認した。実はこれはヒーニーの詩がどのように社会とかかわるかという問題とも直結している。

　先鋭な対立がある状況においては，「お前はいったいどっちの味方だ？はっきりさせろ」といった圧力がかかりがちだ。ヒーニーはそうした党派的議論そのものから極力距離をとった。そのかわりに彼が示したのが，個人の声と原点への回帰だった。公の枠組みにのみ込まれず，背伸びをせずに自分にしかないもの，自分の目からしか見えないものを語り続ける。もちろんヒーニーも「それも一種の態度表明だ。政治的立場の表明

だ」という批判に鈍感なわけではなく，その後は政治的な題材をとりいれた作品も書いたが，出発点には「掘る」のような，自分のルーツにこだわる姿勢があった。

　その後，ヒーニーは沼地（bogland）を題材にした作品を書くようになる。そこにはヒーニーが育った土地の匂いをとらえようとする姿勢や，古代的神話的なものに向けた想像力の飛翔も見られるが，間接的な形で現代の政治問題とのつながりもある。沼地から発見された遺体からインスピレーションを得て，現代のアイルランド紛争のリンチを想起するといった一コマもあり，古代的な想像力やルーツへの視線を現代の問題と結ぼうとする姿勢が見える。ヒーニーが，古英語で書かれた英雄譚『ベーオウルフ』を現代英語に翻訳したのも意味深いし，湖水地方を舞台に，幼年期の想像力を糧に詩を書き続けたワーズワスのような自然詩人に彼が深く傾倒していたことも忘れてはならない。

　ヒーニーの詩に見え隠れする「形なき形」の追求は，声なき声への希求とも重なり，文明以前の古代的なもの，理知や理念以前の身体的なものへの憧憬ともつながる。現代の詩人は形式から自由になることで，言葉未満もしくは言葉以前の領域へとしばしば足を踏み入れるのである。私たちの時代にもまだまだ伝えるものを持っている詩人がいるということだ。

〉〉注

1）正式な脚韻では，強勢のある音節とそれにつづく部分の音がすべて重なる。
　　例）smiling/filing

参考文献

　本章の元になっているのは拙著『英詩のわかり方』（研究社）でヒーニーを扱った第4章の148～157頁である。詩全般への入門のための記述もあるので，あわせて参照していただきたい。詩は音の響きも大事なので，できれば原文にもチャレンジしてほしい。ヒーニーの作品は主に以下のような詩集にまとめられ，ペーパーバックでも手に入る。

Opened Ground: Poems 1966-1996, London: Faber & Faber, 1988.

New Selected Poems 1988-2013, London: Faber & Faber, 2014.

100 Poems, London: Faber & Faber, 2018.

なおPoetry Foundationなど，作品の一部が無料で公開されているサイトがある。（https://www.poetryfoundation.org/poets/seamus-heaney）ここでは今回取り上げた「掘る」も読める。

　詩の訳としては村田辰夫他訳『シェイマス・ヒーニー全詩集』（国文社，1995年）が出版されている。日本語による案内や研究書としては小沢茂『共生の詩学──シェイマス・ヒーニー作品を読む』（三恵社，2010年），水崎野里子『シェイマス・ヒーニーの詩と語り──土の力・父の力』（日本国際詩人協会，2011年）などがある。英語圏の批評書や論文は多数あるが，まずは初心者向けの案内であるBernard O'Donoghue (ed.), *The Cambridge Companion to Seamus Heaney* (Cambridge: Cambridge University Press, 2008) などから手に取るのがいい。

　茨木のり子の作品は『茨木のり子詩集』（岩波文庫，2014年），『茨木のり子集 言の葉』（全3冊セット，ちくま文庫，2010年）などが手ごろなものとしてある。

5 | クレオール文学
──叙事詩の復活

塚本昌則

《**目標＆ポイント**》「クレオール」という言葉は，初めは植民地生まれの白人を指し，次いで現地で話される混成言語を意味するようになった。さらにカリブ海西インド諸島のフランス語圏では，近年，多民族・多言語・多文化が混交する社会のあり方を指す独特の意味を持つようになった。そこではどのような文学作品が書かれているのだろうか。クレオール文学を代表する三つの作品──エメ・セゼール『帰郷ノート』（1939年），エドゥアール・グリッサン『第四世紀』（1964年），パトリック・シャモワゾー『テキサコ』（1992年）──の読解を通して，その文学世界を具体的に見ていくことにしよう。
《**キーワード**》　クレオール，ネグリチュード，アンティル性，叙事詩

....

1. セゼール『帰郷ノート』──変貌する詩人

　「ヨーロッパ人でもなく，アフリカ人でもなく，アジア人でもなく，我々はクレオール人であると宣言する」──1989年，コンフィアン，シャモワゾー，ベルナベが出版した『クレオール礼賛』は，冒頭でこのように宣言する。この本はクレオールという言葉に，植民地生まれの白人，現地で話される混成言語というそれまでの意味とは異なる，まったく新しい意味をあたえた。カリブ海に生きる人びとに固有のアイデンティティーという意味である。

　1992年，コロンブスのアメリカ大陸発見五百周年という節目に，『ク

レオール礼賛』の作者の一人パトリック・シャモワゾー（1953年-）が
ゴンクール賞を受賞，またカリブ海英語圏セントルシアの詩人デレック・
ウォルコット（1930-2017年）がノーベル賞を受賞することで，カリブ
海文学に注目が集まり，クレオールという言葉が広まった。英語圏，フ
ランス語圏，スペイン語圏，オランダ語圏のカリブ海文学にはそれぞれ
の言語圏・文化圏に固有の歴史があり，広大な研究領域を作りだしてい
る。いずれカリブ海文学を綜合する研究が現れることを期待しながら，
ここでは「クレオール」という言葉を生みだしたフランス語圏，とりわ
けマルティニックの文学に注目してみよう。

　すぐにわかることは，「クレオール」という考え方が長い時間をかけ
て醸成されたものだということである。シャモワゾーやコンフィアン
（1951年-）は，この言葉を，多民族・多言語・多文化が混交する社会の
あり方を示す言葉として打ちだした。それが可能だったのは，エメ・セ
ゼール（1913-2008年）の「ネグリチュード（黒人性）」，エドゥアール・
グリッサン（1928-2011年）の「アンティル性」という考え方がすでにあっ
たからである。言葉は変わってゆくものの，その根底には共通した問題
意識があった。個人を単位として考えていては，何ひとつ解決しないと
いう状況への認識である。

　一人一人の人間の苦しみは，個人の次元では解決不能であり，集団の
問題として，状況そのものを打破する突破口を見出す必要がある。マル
ティニック島出身で，アルジェリア戦争の際に活躍した精神分析医フラ
ンツ・ファノン（1925-1961年）は，このことを痛切な言葉で表現した。
例えば，「乳白化」（肌が白くなればなるほど，美しくなるという幻想）
という概念を通して，患者を個別に分析するだけでは病は治せないこと
を明らかにした（ファノン，1998年，p.70）。植民地という状況そのも
のがもたらす苦痛を理解しなければ，病は治せない。クレオールの作家

たちは，一人一人の人間が陥っている苦境を描くことではなく，マルティ
ニックという島が置かれている状況そのものを把握することを，作家活
動の出発点に据えざるをえなかった。個人を出発点とする近代文学とは，
前提そのものが大きく異なっていたのである。

　その状況への認識を作品として初めて打ちだしたのが，エメ・セゼー
ルの『帰郷ノート』という長編詩である。「ノート」と題されているのは，
散文詩，独白，日記，エッセー，意味不明の間投詞等，韻律法に則らな
い多彩な言葉で書かれているためである。医学，人類学，植物学，地理
学等の専門用語が盛りこまれ，鍵になる言葉として造語が使われ，自動
筆記で書かれた箇所もあるこの叙事詩こそ，クレオール文学の尽きるこ
とのない源泉となった。まずこの作品を少し詳しくみていくことにしよ
う。

　マルティニック島バス＝ポワントの質素な家庭に生まれたセゼール
は，1932年，パリのルイ＝ルグラン高等中学校に入学，そこで生涯の友
となるレオポール・セダール・サンゴール（1906-2001年）と出会った。

1934年にはサンゴール，レオン・
ゴントラン・ダマス（1912-1978年）
とともに，『黒人学生』誌を創刊，
ここで「ネグリチュード(黒人性)」
という言葉を使いはじめた。1935
年，『帰郷ノート』の執筆を開始し，
1939年，『ヴォロンテ』誌に発表，
アンドレ・ブルトンが序文を付し
た1947年の版（決定版は1956年）
を通して広く知られるようになっ
た。

写真5-1　エメ・セゼール
（写真提供　ユニフォトプレス）

　『帰郷ノート』の背景には，アメリカ大陸開墾のための労働力として
アフリカ黒人が未曾有の規模で強制移住させられた，奴隷貿易の歴史が
ある。「金と砂糖と奴隷——このカリブ海地方の三種の神器は，膨大な
富と権力をもたらす打ち出の小槌であった」と，カリブ海域史を書いた
エリック・ウィリアムズは書いている（ウィリアムズ，2000年，p.76）。
西インド諸島におけるフランス領は1635年，ピエール・ブラン・デスナ
ンビュックがグアドループとマルティニックをアメリカ諸島会社として
植民地化したことで確立された。プランテーションでは，奴隷貿易に基
づく強制労働が行われ，当初キャッサバなどの食料品と煙草が作られて
いたが，アメリカ諸島会社はすぐにインドを原産地とする砂糖キビ製造
に乗りだした。フランス革命後のハイチの独立宣言（1804年），シェル
シェールによる奴隷解放令（1848年）等を経て黒人は解放されていった
が，社会差別は残った。このような状況において，セゼールは黒人自身
による意識革命を詩として結晶化させたのである。

　セゼールの長編詩がクレオール文学創設の意味を担ったのは，自分が
黒人であること，奴隷の子孫であることを，詩人が正面から引き受けた
からである。セゼール以前は，フランス文学に追随した「時代遅れの高
踏派，遅れてきた象徴派，二番煎じのロマン主義，要するに模造品の書
きもの」が幅を利かせていた（シャモワゾー／コンフィアン，1995,
p.102）。白人に同化し，ニグロの出自を抹消することを願うムラート（混
血）階級が，クレオール語を使うことを恥ずべき傷痕と感じ，フランス
の文学を絶対的な規範であるかのようにふるまう。そんな文化的土壌の
なかで，セゼールの身振りがどれほど困難なものであったかは，詩の中
にそのまま書きこまれている。自分の土地から顔を背け，遠く離れた〈本
国〉を模倣することのほうが自然なのだ。しかし，その自然さを否定す
る身振りがどれほどの解放感をもたらすのかをセゼールは示したのであ

り，それがその後の文学につづく大きな流れを形成することになる。

　「夜明けの果てに」というリフレインが，詩に最初のリズムを与えている。セゼールは，1935年夏，ユーゴスラビアの友人とともに，クロアチアの海岸を旅し，自分がそこにカリブ海の面影を見出していたことに気づき，それが詩のきっかけのひとつとなったと語っている（『ニグロとして生きる』，p.23）。フランスの外に出て，自分が故郷を思っていることに気づくという出来事があったというのである。シュルレアリスムの手法を採り入れ，錯乱した夢と現実を行き来する目覚めから『帰郷ノート』は始まり，やがて詩人の眼前に島の虚ろな姿が現れる。

　夜明けの果てに，打ちのめされた人生，流産した夢をどこに片づければいいのかわからない，自らの河床を動かない，絶望的に無気力な人生の河，膨れあがることも沈みこむこともなく，流れる決断がつかず，ぶざまにも空虚だ。

　この水平に広がる町の人びとは，自分たちの叫びにさえ無関心だ。「この無気力な町の中の，飢えの，悲惨の，反抗の，憎しみの叫びを素通りしてしまうこの群衆。かくも異様におしゃべりで無言のこの群衆。」　島の現在の姿だけでなく，回想の場面に現れる，幼い頃に過ごした生活の隅々にまで，貧しさと無力さが浸透している。

　「夜明けの果て」に見えてくる，この現実を受け容れるひとつのきっかけは，パリで惨めな同胞に出会ったことである。これは詩人自身が経験したこととして語られている。故郷を離れ，高等教育機関の最高峰のひとつ，高等師範学校で学んでいたとき，パリの市電で一人の黒人を見かける。「それはゴリラのように大きなニグロで，市電の座席で懸命に小さく小さくなっていた。」　セゼール青年は，この「滑稽で醜い」人物

が，自分と同じ歴史を負った自分の同胞であると認めることができず，その黒人を軽蔑する周囲のフランス人と一緒に「共犯の薄ら笑い」を浮かべる。きちんとしたフランス語を話せるのだから，自分はこの黒人とは違う，立派なフランス人の一人なのだ——でも，それが「卑劣」な裏切りにすぎないことが，セゼール青年には良く分かっていた。

　重要なことは，自分が同胞の姿を否定する卑劣さをもった一人の人間であることを認めることであり，それはとりもなおさず無気力に陥った町を自分の真の故郷として受け入れることでもある。詩人は，何にでもなりえる魔術師のような存在として自己を肯定するのではなく，あくまでも打ちのめされた一人の人間としての自分を受け入れるのだ。そして，別の存在になることによってではなく，あるがままの存在として自己を肯定するところから，反転が起こる。「それでよいのだ，とぼくは言う。／ぼくはぼくの魂のもっともつまらないところのために生きる。／ぼくの肉のもっとも色あせたところのために！」　こうして詩人は自分の土地に住む人びとを肯定する力強い言葉を得ることになる。

　火薬も羅針盤も発明しなかった者たち
　蒸気も電気も一度として飼い馴らせなかった者たち
　海も空も探検しなかった者たち
　だが，彼らがいなければ大地が大地ではなかったような者たち

　この地上に生きてきた仲間のことを考えながら，詩人は自分が一人ではないことを発見してゆく。詩人は，見物人のように外から見るだけの，表面的な態度を捨て，話す口をもたない人びとの口となって話し，自分の生きている現実をかつて生きた人びとの声とともに語りはじめる。すると，昔，奴隷船と関わった港に，詩人は自分の痕跡を発見することに

なる（「ボルドー，ナント，リヴァプール，ニューヨーク，サンフランシスコ／ぼくの指紋のついていないところなどこの世界にひとかけらもありはしない」）。詩人はハイチで独立戦争を指揮し，アルザスの牢獄で獄死したトゥーサン・ルベルチュールに思いを馳せ，さらには眼にするあらゆるものに変貌する力を得てゆく。「木を凝視するあまり，ぼくは木になり，ぼくの長い木の足は地中に大きな毒嚢を，丈高い骸骨の都市を掘った／コンゴのことを思うあまり，ぼくは密林と河にざわめくコンゴになった」。自分は世界の至るところにいた，自分にはあらゆる人や物に変貌する力がある──自分の話す言葉に，そんな尽きることなく湧いてくる，不思議な力が刻印されていることに，詩人はようやく気がついたのだ。

　自分は何ものなのかという問いに，かつて奴隷だった者たちの子孫だと言うことは，正確な答えではない。自分とは，過去と現在を行き来しながら，あらゆるものに変貌する力そのものなのだ。だから，アフリカの創世神話に同化しようとすることも間違っている。「否，われわれはかつてダホメ王のアマゾネスであったことはない，八百頭の駱駝をしたがえたガーナの王子でも大アスキアが王だったトンブクトゥーの博士でもジェンネの建築家でもマフディーの戦士であったこともない。」セゼールの詩を読めば，ネグリチュードが「アフリカ回帰」のメッセージでないことは明らかである。実際，第二次世界大戦後，かつての植民地が海外県や独立国として再出発を遂げるのにあわせて，カリブ海の多くの若者が「母国」アフリカへ旅立ったが，マリーズ・コンデ（1934年-）が『エレマコノン』（1976年）で語るように，カリブ海の若者がアフリカ社会に溶けこむことは容易ではなかった。

　帰郷は詩人にとって，身を落ちつけられる場所に帰ることではなかった。それは時間的，空間的に，どこまでも広がってゆくプロセスに自分

が巻きこまれていることを知る旅だった。そのためには自分の卑小さを直視するという試練を経る必要があった。「ぼくはぼくをぼく自身から隔てる羊膜を押し破る／ぼくはぼくに血を巻きつける大いなる羊水を押し破る」。その果てに，同じ現実を前にした数多くの人びとが見えるようになった。ネグリチュードは自分の奥底に広がっている，途方もないネットワークに気がつくための旅だったのである。

2. グリッサン『第四世紀』——帰りつく場所のない叙事詩

　セゼールは，ヨーロッパの尺度で物事を見ないという態度を徹底させ，自分たちの背負っている歴史を引き受けることで新たな連帯の可能性を模索した。それに対して，グリッサンは自分たちの住む場所の特異性に着目することで，新しい叙事詩の可能性を追求した。グリッサンの考察は，カリブ海に住む人間が，アフリカの諸文明から切り離され，大西洋交易によって人工的に作られた存在であることを認めるところから出発している。英語，フランス語，スペイン語，オランダ語，そしてそれぞれのクレオール語と，言語も多様なら，歴史背景も異なるカリブ海を，グリッサンはひとつの全体ととらえ，それをかつての宗主国であるヨーロッパではなく，地理的につながっている南北アメリカの文化に接続しようとした。その混沌とした不透明なざわめきのなかに，自分たちのアイデンティティを探しもとめた。

写真5-2　エドゥアール・グリッサン
（写真提供　ユニフォトプレス）

　グリッサンは，その実験的なアイデンティティのあり方を，カリブ海の古い呼び名をとって〈アンティル性〉と名づけた。共通項は，起源から断ち切られ，連続した時間を生きることができないということである。

　両アメリカ大陸の小説家は，どのような文化的領域に属していようと，けっして失われた時を求めたりはしない，そうではなく，半狂乱の時のなかにいて，もがいているのだ。そしてフォークナーからカルペンティエールまで，さまざまな堆積，さまざまな錯乱に呑みこまれた，幾種類もの持続をもつ断片をひとは前にすることになる。（グリッサン，1981年，p.254）

　この断片の堆積から，どのような歴史を語ることができるのだろうか。ヨーロッパ文化への同化でもなく，アフリカへの回帰でもなく，カリブ海に根ざそうとするグリッサンの世界を，代表作『第四世紀』を通してみてみよう。

　ジョゼフ・ゾベル（1915-2006年）が『奴隷小屋通り』（1950年）で，両大戦間に生まれた子どもの日常を描いている。後に映画化されたこの作品で（『マルティニックの少年』，ユーザン・パルシー監督，1983年）主人公の少年のたどる軌跡を，同時代の多くのマルティニックの子どもたちがたどったが，グリッサンもその一人だった。1928年，サント＝マリーのプランテーションで生まれ，ル・ラマンタンで初等教育を受け，首都フォール＝ド＝フランスのシェルシェール高等学校に通学，グリッサンは当時そこで教鞭を執っていたエメ・セゼールの教えを受けている。ソルボンヌ大学で哲学を学び，25歳の時から詩作品を発表，1958年小説第一作『レザルド川』でルノドー賞を受賞した。この小説では，1946年，マルティニックで初めて実施された選挙をめぐる若者たちの運動に焦点

を当てていて，革命的行為が準備される数ヶ月に記述が集中している。第二作『第四世紀』（1964年）で，グリッサンは語られる時間をマルティニック四百年の歴史へと拡張し，この土地で何が起こったのかを再構成しようとする。しかし，自分たちの立場に立った記録が残されていないのに，どうすればその歴史を語ることができるのだろうか。

　『レザルド川』には，歴史家の役割を担った一人の若者が登場する。その若者マチウは，自分たちの所有物とは決してならないこの土地の歴史に強い思いを抱いていた。「我々の民族の歴史は作られなければならない（……）。そうやって我々は自分が何者か分かってくる。」（グリッサン，2003年，p.81）『第四世紀』で，マチウは少年として登場し，森の中に住む呪医パパ・ロングエの語る過去の話に耳を傾けている。この二人の対話を通して，過去に何があったのかが明かされてゆくのだが，その話は直線的なものではなく，時間軸に沿って再構成することは難しい。ひとつだけはっきりしているのは，マチウ少年にとって，老人の皺だらけの額の奥にある，忘却され，禁じられた島の過去を語る言葉だけが自分を熱狂させる現実だということである。リセの生徒として学校に通う日々はその合間ごとの付け足しの人生としか感じられない。歴史を，血の通わない文書の束を積み重ねた知識としてではなく，現在の自分の生活のうちに確かに感じられる「最初の神秘」として発見したい——その思いのうちにこそ現実感がある。

　では，「過去に到達するという不可避の，機械的だとすらいえる試み」（グリッサン，2019年，p.204）をどうすれば実現できるのか。パパ・ロングエは「過ぎたことを予見する」（p.72）ことによってそれが実現可能だと考えている。マチウはそうではなく，すべてを「内側から発見したい」（p.73）と願っている。島の歴史は，現実の国に起こった過去であるのと同じほど，夢みられた国の出来事であってほしい。そんな二人

の会話によって再構築される歴史は，無理に要約すると次のようになる。始まりにあるのは，奴隷船で運ばれてきた二人の黒人が，フォール＝ド＝フランスの港で格闘する場面である。そのうちの一人ベリューズはサングリの地所に，もう一人のロングエはラ・ロッシュの地所に売られ，やがて逃亡する。ベリューズ家の人びとは，西アフリカから連行され，プランテーションの環境に適応した者の一族となり，その最後に位置するのが幼い歴史家マチウ・ベリューズである。それに対して，ロングエ家の人びとはプランテーションから逃れ，山で逃亡奴隷として生きることを選んだ者の一族となる。パパ・ロングエは，逃亡奴隷の末裔なのだ。適応するのか，それとも反逆するのか，という二つの系譜が複雑に絡みあい，そのなかで現在のマルティニックが熟していったというのが，過去に埋もれた時間を予言する，この叙事詩的散文の柱となっている。その言葉の真正さを保証するのは，過去を明確に語る言葉がなければ，あらゆる言葉が涸れてしまうという危機感である。マチウは次のように独白している。

　彼は人びとが（民衆という言葉すら使うにいたらなかった），本当の子孫をもたず，未来の豊饒もなく，彼らにとって真の終焉である死に閉じこめられたまま，いかにして消えてゆくか涸れてゆくかを感じていた。そしてその理由はというと，ただ単に彼らの言葉もまた盗まれ死んでしまったからなのだ。そうだ。なぜなら世界は，彼らがそれに対して熱心にあるいは受け身であっても耳を傾けているにもかかわらず，彼らの声の不在に対して，聞く耳をもっていなかったから。マチウは叫びたかった，声をあげたかった，ちっぽけな土地の奥底から世界にむかって，禁じられた国々と遠い空間にむかって呼びかけたかった。けれども声そのものが歪められているのだ。（グリッサン，2019年，

p.342-343）

　風，木，太陽しか，記憶のアーカイヴをもたないロングエ家の末裔パ
パ・ロングエと，その話を聞きとることで，自分たちの現在に意味をあ
たえてくれる歴史を知ろうとするマチウ・ベリューズの物語は，グリッ
サンの小説の途切れることのない源泉となった。グリッサンの小説の力
強さは，過去という支えがなければ，いま行うどのような動作にも意味
はないが，その過去は事実として確定できる姿をまるでもっていないと
いう認識から来ている。現在を知るためには，痕跡しか残されていない
過去を予見し，構築する必要があるのだ。

　マチウとパパ・ロングエの対話は，フォークナー『アブサロム，アブ
サロム！』でのクウェンティンとミス・コールドフィールドの対話を思
わせる。実際，グリッサンは，『フォークナー，ミシシッピ』（1996年）
という評論で独自のフォークナー論を展開している。土地に根づき，家
を，共同体を創設しようとする試みが絶えず挫折する過程，新しい大地
の上に何ものかを築こうとする試みが絶えず流産する過程こそ，フォー
クナーの小説の主題だとグリッサンは指摘する。世界は創造されたもの
ではなく，暴力によって獲得されたものであり，始原の時には生々しい
亀裂が走っている。そのためこの地に住む人びとにとって，時間はある
起源から直線的に流れてはおらず，こなごなに砕け散っているというの
である。フォークナーの小説を，自己の正当性を保証する創世神話を見
出せない人々の物語とみなす読みは，そのままグリッサンの小説観を表
している。グリッサンもまた，人々の記憶をさかのぼった果てにぽっか
りとあいている空白を，小説の語られざる核に据えた。それが世代を超
えて人びとを突き動かす力となっている。『第四世紀』ではその空白が，
現状を肯定してとどまるか，否定して森に逃げ込むのか，という二つの

力によって表現されている。重要なのは，現在に反響する過去がそこに感じられるということなのだ。

　叙事詩は通常，故郷に帰還して，秩序を回復する物語である。しかし，グリッサンの場合，自分の根にたどり着こうとする試みは，根の不在にしか行きつかない。その不在がさまざまな人間に受け渡され，『第四世紀』では二つの力線が交錯する多様な関係を生みだすこととなった。「根の喪失がアイデンティティをもたらしえること」（グリッサン，2000年，p.27）を，グリッサンは追究しているのだ。

　帰りつく場所のない叙事詩——これこそグリッサンの文学世界である。叙事詩といっても，詩，小説，評論だけでなく，人類学調査（グリッサンはソルボンヌ大学で学んでいた時代，人類博物館で民族学の研究も行っていた）の言葉も交えた混沌とした言葉で書かれている。マルティニックの文学では，ある主人公の人生における変転を追う近代の小説から，ある共同意識の創設を歌う叙事詩への転換が起こっているのだ。ただし，帰り着く起源をもたない，思いがけない関係が結ばれていく過程だけがある叙事詩である。グリッサンはこの過程を，「全＝世界」という言葉で呼び，この言葉によってカリブ海だけでなく，世界中にこの過程が繰り広げられているというヴィジョンを展開していくことになる。

3. シャモワゾー『テキサコ』——言葉の記録人

　最後に，クレオール性の提唱者の一人シャモワゾーの代表作に短く触れておこう。セゼールとグリッサンは，現在に意味を見出せない自己と格闘しながら道を切り開いてきたが，シャモワゾーにおいて小説家は「言葉の記録人」の位置に退いている。それに代わって，土地に生きる人びとの声が圧倒的に前面に出てきている。『テキサコ』（1992年）では，マルティニックの歴史・社会の叙事詩的な語りは，それ以前になかった洗

練された形式に高められている。書
き出しの一行は，読者をぐいと引き
こむ力をもっている。

　テキサコに足を踏みいれるや，キ
　リストは石を一発お見舞いされ
　た。

　テキサコは，マルティニックの首
都フォール・ド・フランスのスラム
街。ここにキリストと呼ばれる市の

写真5-3　パトリック・シャモワゾー
（写真提供　ユニフォトプレス）

役人がやって来て，都市計画を準備するための調査を開始する。ヨーロッ
パの合理的で実践的な思考をもった「キリスト」の受ける扱いは，テキ
サコの小集落に住む人間たちの思いを端的に表している。マリー＝ソ
フィー・ラボリューという老婆が，自分たちの土地を護るために，言葉
が唯一の武器だと理解して，自分たちの一族がテキサコ地区にたどり着
き，街をつくりあげるまでの二百年近い歴史を語りはじめる。語らなけ
れば，整備計画の対象となってしまうという危機感から老婆は語り，そ
れを言葉の記録人シャモワゾーが書きとめていくのだが，その物語はそ
のままマルティニックという島の歴史と重なりあってゆく。
　グリッサンの混沌とした歴史の再構築から見れば，シャモワゾーの叙
事詩的な記述は一見整然としている。年代記的時間は住み処となる小屋
の素材にしたがって，「藁の時代」「木箱の時代」「ファイバーセメント
の時代」「コンクリートの時代」と四つの時代区分に区切られている。
時代の流れのなかで変わってゆく一族の暮らしの物語を縦糸，口頭伝承
によって受け継がれてきた知恵，技術，習俗等をめぐる言葉を横糸とし

て，ラボリユーのお婆は自分の見てきたこと，聞いてきたことを自在に織りあげるようにして語っている。1902年，プレ火山が噴火し，サン＝ピエールが壊滅，島の首都がフォール＝ド＝フランスに移転するくだりは圧巻である。それでもシャモワゾーにおいても，時間は直線的に流れているわけではない。整然とした年代記の体裁を備えながら，この地区に惹きつけられる一人一人の庶民の姿を語る時間は行ったり来たりを繰り返す。「そいつ（時）は一本の糸みたいに進んでゆくんじゃなくて，鎖につながれた犬のように，前に行ったり後ろに引き返したり身震いしたり横滑りしたりぐるんと向きを変えたりしながら進んでゆくんだ。」（シャモワゾー，1997年，下，p.137）

　シャモワゾーの世代は，ある歴史的現実を否応なしに視野に収めざるを得ない状況に置かれている。それは五十年代，六十年代の植民地独立戦争が，実際には支配の構造を悪化させたという事実である。シャモワゾーはある雑誌のインタヴューで次のように述べている。「五十年代に得られた数々の独立のあいだ，白人たちは追放され，その代わりに他の人々が置かれたが，結局人々はおなじシステムを再現した。そのせいで植民地主義の精神は変わらず，世界の秩序，すなわち西洋の秩序は，独立によって根本的に強化された。」　問題は，シャモワゾーによれば，支配関係をひっくり返すことではなく，支配＝被支配の関係が機能しなくなるような空間を創りだすことである。作家はその考えを正面から主張するのではなく，都市のスラム街の年代記を通して語ろうとする。微細な場所の歴史に，どれほど世界の経済，政治，軍事，農業の変化が反響しているのか。その影響を受けながら，この地区がマングローヴの林のように繁茂しつつ，どれほど多様な生態系の人間を受けいれてきたのか——ラボリユーのお婆には，都市を整備しようとする者とはまるで異なる土地の姿が見えているのだ。

　グリッサンも次のように指摘している。「植民地主義が遺した最大の弊害は,〈歴史〉——すなわち権力——に関する一義的な概念を作ったことである。そして西欧はそれを他民族にひとしなみにおしつけたのだ。19世紀の南米や今日のアフリカに出現した権力闘争やとてつもない独裁はその結果である。」(グリッサン, 1981年, p.159)　それに対抗するためにグリッサンが提唱するのは, 小さく, 不透明で, 全体を見通すことのできない歴史であり, その歴史の相互の絡み合いである。「〈歴史〉の一義性に対抗し,(複数の小さな)歴史の〈関係性〉へ向かうことによって,われわれは自分の本当の時間を取り戻し, そして自分のアイデンティティーを回復することができるだろう。それは, 権力の問題を新たな言葉で提示することである。」(*Ibid.*)　クレオール性という考え方は, グリッサンのアンティル性に多くを負っている。ただし, シャモワゾーたちは, 帰郷によって, 見知らぬ関係へと開かれてゆくこの独特の叙事詩を, もはや黒人だけでも, アンティル諸島だけでもなく, より広い世界との連帯へと拡げていこうとする。

　　我々アンティルのクレオールは, 二重の連帯感の保持者である。
　　——我々の「アンティル性」に根ざした, 文化の差異にとらわれない, 我々の諸島のすべての住民とのアンティル的(地政学的な)連帯感。
　　——我々の「クレオール性」に根ざした, 我々と同じ人類学的親縁性に属するアフリカ, マスカレーニュ〔モーリス島, レユニオン島などのインド洋の列島〕, アジア, ポリネシアのすべての住人とのクレオール的連帯感。(ベルナベ/シャモワゾー/コンフィアン, 1997年, p.50)

　クレオールという言葉は，一見，文化，言語，血の終わりなき混成の
プロセスを称揚するものにみえる。しかし，クレオール文学の作品をこ
のように読みすすめると，雑種性や混交を讃美するというより，ある種
の統合を模索していることがわかる。クレオール文学は，長編詩だけで
なく，小説や評論を巻きこみながら，ひとつの芸術様式の創造をめざし
ている。その様式の大きな柱は，現代における叙事詩の再構築である。
個人の感情を歌う抒情詩ではなく，ある場所がどのように創設されたか
を歌う叙事詩，しかも帰りつく場所のない叙事詩という所に，この文学
の大きな特徴がある。

　起源に回帰することではなく，回帰できるような根がないことそのも
のが，創造力の源泉となる。そのような叙事詩の試みが，マルティニッ
クやグアドループにおいて，優れた文学を生みだす原動力となっている。

参考文献

ジャン・ベルナベ／パトリック・シャモワゾー／ラファエル・コンフィアン『クレオール礼賛』(1989)，恒川邦夫訳，平凡社，1997年

パトリック・シャモワゾー／ラファエル・コンフィアン『クレオールとは何か』西谷修訳，平凡社，1995年

エメ・セゼール『帰郷ノート／植民地主義論』，砂野幸稔訳，平凡社，1997年，p.19-118

——『ニグロとして生きる——エメ・セゼールとの対話』，立花英裕・中村隆之訳，法政大学出版局，2011年

エドゥアール・グリッサン『レザルド川』(1958)，恒川邦夫訳，現代企画社，2003年

——『第四世紀』(1964)，管啓次郎訳，インスクリプト，2019年

——*Le discours antillais*, Seuil, 1981（『カリブ海のディスクール』）

——『関係の詩学』(1990)，管啓次郎訳，インスクリプト，2000年

——『フォークナー，ミシシッピ』(1996)，中村隆之訳，インスクリプト，2012年

パトリック・シャモワゾー『テキサコ　上下』(1992)，星埜守之訳，平凡社，1997年

エリック・ウィリアムズ『コロンブスからカストロまで——カリブ海域史，1492-1969 I』川北稔訳，岩波書店，〈岩波モダンクラシックス〉，2000年

フランツ・ファノン『黒い肌，白い仮面』，海老坂武・加藤晴久訳，みすず書房，1998年

6 楽譜としてのテクスト——ロラン・バルト「作者の死」とその後の現代批評

塚本昌則

《目標＆ポイント》 ロラン・バルトは「作者の死」（1968年）において，作品の中で語っているのは，作者ではなく，非人称の言語活動であると主張した。この考え方は，その後の批評に大きな影響力を及ぼし，「人と作品」について書くことがためらわれるような状況になった。作者についてではなく，あくまでも目の前のテクストについてのみ語るべきだという考え方が主流となったのである。それから半世紀経って，現在ではむしろ「人と作品」を語ることによってこそ，テクストへの理解が深まると考えられている。いったい何が起こったのだろうか。この変化を探るため，テクストを楽譜とみなす現代の批評家アントワーヌ・コンパニョンの考え方を検討してみたい。初めに「作者の死」で賭けられていたものが何だったのかを振り返り，次にコンパニョンの批判を検討，最後に新たな批評の流れを代表する例としてウィリアム・マルクスの悲劇論を読んでみる。
《キーワード》 作者，読者，アレゴリー，文献学，期待の地平

1.「作者の死」

　文学について考えるとき，まず問題となるのは，テクストという対象に，外から見て確かめられる形がないということである。絵のようにひとつの物であれば，その全体を見渡すことができるだろう。細部を確かめようとすれば，作品全体からいったん離れて観察しなくてはならないが，全体を見渡す位置にいつでも戻ることができる。

　それに対して，テクストはその全体を一挙に捉えることができないものである。紙の上にただ記号が並んでいるだけであり，その外側にとどまっている限り何も起こらない。文学作品という対象が立ちあがるためには，読者が記号のなかに飛びこんで，何が書かれているのかを読み解いていかなくてはならない。ヴォルフガング・イーザーが指摘するように，「われわれは事物に対しては，その外におり，テクストに対しては，いつもその中にいる。」（イーザー，2005年，p.187）　テクストに対面するとき，事物を観察するときのように外側にとどまっていることはできず，その内部に身を置き，視点を移動させながらでなければ，文学作品という対象は現れない。

　読者が積極的に参加しなければ，文学作品という対象は現れてこない。ではいったい，読者は何に依拠してテクストに取り組めばいいのだろうか。ここでは，この疑問をめぐって，ロラン・バルト，アントワーヌ・コンパニョン，ウィリアム・マルクスという三人の現代批評家の視点を検討してみたい。ロラン・バルトは「作者の死」において，作者の意図にこだわって読む必要などないと主張した。作者そのものが，書くという行為によって，ある意味で解体されているというのである。それに対して，アントワーヌ・コンパニョンは，意図というものを，作者という水準ではなく，テクストという水準で再考するように促した。テクストには，それを書いた人間だけでなく，読む人間をも超える意図が込められているというのである。最後に，ウィリアム・マルクスは，ギリシア悲劇を検討しながら，現代の人間には計り知れない意図がそこに込められている可能性を示唆している。テクストという，読者がその世界のうちに深く入りこもうとしないかぎり，何も見えてこない独特の対象にどのような可能性が秘められているのか，三人の批評家の読解を追いながら考えてみよう。

ロラン・バルトの「作者の死」をめぐっ
て起こった論争は，読者の主体的な参加が
なければ存在しないという文学作品の根本
的な条件と深く関わっている。あるテクス
トを読んでいるとき，読者はどこまで自由
なのだろうか。テクストは読者に先立って
存在するのだから，その作者の意図を突き
とめ，それに従って作品を解釈すべきでは
ないだろうか。バルトが批判したのはこの
思い込み，人が書いたものである以上，そ
こには書いた人間の意図があるはずだとい
う思い込みである。作品のなかに，それを

写真6-1　ロラン・バルト
（写真提供　ユニフォトプレス）

書いた人間がそこに込めようとした意味を考え，さらに作家が送った生
涯のさまざまな反響だけを聞きとろうとするのはきわめて貧しい読み方
だというのである。

　バルトはテクストのうちに，起源の定かではない，多様な声が響いて
いることを強調する。作品の読解を書いた人間の意図に還元すれば，そ
の響きに耳を閉ざすことになる。作者というのは，連綿と続いてきたエ
クリチュール（書くという行為）の歴史の中のごく一時期に登場した「近
代の登場人物」にすぎない。テクストはつねに同じ唯一の人間，作者の
声が打ち明け話をする場所ではないとバルトは主張する。書かれたもの
には多様な声がやどっているという考え方が，ヌーヴェル・クリティッ
クと呼ばれる批評の流れの根本的な視点となった。

　テクストとは，一列に並んだ語から成り立ち，唯一のいわば神学的な
　意味（つまり「作者＝神」の《メッセージ》ということになろう）を

出現させるものではない。テクストとは多次元の空間であって，そこではさまざまなエクリチュールが，結びつき，異議をとなえあい，そのどれもが起源となることはない。テクストとは，無数にある文化の中心からやって来た引用の織物である。（バルト，1979年，p.85-86）。

　テクストは引用の織物であるという主張の背景には，書くという行為が，書いている人間からその人の自己同一性を奪うものだという考え方がある。「私は一個の他者だ」というランボーの言葉に代表されるように，19世紀末以来，作家や詩人は書くことによって自分が見知らぬ人間となってゆく感覚を言葉にしてきた。バルトが特に注目するのは，「純粋な作品においては，発話者としての詩人が消滅し，言葉に主導権を譲り渡す」（『詩の危機』）というマラルメの言葉である。作者は，もはや言語活動の所有者ではなく，言語活動そのものが作者の位置を占めることになる。テクストは，バルトによれば，さまざまな起源をもった声が結びつき，たがいに対話をかわし，他の声をパロディー化したり，異議をとなえたりしながら織りなされてゆく言葉の運動である。作者は書くという行為に先立って存在するのではない。書くという行為とともに，テクストの場に発生するものであり，その人格は多様な起源をもった声の中に解体されてゆくというのである。

　バルトはこの多様性に，ある収斂する場があることを同時に指摘している。それはテクストのもつ多彩な次元にさらされる読者である。バルトはテクストの統一性を，テクストの起源ではなく，テクストの宛先に求めようとした。この読者もまた，バルトによれば作者同様，個人として存在するのではなく，歴史も，伝記も，心理ももたない人間である。ただ，書かれたものを構成する痕跡を，一つの場に集めておく〈誰か〉にすぎない。エクリチュールが人格としての主体から解放される行為で

あるように，受け手もまたその解体を生きることになる。こうしてバルトは，さまざまな起源からやって来る言葉によって，送り手も受け手もその主体を解体されるような場として，テクストを定義し直した。

　バルトの論は大きな反響を呼んだ。ミシェル・フーコーもその翌年発表された『作者とは何か』のなかで，「作者という機能」が歴史の産物にすぎないことを強調している。これらの視点は，作者の明確な意図を探りだすことを解釈の正当性の基準と考える伝統的な読解と激しく衝突し，1968年以降の時代の流れの中で華々しい勝利を収めていった。テクストの多義性，読者への注目，それまで考えられなかった自由な批評のあり方などを特徴とする，新しい解釈の流れがこうして解き放たれることになった。

2. アレゴリーと文献学

　テクストにおいて語っているのは作者ではなく，非人称の言語活動である——この言葉は文学に関する紋切り型となり，現在もなお語り継がれている。マラルメ，ベケット，ブランショ，さらにヌーヴォー・ロマンの作家たちについて考えるためには，この言葉を真剣に再考する必要があるだろう。しかし，この言葉は文学の現在を捉えるために，有効でありつづけているだろうか。

　アントワーヌ・コンパニョンの批判を参照してみよう。コンパニョンは，「作者の死」という考え方がテクストに込められた意図を過小評価している点をまず問題にしている。テクストには確かに意図が込められている。ただしその意図は，現実に存在した人物の意図と必ずしも一致しているわけではない。書いた人間ではなく，テクストそのものの意図というものがあり，これをどのように解釈するのかという問題は，実は長いあいだ議論されてきた。この議論をたどりなおすことで，コンパニョ

ンは「作者の死」を乗り越えよう
とする。今度は，コンパニョンが
『文学における理論と常識』で展
開する，「テクストの意図」をめ
ぐる議論を見ていくことにしよ
う。

　テクストの解釈には，伝統的に
二つの対立する考え方があった。
ひとつは，目の前にあるテクスト
が，読み手の生きる時代において，
どのような意味をもつのかを重視

写真6-2　アントワーヌ・コンパニョン
（写真提供　ユニフォトプレス）

する解釈，もうひとつはそのテクストが書かれた時代，どのようなコン
テクストがあったのかを突きとめようとする解釈である。言い換えれば，
表現があいまいであったり不分明であったりするとき，そこに作者がど
のような意図を込めたのかを考慮せず，読者が知っている規範にした
がって説明する解釈の仕方と，現在ではわからなくなった箇所を，可能
な限りそれが書かれた時代のコンテクストにしたがって理解しようとす
る解釈の仕方の二つがあった。コンパニョンは，読者が自分の生きる現
在を起点として解釈する立場を「アレゴリー的解釈」，テクストが書か
れた時代の文脈を可能な限り正確に突きとめようとする立場を「文献学
的解釈」と呼んでいる。コンパニョンは，この二つの解釈はいずれも極
端な立場であり，突きつめていけば破綻すると指摘する。それはどうし
てなのか。「作者の死」を乗り越えるための議論はその先で展開される
ため，まずそれぞれの解釈の問題点を短く見ていくことにしよう。

　読者の現在を起点とするアレゴリー的解釈は，時代が変わり，もはや
作者の意図がわからなくなった状況で，ひきつづきテクストを説明する

ための手段として幅広く採用されてきた。この場合，よい解釈とよくない解釈を決める基準は，テクストに込められたもとの意図ではなく，現在の慣用に適合するかどうかということになる。読者の自由を最大限評価するのだ。古い意図の代わりに読者の意図を提示する，時代錯誤に基づくこの一見荒唐無稽な過去の解釈は，中世においてきわめて一般的な解釈の仕方だった。例えば，ホメロス，ウェルギリウス，オウィディウス等の古典古代の作家のうちにキリストの神託を発見する読みが実践されていた。あるいは「創世記」において，アブラハムが我が子イサクを燔祭によって神に捧げようとしたことが，『新約聖書』で神がこの世にイエス・キリストを使わしたことの前兆として解釈された。

　この解釈の流れを大きく変えたのは，スピノザが『神学・政治論』(1670年) で，聖書を歴史上の文書として読むことを求めたことである。スピノザはテクストの意味を，それが執筆された時代のコンテクストによって確定すべきだと宣言した。アレゴリーによる解釈が，現代の見方で過去のテクストを読み解こうとする，時代錯誤の解釈であるのに対し，これ以降発展することになる文献学的解釈においては，作品の原初の意義を掘り起こすことが主眼となる。これによってアレゴリーによる解釈は決定的に追放されたかにみえる。しかし，この解釈には，作品がどのようなコンテクストのうちに生みだされたのかを本当の意味では確定できないという難点が残った。文献学的解釈は，テクストがもともと意味していなかったことを後から意味することがあるという事情を考慮に入れていない，とコンパニョンは指摘する。実際，自分の生きている時代を完全に離れ，かつてあった時代のコンテクストを，その時代に生きた人間が感じていた通りに再現することなどできるのだろうか。

　最初に見た通り，文学はつねに読者が活字の世界のなかに飛び込み，そこで何が起こっているのかを読み解くことによってしかその姿を現さ

ない。後の時代の人間は，歴史の流れの中で，その作品が生みだされた世界とは異なった世界の中に生きているのだから，書かれた言葉のうちに自分の生きている時代の見方を当然持ちこむことになるだろう。文献学的意味に固執するあまり，もとのコンテクストを絶対視し，読者がテクストのうちに読みとったものを否定するのは，文学という形を持たない対象の重要な側面を捉えそこなうことにもなりかねない。

　文献学が文学の主要な解釈の仕方となったとき，その読み方のみを絶対視する考え方に大きな反発が起こった。よく知られているのは，ニーチェ（1844-1900年）が『悲劇の誕生』（1872年）を発表したときに起こった論争である。文献学者のヴィラモーヴィッツ（1848-1931年）は，ニーチェの解釈を恣意的なものとして猛烈に批判した。エドワード・サイード（1935-2003年）はそこに，「古典」の概念をめぐる対立があったと述べている。

　　古典とは最良の学問伝統の中で崇め，学び，校訂し，説明されるべきものなのだろうか。それとも（……）ニーチェがそう信じたように，書字版のように，現代にも存在し，場違いなほどの力を持って私たちを巻きこみ酔わせる（本能，衝動，欲望，意志といった）さまざまな力の輝きが刻まれたテクストなのだろうか。要するに，ヴィラモーヴィッツにとって，テクストとは数々の境界と内的束縛の体系であり，後代が損ねることのないように保ってゆくもの（時の中で伝達されてゆく遺産）だが，ニーチェにとって，それは習慣を離れた予知不能の異化への誘いであり，コンラッドがきわめて適切に《闇の奥》と名づけたものに向かっての，絶対的な航海の機会なのだ。（サイード，1992年，p.10-11）

　テクストは，いま読者が手に取って，そこに何らかの意味を見出すことがなければ伝承されない。そして，テクストの姿が同じであったとしても，それを前にする人間は時間の流れの中で変化し，その時々の歴史性を帯びているために，原初の意図を完全な形で復元することは不可能である。いまを生きる人間が，現在の感覚を手がかりに理解し，熱狂する部分が，古典というものの生命の核心をなしている。しかし，その作業を通して取り戻されるかつての生は，テクストに元々書きこまれていた生ではなく，いま想像される，原初からは隔たった生となるほかない。

　コンパニョンが注目するのは，テクストがこのように異なった時代，あるいは異なった地域に受け継がれることで，作者と最初の読者が予想もしなかった新しい意義を生みだす力を元々備えているという事実である。時間的，空間的な移動によって生じるこの新たな意義こそ，むしろテクストの意図というものではないだろうか。どのような解釈も，解釈する人が生きる時代と地域で通用しているコンテクストを基準としているために，テクストをそれ自体で把握することは不可能である。それゆえテクストの意図とは，元来，時間と空間を移動するなかでダイナミックに変貌を遂げてゆくものなのだ。それは過去と現在の対話という形でしか存在しないものなのである。

3. 「期待の地平」（ヤウス）──楽譜としてのテクスト

　コンパニョンは，原初の意図が，テクストの唯一絶対の意味ではないことを明らかにした。意味は，テクストが示す標識と読者の理解の営みが相互に作用することで生みだされる。つまり，テクストは一方で，過去からの呼びかけであり，それがどのようなコンテクストで書かれたのか，探しもとめるように読者に誘いかける。これを極端に押し進めると，文献学的解釈となる。その一方で，読者は自分の生きている時代のコン

テクストを通して，テクストの意味を追い求める。これを極端に押し進めると，アレゴリー的解釈になる。この両極端のいずれの立場にも凝りかたまらず，かつての時間と現在の時間のあいだで交わされる終わりなき対話にこそ意味を見出そうというのが，コンパニョンの主張である。この対話こそ，作品の汲み尽くしがたい意義そのものだというのだ。

　芸術作品は，作者の原初の意図を超越し，それぞれの時代ごとになにか新しいことを言わんとする。作品の意義は，作者の意図や原初の（歴史的，社会的，文化的）コンテクストによって決まるわけでも，規制されるわけでもない。それは過去の作品のなかに，今もわれわれの関心を惹き，われわれにとって価値を有するものがあるからだ。（コンパニョン，2007年，p.90）

作品は作者の意図を超え，もともと意味しなかったことを後から意味するようになる。コンパニョンは文献学を，もとのコンテクストを絶対視し，歴史の流れの中でその後意味するようになったことを否定するという点で批判する。同時に読者の現在を重視しすぎるアレゴリー的読解も，解釈が妥当なものかどうかを判断する基準を見失うという点で批判する。復元したものが，もとの生ではないことを自覚しながら，未知の過去と対話しつづけようとする姿勢こそが重要なのだ。

　このような対話が可能なのは，コンパニョンによれば，テクストが欠落だらけで，読者が協力しなければ何ひとつ立ち現れてこないからである。

　文学作品は，客観的テクストでも主観的経験でもなく，空白や穴や未決部分からなる潜在的図式（一種のプログラムまたは楽譜）である。

言いかえれば，テクストは指示し，読者は構築する。どんなテクストにも亀裂や欠落など未決定な点は多数あり，それらは読む行為によって減らされ，解消される。(コンパニョン，2007年，p.170)

テクストはあくまでも「潜在的図式」であり，その指示を元に読者が「構築」することで初めて作品が現れる，言ってみれば「楽譜」のようなものに過ぎない。この見方をさらに補強するために，コンパニョンはヤウスの「期待の地平」という考え方を参照している。

ハンス・ロベルト・ヤウス（1921-1997年）も，『挑発としての文学史』(1967年）において，文学作品を楽譜になぞらえている。楽譜から奏でられる曲は，確かに楽譜が書かれた時代のコンテクストを刻印されていて，まったく自由に解釈・演奏できるわけではない。しかし，楽譜から立ち上がる作品は，どの時代のどの観察者にも同じ姿を現す，それ自体で成り立っている客体などではない。作品はドキュメントでもモニュメントでもなく，読者の積極的な参加を求めるある種の設計図であり，そこから現れる作品の姿は，原初の意味から自由な読者が，それをどのように解釈するかにかかっている。

その演奏の鍵はヤウスによれば「期待の地平」である。つまり，読者はまったくのゼロ地点からテクストの世界を再構成するわけではない。目の前のテクストからどのような世界が立ち上がるのか，読者はあらかじめ一定の予想をもっている。

写真6-3　ハンス・ロベルト・ヤウス
（写真提供　ユニフォトプレス）

無垢で，透明な読書はありえず，目の前のテクストを読めばこのような
楽しみが得られるだろうという「期待の地平」がつねに存在する。作品
がその予想通りのとき，それは娯楽の領域に近づく。逆に予想を裏切る
ようなら，それはまだ知られていない経験の地平に読者を誘うだろう。
読者の見通しをすっかり変え，第二の地平を作ることを強いるような作
品が，古典的な傑作と呼ばれることになる──これがヤウスの基本的な
図式である。

　この見方からすれば，バルトは作者の意図をあまりに限定された意味
に取っていて，テクストが最初から一人の人間の意図をはるかに越える
反響のなかに置かれていることを忘れていたことになる。あるテクスト
の意味は，けっして作者の意図に尽きるものではないことをコンパニョ
ンは強調した。テクストには，読者が具体化する潜在的構造が備わって
いて，読者は自分では知らないまま携えている期待や規範をそこに持ち
こんで読み解こうとする。異なった時代，異なった文化背景をもった読
者は，作者も最初の読者も予想さえしなかった新しい意義を見出すかも
しれない。そもそも読者は，あるがままの原初の意味に触れることがで
きない。読者は，気がつかないまま自分が持っていた期待の地平が裏切
られ，変形・改変されることを通して，その原初の姿を垣間見ることが
できるだけである。はかりしれない過去，まったく異なる文化との対話
だけが地平線の変化をもたらしてくれるのだ。

　コンパニョンはこうして，バルトが「作者の死」によって否定した作
者の意図が，文学においては限定された意味しかもたないことを明らか
にした。読者は何より自分の生きる現在を出発点に，その作品の書かれ
た原初の意味を探ろうとする。そして，歴史的にも，文化的にも，大き
く隔たる異なった場所にいることそのものが，文学作品に新たな息吹を
吹きこむ可能性をあたえてくれる。「作品の意味作用は，作品と各時代

の公衆とのあいだに確立される対話的な関係に依拠している。」（コンパニョン, 2007年, p.245）　作者の意図を求めながら, そこに現代の読者がどのような意義を認めるか次第で, 文学作品は新たな価値を持つようになるのだ。

4. 悲劇は悲劇的なものではない

「作者の死」は, テクストを, それが書かれた当初の意味から切り離し, 読者がそれを読む現在から再構築する試みだった。ただし, 読者が恣意的に解釈しても良いとバルトが考えていたわけではない, ということは強調しておかなくてはならない。言語学, 精神分析学, 人類学などの新しい学問があたえてくれる手段を参照し, 明確に科学的方法をもって, テクストに働いている力を読み解くことをバルトは提案した。『ラシーヌ論』（1963年）では, 「ラシーヌ的人間」という, 歴史上に存在した一人の劇作家ではなく, 作品の読解からしか突きとめることのできない, ある実存の構造を備えた人間像をこの批評家は描いている。テクストを, 伝記で語られる「人と作品」から切り離すことで, バルトは間違いなく新たな読解の方向を示した。とりわけ一読しただけでは見えてこない, 微細なテーマ系を分析する研究でバルトの読解方法は大きな力を発揮した。

では, コンパニョンの見解は, 批評にどのような可能性をもたらすのだろうか。〈楽譜〉としてのテクスト読解を実践する批評作品があるので, 最後にそれをご紹介しよう。ウィリアム・マルクスの『オイディプスの墓——悲劇的ならざる悲劇のために』（2008年）である。

オイディプスと言えば, 精神分析の大きな発見にその名前を冠せられた悲劇中の悲劇に見える。父を殺し, 母を娶り, 四人の子どもをもうけた後, 自分の所業を知って自らの眼をつぶしたテーバイの王。ウィリア

ム・マルクスが注目するのは，この神話を描く『オイディプス王』ではなく，同じソフォクレスの遺作『コロノスのオイディプス』のほうである。ギリシア悲劇を見るとき，現代の観客はアリストテレスの影響を受けているせいで，そこにひとつの行為の全貌が示されるものと思いこんでいる。しかし，『コロノスのオイディプス』を読むと，ギリシア悲劇が劇的な筋書きで観客を引きつけるためではなく，それが演じられる場所で，ある種の儀式を行うために書かれた可能性を示唆している。これは，盲目になったかつてのテーバイ王オイディプスが，娘のアンティゴネに付き添われ，アテネ郊外のコロノスに到着，この地で亡くなるというだけの話である。ソフォクレスの最後の悲劇が，ギリシア悲劇がわれわれの想像する悲劇的なものとは無縁の，別の何かであった可能性を示唆しているのではないか，とマルクスは推論する。

　ギリシア悲劇は二千五百年前に創造されたものであり，それが実際にどのような姿をしていたのか，現代の人間にははかりしれない所がある。ロマン主義，とりわけシェリングに始まる「悲劇的なもの」という概念が強い影響をおよぼしたせいで，演劇に限らず小説においても，悲劇的な筋書きが文学の重要なあり方のようにみえる。ルネサンス期のラブレーの小説や，18世紀イギリス小説などを思い浮かべれば，文学は必ずしも悲劇的なものばかりを扱ってきたわけではないことがわかる。ところが近代以降，深刻な小説は悲劇的な結末に終わるという，漠然とした「期待の地平」があるのではないか。ジョージ・スタイナーは，ギリシア悲劇から現代の文学にいたる歴史には，明瞭な伝統も連続性もないことを指摘している。本格的な悲劇の盛時は，紀元前5世紀のアテナイ，1580年から1640年のイギリス（シェイクスピア等），17世紀スペイン（カルデロン等），1630年から1690年のフランス（コルネイユ，ラシーヌ等），1790年から1840年のドイツ（ゲーテ等），19世紀後半から20世紀にかけ

てのスカンディナヴィア諸国とロシア（イプセン，チェーホフ等）——
これ以外の場所にも時代にもこのようなことは遂に起こらなかった（ス
タイナー，1995年，p.136）。それぞれの時代の作品が相当に異なってい
ることから考えてみても，二千五百年前の演劇の姿がどのようなもので
あったのかは，実際には謎につつまれているのではないか。

　ニーチェとは対照的な悲劇観を，ウィリアム・マルクスは日本の能を
引き合いに出して分析している。14世紀，日本に出現したこの戯曲形式
のなかでも，マルクスがとりわけ参照するのは，二つの場面からなる夢
幻能である。旅の僧侶（能面を被っていない）が，女性や老人の，奇妙
な人物（能面を被っている）に出会う。その奇妙な人物が去ってゆく。
これで第一段は終わり，幕間の寸劇となる。土地の農民（狂言役者が，
面を被らずに演じる）が，奇妙な人物はおそらく過去の英雄の亡霊か土
地の神の出現であることを僧侶に明かす。第二段では，その間に面を変
えた第一段の奇妙な人物が，超自然の姿のもとに現れ，舞を舞い，姿を
消す。魂が救われる場合もあれば，ふたたび地獄墜ちになることもある。

　クローデルが指摘するように，「劇とは，何かが起こることだが，能
は誰かがやって来ることだ」。能ではすべてのことがすでに起こってい
て，観客のものの見方のほうが変わる。これこそ『コロノスのオイディ
プス』で起こることでないかとマルクスは問いかける。日本であれば，
コロノスに，オイディプスの神社がまつられていただろう。コロノスに
そのような遺跡はないが，ソフォクレスの最後の悲劇が，コロノスの縁
起を語っていることは大いにあり得ることだ。

　ウィリアム・マルクスは，ギリシア悲劇として現在知られている32作
品の伝承の仕方を検討することで，この論を補強している。アイスキュ
ロスの『ペルシャ人』の書かれた紀元前472年から，『コロノスのオイディ
プス』の書かれた紀元前401年まで，648以上の悲劇が上演されたことが

わかっている。残されたのはわずかに32作品であり，しかもこのうち24作品は，２世紀，ローマ帝国で編纂されたアンソロジーに由来するものである。残りの８作品は，14世紀テッサロニキで作成されたエウリピデスの写本であり，アルファベット順に配列された作品の一部が偶然残された。これは作品名を，ギリシア文字のエプシロン（ε）からイオタ（ι）までアルファベット順で並べた作品集である。写本自体は散逸したが，フィレンツェとローマにその複写本が残されている。

　アルファベット順であるということは，エウリピデスの作品全体がどのようなものであったかを思い描くうえで，大きなヒントとなるとマルクスは指摘する。悲惨な結末をむかえる劇は，８作品のうちたった一つ，『狂えるヘラクレス』だけである。それに対して，２世紀のアンソロジーに収録されたエウリピデスの10作品のうち，８作品は不幸な出来事で終わり，幸福な結末をむかえるのは，『オレステス』と『アルケスティス』の二作品だけである。ここから推測されるのは，ローマ帝国の文法学者たちが，悲惨な結末に終わる作品を意図的に選んでアンソロジーを編んだということである。アルファベット順で残された作品集を見れば，エウリピデスの演劇は，現代の読者がギリシア悲劇という言葉から想像するものとはかけ離れたものである可能性が高い。『コロノスのオイディプス』が示すように，悲劇は悲劇的なもののために書かれたのではなく，ある場所の由来を伝承するために制作されたのではないだろうか。

　ウィリアム・マルクスは，二千五百年前の作品との対話が，このように現在もなお新しい解釈を生みだし得ることを示した。ロラン・バルトは作者を「近代の登場人物」として否定したが，現代の批評家たちはその論法を抜けだして，新たな読解の可能性に取り組んだ。コンパニョンはテクストを楽譜と見なし，対話という視点を導入しながら読書が未知の発見に開かれていると論じた。ウィリアム・マルクスは，ギリシア悲

劇を再読しながら，枠組みが変われば，知っていたはずの作品が未知の相貌を表しはじめることを明らかにした。書く主体を解体することだけが，エクリチュールの力ではない。テクストと対話しながら，自分がどのような「期待の地平」を抱いているのかを意識し，その外に広がる世界に触れることで，読者自身が変貌することこそが求められているのである。

参考文献

ロラン・バルト「作者の死」，『物語の構造分析』，花輪光訳，みすず書房，1979)

ミシェル・フーコー『作者とは何か?』(1969年) 清水徹／豊崎光一訳，哲学書房，1990年

アントワーヌ・コンパニョン『文学における理論と常識』(1998)，中地義和・吉川一義訳，岩波書店，2007年

ウィリアム・マルクス『オイディプスの墓——悲劇的ならざる悲劇のために』(2012)，森本淳生訳，水声社，2019年

ヴォルフガング・イーザー『行為としての読書——美的作用の理論』(1976)，轡田収訳，岩波書店，2005年

エドワード・W. サイード『始まりの現象——意図と方法』(1975，1985)，山形和美・小林昌夫訳，法政大学出版局，1992年

ジョージ・スタイナー『悲劇の死』(1961)，喜志哲雄・蜂谷昭雄訳，ちくま学芸文庫，1995年

7 | 人間とロボットを分かつもの ——カレル・チャペック『ロボット』

阿部賢一

《目標＆ポイント》 チェコの作家カレル・チャペック（1890-1938年）は，児童文学から哲学小説にいたる多彩な作品を手がけた作家として知られる。1920年に発表した戯曲『ロボット（RUR)』は，今日，私たちが日常的に使っている「ロボット」という言葉が流通する契機をつくった作品である。人工知能の時代に生きる私たちに問いかけるものは何か，チャペックの戯曲を通して考えたい。
《キーワード》 ユートピア，ディストピア，カレル・チャペック，ロボット

1. 近未来を描く

　言語芸術には，時間を柔軟に扱うことができるという特性がある。過去の出来事を回想的に語ることもできれば，今まさに起きつつある事柄を書きとめることもでき，そして，未来に起こるかもしれない事象を想像して思い描くこともできる。「歴史学」が基本的に過去を対象にするのに対し，「文学」は過去から未来にいたる時間を射程に入れているとも言える。

　古来，多くの作家たちが想像力を発揮して未来の物語を描いてきた。代表的なものとして，英国の作家トマス・モア『ユートピア』（1516年）がある。架空の島を舞台にした見聞記の体裁を取っているが，当時の英国政治を諷刺した面も見られる。書名は「どこにもない場所」を意味し，

「理想郷」と訳されることもある。「今ここにない場所」を描くユートピア文学は必然的に「未来」を志向し，それは現実を変革する動因ともなり，政治的な含意を含むこともあった。例えば，『ユートピアだより』（1890年）を著したウィリアム・モリスと社会主義はその一例である。ロシア革命を経て発表されたザミャーチン『われら』（1921年）は，性生活を含めた日常生活が管理されていく近未来を題材にし，その問題意識は今日の監視社会に通じるものとなっている。

　このような世界像によって未来を描く作家もいれば，具体的な装置・道具を手がかりにして未来の生活を想像した作家もいる。英国の作家H・G・ウェルズ（1866-1946年）の短篇「タイム・マシン」（1895年）はその一例である。興味深いのが，技術的な装置を発案した点だけではなく，技術の発明を通して見える世界を描いている点である。主人公のタイム・トラヴェラーはタイム・マシンを駆使して様々な時代を渡り歩くが，最後に次のような結論に至る。

　　彼［タイム・トラヴェラー］に言わせれば，人類の進歩などはたいしたものではなかった。文明の増大は愚かさの増大にすぎず，やがて反動的に人類を破滅させるだろうと彼は言うのだ。そうだとすれば，私たちはそうでないふりをして生きて行くしかない。だが私にとって未来はあいかわらず暗黒であり空白である——つまり彼の話の記憶によって，断片的に照らしだされているだけの，広大無辺の未知の世界である。（H・G・ウェルズ「タイム・マシン」『タイム・マシン　他九篇』橋本槇矩訳，岩波文庫，1991年，120-121頁）

「タイム・マシン」の発明がもたらしたのが，人類は進歩していないという知見だったというある種の皮肉がここには込められている。だが，

翻ってみれば，未来は「広大無辺の未知の世界」であるがゆえに，多くの作家を刺激し続けてきたとも言える。未来に，理想郷（ユートピア）を見出す者もいる一方，暗い闇の世界（ディストピア）を感じ取る者もいるのは，ある意味当然のことであろう。ウェルズの短篇においても，技術（タイム・マシン）の発明を理想と捉えることができる一方，技術がもたらす現実を悪夢と捉えることもできる。そうなると，「ユートピア」と「ディストピア」が紙一重になりうるのは言うまでもないだろう。

　ウェルズの想像した「タイム・マシン」はまだ実現していないものの，文学作品から生まれ，今日の私たちの日常とは切っても切り離せないものとなっているものがある。カレル・チャペックの戯曲『ロボット（RUR）』から生まれた「ロボット」という言葉である。

2.　カレル・チャペックの略歴

　チャペックは，1890年，東ボヘミアのマレー・スヴァトニョヴィツェという小さな町で，三人兄弟の末っ子として生まれた。その町は，今日ではチェコ共和国に位置するが，当時はまだオーストリア＝ハンガリー二重帝国領であった。その後，家族と共にプラハに引っ越したのち，1909年，中欧最古の大学，プラハのカレル大学哲学部に登録する。ベルリン，パリにも留学し，哲学，美学を修める。その頃，第一次世界大戦が勃発するが，チャペックは病気のため従軍することはなく，フランス詩の翻訳をしたり，短篇を執筆するなど，文学活動を本格化する。

　第一次世界大戦の終結によってヨーロッパの地図は一変し，中東欧で新しい国家が次々と生まれ，チェコスロヴァキアも，1918年10月に独立を宣言する。プラハは神聖ローマ帝国の帝都として輝かしい歴史を有していたが，チェコの人びとが近代国家としての独自性を獲得したのは第一次世界大戦後であった。それゆえ新しい国の姿を模索することが急務

となり，一方では，アルフォンス・ミュシャ（ムハ）（1860-1939年）の《スラヴ叙事詩》に見られるようなスラヴ主義を掲げる者もいれば，カレル・タイゲ（1900-1951年）など，左翼知識人は社会主義体制の樹立を夢みていた。このような流れにあって，チャペックは中道の立場をとり，当時の大統領マサリク（1850-1937年）に近い立場にいた。このような状況下，チャペックが力を注いだのは新しい言説，新しい文学を生み出すことであった。

　チャペックは「第一共和国」と呼ばれる新しい国家の誕生とともに，獅子奮迅の活躍を見せる。『人民新聞（Lidové noviny）』の記者として，多種多様なエッセイを手がけたほか，作家としても，小説，戯曲を多数発表する。驚くべきことは，『園芸家12カ月』（1929年）といったエッセイや『長い長いお医者さんの話』（1932年）という邦題で知られる児童文学から『ロボット』のような近未来の作品まで，多岐にわたるジャンルの，あらゆる世代に向けた作品を発表したことである。

　では，チャペックの文学の特徴はどういう点にあるのだろうか？　まずは，日常生活の具体的な場面を起点とすることが挙げられる。例えば，『ホルドゥバル』（1933年）は殺人事件の新聞記事を題材にしたものであり，戯曲『ロボット』の着想を得たのも，満員の路面電車ですし詰めになっているときのことだった。

　ロボットは，路面電車に乗っていた時に生まれた。（中略）路面電車の中だけではなくステップのところまで，果物どころかまるで機械のようにすし詰めになっていた。私は，個々人としてではなく，機械として，人間を考えはじめるようになり，その道中，働く能力はあるが，考える能力はない人間を示す表現にはどういうものがあるのだろうかと考えはじめた。そして，この考えは，あるチェコ語の単語で表現さ

れることになった——「ロボット」である。（カレル・チャペック「ロボットは……」(1924年)，『ロボット　RUR』阿部賢一訳，中公文庫，2020年，209頁）

　このように一見荒唐無稽に思えるような作品にあっても，チャペック自身が体験したり，見聞した日常の一部が出発点となっている。もちろん，それをそのまま記述するのではなく，想像力を加えて物語にするのが，チャペックの作品世界である。

3. 戯曲『ロボット』

　1920年，チャペックは『ロボット』という戯曲を発表する。正式な題名は，チェコ語ではなく，英語で《Rossum's Universal Robots》と記されている（**写真7-1**）。内容に触れる前に，まず「ロボット」という単語の由来に触れよう。これはカレル・チャペックが生み出したものではなく，兄の画家ヨゼフ・チャペック（1887-1945年）が発案したものであった。ヨゼフとカレルは幼少期から仲が良く，成人してからも「チャペック兄弟」名義で戯曲などを共同執筆したほか，晩年はプラハで同じ敷地に隣接して家を建てるほど，二人の仲は親密だった。ある時，カレルは人造人間の戯曲の着想を思いついたものの，いい名前が浮かばずにいた。そこで，ちょうど近くにいたヨゼフにこう尋ねている。

写真7-1　カレル・チャペック『ロボット』（1920年，初版）表紙
（写真提供　ユニフォトプレス）

「人造の労働者をどう読んだらいいかわからないんだ。ラボル（labor）と言ってもいいけど，どこか無味乾燥なんだよね」

「じゃあ，ロボット（robot）にしたら」画家は口に刷毛をくわえたまま，もごもご言った。それで決まった。こういう具合で，「ロボット」という単語が生まれたのだ。（カレル・チャペック「ロボットという言葉について」（1933年），『ロボット　RUR』阿部賢一訳，中公文庫，2020年，216頁）

ヨゼフが発した「ロボット（robot）」という単語は，robotaというチェコ語に由来し，「賦役」を意味する。カレルが「人造の労働者」と述べていること，そしてヨゼフが「賦役」に関連する単語を口にしたことから，「労働を強制的に代替させる存在」という含意が「ロボット」という言葉が生まれた当初から込められていたことが分かる。

チャペックの四幕劇『ロボット』のあらすじを紹介しよう。序幕は，孤島にあるロッスム・ユニヴァーサル・ロボット社（以下RUR）の工場内の取締役ドミンの執務室から始まる。ドミンがタイピストに口述していると，ヘレナ・グローリーという若い女性が訪れてくる。人造人間の工場に関心をよせる彼女に対し，ドミンは，人造人間をつくった科学者ロッスムや工場のことを語り出す。そこに，工場の幹部たちが訪れ，会話を交わしているうちに，ヘレナが，ロボット支援のために人道連盟を代表してやってきたことが判明する。工場の幹部たちが立ち去り，ふたたび二人きりになると，ドミンはヘレナに求婚する。

第一幕では，ドミンとヘレナが結婚して十年が経過している。工場の幹部たちが落ちつかない様子でいるのを傍目で見ているヘレナは，世界中で子供が生まれなくなっているという知らせを乳母のナーナから聞く。動揺したヘレナは，ロボットの秘密を記したロッスムの手稿を燃や

してしまう。そして，ロボットによる革命が始まり，ロボットが人間に反旗を翻していることを知らされる。

　第二幕になると，ロボットに包囲されている中，幹部たちがロボットという存在をめぐり様々な議論をしている。ドミンは貧困から人間を救うためにロボットが必要だったと主張するが，建築士アルクイストはロボットを作ることは罪だと説く。ガル博士は，人間らしくするべくロボットの過敏性を高めたことを明らかにし，それがロボットの反乱をもたらしたと打ち明ける。そんな中，ブスマンが会社の資金を使って，ロボットたちと交渉を試みるが，ロボットは暴力を用いて人間を殺害し始め，ただアルクイストだけが生き残る。

　第三幕では，ロボットがアルクイストに，ロボットの命を生み出す方法を見つけるよう強いている。唯一の人間となったアルクイストが絶望に打ちひしがれるなか，ロボット・プリムスとロボット・ヘレナが部屋を訪れる。ロボットの命の秘密を知るためには解剖が必要だと迫るアルクイストに対し，プリムスとヘレナは自分を使うように身を挺する。二人の犠牲心に何かを感じとったアルクイストは，二人をアダムとエバと呼び，「生命は絶えることはない！」と声を張り上げ，幕が下りる。

　この戯曲を読んだことがない人でも，ロボットが人間に反乱を起こすという筋立てには見覚えがあることだろう。みずからが作ったものが意志を持ち，創造者に襲いかかる恐怖は，メアリー・シェリーの小説『フランケンシュタイン』（1818年）にならって，「フランケンシュタイン・コンプレックス」と呼ばれている。だが，『ロボット』では，それにも増して，近代における労働，それに伴う経済活動が重要な論点となっている。

4. チャペックの《ロボット》像

　「ロボット」という単語を耳にした多くの人は，鉄や合金製の機械仕掛けの人型の存在を思い浮かべるだろう。だが，チャペックが考えていたのはそのようなものではなかった。「化学合成によって，原形質という生きた物質に似たもの」（カレル・チャペック『ロボット　RUR』阿部賢一訳，中公文庫，2020年，19頁。以下では，ページ数のみ記す）が基礎となり，それを改良してつくったのが，チャペックの「ロボット」である。また，ドミンの執務室を訪れたヘレナが，タイピストがロボットであることに気がつかなかったように，外見も人間と同じで，皮膚，髪にいたるまで精巧につくられており，今日の「ヒューマノイド」の概念に近いものである。

　とはいえ，今日の「ロボット」の多くが人間の労働を代替するように，チャペックが念頭に置いていたロボットの役割もまた人間の労働を代替する存在であった。作中では「二人半の労働者の代わり」（44）をし，アルゼンチンの平原パンパに，小麦の栽培用として五十万体の熱帯用ロボットを投入して大量生産させ，小麦そしてパンの価格を下げていることが誇らしげに語られる。このようなことから，RUR社が特定の国や地域を拠点にする企業ではなく，「ユニヴァーサル」な市場を念頭に置いている多国籍企業であるということがわかる。

　その一方で，利益を追求するだけではなく，苦役とされていた労働から人間を解放することを夢見ていたことが，ドミンの口から語られる――「生きた機械がすべてを担うようになる。人間は自分が愛することだけをするのです。完全に近づくためだけに生きるのです」（51）と。そのため，同社の人びとが製造する「ロボット」は，人間の労働を代替する存在として位置付けられていることが改めて確認される。だが興味

深いのは，立場によって，「労働者」の意味がずれていく点である。

　ドミン　（…）さて，どういう労働者がいちばん実用的だと思います
　　か？
　ヘレナ　いちばん？　多分——きっと——誠実で——献身的な人？
　ドミン　いいえ，いちばん安価なものです。要求がいちばん少ないも
　　の。若いロッスムは，要求がいちばん少なくて済む労働者を発明し
　　たのです。労働に直接役立たないものをすべて捨てたのです。そう
　　やって人間なるものを捨て，ロボットを作ったのです。グローリー
　　さん，ロボットは人間ではありません。我々より完璧な機械であり，
　　驚くべき理性的な知能を備えていますが，魂というものがないので
　　す。(25)

　ここで，「安価」という効率性の論理を使っていることからも分かる
ように，ドミンは「ロボット」の労働者を念頭に置いている。それに対
して，ヘレナは「誠実」「献身的」という語彙を用いて，「人間」の労働
者を考えている。「労働者」という同じ言葉を用いながらも，二人の視
線のずれがあきらかになる。じつは，このような視線のずれが，本作に
深みを与えるひとつの特徴となっている。企業経営者の視点からすれば，
安価で優秀な労働力こそが評価される。しかし，そのロボットは「新し
いことは，自分では創造」できず，受動的な役割を担うものとしてのみ
位置づけられる。つまり，ここでは，ロボットの所有者（製造者）にとっ
てのロボットの有用性という点のみが語られているのである。この時，
重要であるのが，読者はどのような位置に立つのかという点だろう。ド
ミンと同じような資本家（経営者）の立場に立つのか，あるいは，「労
働者」を代替するロボットの立場に立つのか。それとも，ヘレナのよう

に「ロボット」に人間を重ね合わせるのか。

チャペックは，エッセイ「機械の支配」で，次のように述べている。

労働者であれば，自分の主人は目の前にある機械ではなく，給料を支払う工場主であることは誰もが知っている。ボイラー室のボイラーマンが機械に仕えているように見えるのは，目の錯覚である。じっさいには，雇用主に仕えている。「〈人間〉対〈機械〉」の問題は，その大半において，「〈労働者〉対〈機械〉」という言葉で表現するほうがより正確である。（カレル・チャペック「機械の支配」，『ロボット RUR』阿部賢一訳，中公文庫，2020年，210頁）

チャペック作品には，フランケンシュタイン・コンプレックスの文脈で見られる「ロボット対人間」という図式だけではなく，「労働者対雇用主」という経済的な上下関係も色濃く刻まれている。「労働者」という語の多義性が様々な解釈のずれをもたらすように，「ロボット」もどのような位相で捉えるかによって問題の広がりが異なることを示している。

だが，人道連盟の代表であったヘレナは，ドミンと結婚し，「妻」となり，彼女が関心を寄せる事柄も少しずつ変化をする。その一つが，出産，不妊をめぐる議論である。作中，ロボットのおかげで重労働が減り，物価が下がっていくなかで，少しずつ人間の身体にも変化が生じる。ヘレナだけではなく，世界各地で子どもが生まれなくなり，不妊の状況が支配的になる。不安を抱いたヘレナは，建築士アルクイストに相談する。

アルクイスト　ヘレナさん，非生産性こそが，人類最後の偉業となりつつあります。

　ヘレナ　ああ，アルクイスト，どうして——どうしてなの？
　アルクイスト　何が？
　ヘレナ　〔小声で〕——どうして女性は子供を産まなくなったの？
　アルクイスト　必要ではなくなったからです。私たちは楽園にいるか
　　らです，おわかりですか？（84）

　ドミンを初め，功利的な考えをもっている人物に囲まれているなか，
ヘレナは，ロボットが人間同様の権利を持つよう，人間と同じ感情を持
つよう働きかけていた。だが，十年の月日が経過し，周囲の状況，そし
て自身の身体にも変化が生じていることに気づく。労働を手放した人間
は，生殖能力を失い，「生産性」からかけ離れた「実を結ばない花」の
ようになっていたのである。このような記述を，今日の少子化の問題と
結びつけて考えることもできるだろう。だが何よりも，ある技術の獲得
は，かならずしも解決には結びつかず，想定しない，別の問題を誘引す
ることもある，という普遍的な問いかけがここには秘められている[1]。

5.「理性」の問いかけ

　次に，人物の名前を手がかりにして，作品をもう少し読み込んでみよ
う。ドミンはラテン語で「主人，支配者」を，ファブリは「職人」，ブ
スマンは英語の「ビジネスマン」，最後に一人だけ生き残るアルクイス
トはラテン語で「誰か」など，それぞれ含意が込められている。ヘレナ
はギリシア神話でトロヤ戦争の原因となった女性の名前でもあり，本作
でも，島の外からやってきた存在であり，ロッスムの手稿を焼いてしま
うなど，ある意味で争いの種ともなっている。
　ロボットを発明した科学者は「ロッスム（Rossum）」という名前であ
るが，この名前はチェコ語の「rozum」という単語を想起させる。これ

1）村田沙耶香『消滅世界』（河出文庫，2018年），『生命式』（河出書房新社，2019年）
　では，近未来の不妊，人工的な生殖が扱われている。

は「理性」「知性」を意味する。つまり，ロボットは理性が生み出した
存在ということである。だが，この「ロッスム」という名前を冠してい
る者は，本作では二人登場する。一人が「老ロッスム」であり，もう一
人がその甥の「ロッスム」である。アルクイストが「老ロッスムは神を
畏れることなく戯れ事を考え，若いロッスムは百万の大金を夢みていた」
(125) と述べているように，ロボットの製造にたずさわったこの二人は
対照的に描かれている。ドミンのセリフを以下に引いてみよう。

> ドミン　（…）［老ロッスムは］科学を用いて，神を引きずり下ろそう
> としたのです。度を超えた唯物論者で，だからこそありとあらゆる
> ものを作り出したのです。どんな神も必要としないことを証明した
> かっただけなのです。(22)

> ドミン　若いロッスムは新時代を体現していました。認識の時代から
> 製造の時代へと移行したのです。人間の組織をちょっと見ただけで
> あまりにも複雑だと見て取り，優れた技師であればもっと簡素に作
> れるはずだと踏んだ。そこで，人間の組織に手を加え，省略し単純
> にできるものは何か，実験を始めたのです。（中略）それで若いロッ
> スムは，こう思ったのです。「人間は喜んだり，バイオリンを演奏
> したり，散歩に出かけたりする，つまり，余計なものを求めるのが
> 人間なのだ」と。(24-25)

　少し整理すると，老ロッスムは，神という超越的な存在を否定し，科
学の可能性を信じる唯物論者であった。その彼が，この島である物質を
発見し，様々な偶然の探求の成果として「ロボット」にたどりつき，人
体にある細部まで再現しようと試みた。つまり，ある種の好奇心の成果

としてロボットが生まれたのである。それに対して，甥の若いロッスム
は，簡素化の道を選び，製造するもので「余計なもの」を省き，効率化
を図っていく。経済化という理念を優先していたのである。

　興味を引くのは，この二人がともに「理性」という言葉を想起させる
「ロッスム」という名前を名乗っている点である。異なる考えの持ち主
をただ対比させるだけであれば，それぞれに異なる名前を与えることも
できただろう。だが，チャペックはあえて対照的な二人に同じ名前を冠
して，血縁関係を与えている。それは，「理性」という言葉には，この
ような二面性があるということを示すためであろう。「ロボット」とい
う存在が，人間の労働力を代替すると同時に人間の生殖能力を低下させ
たように，「理性」もまた認識と製造という二面性を有しているという
ことをチャペックは示している。

　チャペックが「理性」に対する両義的な姿勢を示すのは，この作品が
初めてではない。初期の短篇集『受難像』（1917年）に「足跡」という
作品がある。ある雪の日，ボウラ氏が雪原に出ると，雪の上に足跡がつ
いている。気になって足跡をたどってみると，なぜか，途中で途切れて
いる。そのことに疑問を抱いた人物と足跡をめぐり，議論を始める。

　「あそこに一つの足跡しかないとすれば，あれは片足の人間のもので
　はないでしょうか？　笑わないでください。私は，これが馬鹿げたこ
　とだというのは，分かっています。けれども，何らかの説明が必要で
　す。だって，ここで問題になっているのは，理性です。（中略）私た
　ち二人の気が狂っているのか，あるいは私が家で熱にうなされて眠っ
　ているのか，さもなければ自然な説明が必要です」／「私たちは，二
　人とも気が狂っているんですよ」と，ボウラは考え込みながら言った。
　「私たちは，始終〈自然な〉説明を探しています。ただ〈自然〉でさ

えあれば，きわめて複雑で，きわめてナンセンスで，きわめて無理な原因に飛びついてしまいます。けれども，もしも私たちが，これは単純に奇跡だというなら，それはたぶんはるかに簡単で，そして……自然でしょう。（カレル・チャペック「足跡」，『カレル・チャペック小説選集1　受難像』石川達夫訳，成文社，1995年，13頁）

「理性」という言葉は万能なように響くが，チャペックはその「理性」に対してもある留保を付し，言葉そのものを吟味する。それは，足跡がなくなるという「不自然な」現象に対して，「自然な説明」をつい求めてしまう私たちの心の問題でもある。

　だが，チャペックが「理性」だけに疑問を呈しているかというとそうではない。かれの立場は「相対主義」と称されることがあるが，疑問はありとあらゆることに向けられる。チャペック自身，「相対主義について」[2] というエッセイで，「新しいものは時々すぐれているが，古いものも時々すぐれている」というテーゼを持ち出し，それは相対主義ではなく，「普遍的な，卑俗な，棄てがたい経験」とする。というのも，それぞれの観点に立てば，それぞれ「一片の真理」を有しているからだという。

　語り手の視点が比較的固定されてしまう「小説」ではなく，複数の人物の語りを重層的に共鳴させる「戯曲」というフォルムが本作に選ばれたのも，そのような考えが活かされているからだろう。チャペックは戯曲『ロボット』に「群像劇」という副題をつけているように，序幕ではドミンとヘレナが中心だが，第三幕で生き残るのはアルクイストなど，この作品には明確な主人公はいない。そのような意味で，それぞれの人物による「一片の真理」をめぐる作品ともいえる。

2）カレル・チャペック「相対主義について」『いろいろな人たち　チャペック・エッセイ集』飯島周編訳，平凡社ライブラリー，1995年，277-283頁。

戯曲の中で，代表取締役ドミンは技術が進歩したことで人間は重労働から解放されると述べているが，それは真実だろう。逆に，トルストイのようなアルクイストは技術の進歩によって人間が堕落すると信じており，それもまた真実だと私は思う。ブスマンは，産業主義こそが近代の要求を満たすものだと考えており，それも真実だろう。(中略)私がとりわけ強調したいのは，それぞれがその単純かつ倫理的な言葉の意味において真実を有している点である。(カレル・チャペック「『ロボット（RUR)』の意味」，『ロボット』阿部賢一訳，中公文庫，2020年，206-207頁)

　それぞれの視点，つまり事象をどのような立場，角度から見るのか，という点である。チャペックの『ロボット』が古典として位置付けられるとしたら，それはただ「ロボット」を予言的に描いたからだけではなく，「ロボット」という存在を通して多面的な人間像を考える機会を与えているからだろう。

6.　結びに——人間とロボットを分かつもの

　最後に，「ロボット」と「人間」の関係について考えてみたい。「ロボット」と「人間」を分かつものはなにか，という議論は今日なお盛んである。チャペックは，作中，このことを明確に述べている。先に引用したドミンのセリフ（「ロボットは人間ではありません（中略）魂というものがないのです」）にあるように，鍵となるのは「魂」という言葉である。

　人間固有のものとされる「魂」については，アリストテレスなど，多くの哲学者が考察を重ねてきた[3]。ここではその議論にあまり深入りせず，『ロボット』から特徴的なシーンに引用するにとどめたい。

---

3) これに関しては，まず，金森修著の『動物に魂はあるのか　生命を見つめる哲学』
　　（中公新書，2012年）を薦めたい。またロボットという存在を深く考えるには，
　　柴田正良『ロボットの心　7つの哲学物語』（講談社現代新書，2001年）が様々
　　な論点を提供してくれる。

第三幕で，唯一の人間となったアルクイストは，絶望に暮れ，疲労の余りに眠りに落ちている。その時，近くにやってきたロボット・プリムスとヘレナがある所作をして，アルクイストが目を覚ます。

ヘレナ 〔笑い出す〕自分の姿を見て！
アルクイスト 〔ゆっくりと起き上がる〕何——何だ，笑い？　人間か？　誰が戻ってきたんだ？（188）

眠っていたアルクイストは，ロボット・ヘレナの笑い声を耳にすると，それを人間の笑い声と勘違いする。というのも，それまでロボットは笑ったことがないからだ。「笑い」は労働に不要なものとされていたからである。そのように考えると，労働にとって，「余計なもの」，「非生産的なもの」こそが「魂」を考える一つの鍵になるだろう。

私たちが問い直すのは，人工知能（AI）など，物理的なロボットという存在だけではないだろう。それよりも考えるべきは，ロボット化し，「魂」をなくしている私たち，人間そのものかもしれない。

参考文献

　カレル・チャペックについては，飯島周『カレル・チャペック　小さな国の大きな作家』（平凡社新書，2015年），イヴァン・クリーマ『カレル・チャペック』（田才益夫訳，青土社，2003年），千野栄一『ポケットのなかのチャペック』（晶文社，1975年）などを参照。

　AIを言語の観点から考えるには，川添愛『ヒトの言葉　機械の言葉　「人工知能と話す」以前の言語学』（角川新書，2020年）を参照。また文学を通してAIを考えるには，人工知能学会編『AIと人類は共存できるか？　人工知能SFアンソロジー』（早川書房，2016年），郝景芳『人之彼岸』（立原透耶・浅田雅美訳，早川書房，2021年），カズオ・イシグロ『クララとお日さま』（土屋政雄訳，早川書房，2021年）などがある。

8 │ 引用の文学，文学の引用 ──大江健三郎から，アンナ・ツィマへ

阿部賢一

《**目標＆ポイント**》 文学作品は，先行する言葉や作品から何らかの影響を受けている。本章では，様々な外国文学を引用しながら言葉を紡いだ大江健三郎（1935年-），そして日本の作家の言葉に触発され物語を綴ったチェコの現代作家アンナ・ツィマ（1991年-）の二人の作品をたどってみる。
《**キーワード**》 間テクスト性，引用，大江健三郎，アンナ・ツィマ

1. 大江健三郎と引用

　大江健三郎は，1957年，東京大学在学中に鮮烈なデビューを飾って以降，戦後の日本文学を牽引してきた作家として知られる。歴史的な深層に連なる『万延元年のフットボール』（1967年），神話と歴史が渾然一体になって綴られた『同時代ゲーム』（1979年）などの代表作を多数発表した作家の文学世界を簡約することは困難を極める。だが中期以降で顕著であるのが，作家本人を想起させる人物が作中に登場し，作家は自分のことを書いているのではないかという感覚を読者にもたらす点である。

　さらにもう一つ特徴を挙げるとすれば，外国文学の作家や詩人の作品を積極的に引用する点である。『懐かしい年への手紙』（1987年）ではダンテ，『燃えあがる緑の木』（1993-1995年）ではイェーツの言葉が召喚

されるなど，引用が頻繁に行われている。大江自身，引用について，こう述べている。

　　本来，言葉とは他人のものだ——こういいきるのが過激すぎるなら，すくなくともそれは他人と共有するものだ——。言葉の海の共有ということを考えなければソシュールのいう意味でのラングは考えられず，個人による具体的な発語としてのパロールもない。赤んぼうがいま習ったばかりの——他人から借りたばかりの——言葉によって発語する。それと本質において違ったものではなく，ただそれに意味の奥行きを加えただけのものとして，われわれの発語がある，ということもできるだろう。そういえば，すべての小説も詩も，他人との共有の言葉によって，つまり引用によって書かれてきたのだ。
（大江健三郎『私という小説家の作り方』新潮文庫，1998年，116頁）

「母語」という表現があるように，私たちは母や近しい人の言葉を用いながら，自分の言葉にしていく。それは幼児期だけではない。物心ついてからも，周囲で見聞きした言葉をいつの間にか使っているということはよくある。その一方で文学や芸術が話題になると，「作家」の独自性を過度に強調する傾向がある。そのような神話に対して異論を唱えたのが，フランスの批評家ロラン・バルト（1915-1980年）である。

　　テクストとは多次元の空間であって，そこではさまざまなエクリチュールが，結びつき，異議をとなえあい，そのどれもが起源となることはない。テクストとは，無数にある文化の中心からやって来た引用の織物である。（ロラン・バルト「作者の死」『物語の構造分析』花輪光訳，みすず書房，1979年，85-86頁）

バルトは，テクストの創造主である「作者」の死を訴え，テクストの受容者である読者の重要性を訴えているが，この議論がのちに「間テクスト性（intertextuality）」と呼ばれる概念の一つの起点となる。ある作家Ａが作家Ｂに与えた「影響」という言葉はよく使われるが，そこでは一方向的な不可逆性が前提になっている。それに対して，「間テクスト性」は，そのような一方的な時間の流れだけではなく，後世の作家Ｂが作家Ａの文章に呼応するなど双方句的な対話も視野に入れている。

このような「間テクスト性」との関連で参照項となりうるのが，大江作品における「引用」である。というのも，「私小説」と思わせる体裁を取りながら，「引用」を通して，物語は重層化していくからである。

2. 『新しい人よ眼ざめよ』のウィリアム・ブレイク

1982年から1983年にかけて複数の文芸誌に発表された7篇の短篇はのちにまとめられ，短編連作集『新しい人よ眼ざめよ』（1983年）として刊行されている。まず，語り手の「僕」が本作の意図を語っている箇所を引用しよう。

障害を持つ長男との共生と，ブレイクの詩を読むことで喚起される思いをないあわせて，僕は一連の短篇を書いてきた。この六月の誕生日で二十歳になる息子に向けて，われわれの，妻と弟妹とを加えてわれわれの，これまでの日々と明日への，総体を展望することに動機はあった。この世界，社会，人間についての，自分の生とかさねての定義集ともしたいのであった。（大江健三郎『新しい人よ眼ざめよ』講談社文芸文庫，2007年，287頁。以下，ページ数のみを記す。）

1）安藤宏は，「『私小説』なるものがあるのではなく，主人公に作者その人を重ねあわせて読もうとする読者の慣習（モード）こそが『私小説』をつくっていくのだ」（安藤宏『「私」をつくる　近代小説の試み』岩波新書，2015年，184頁）と述べ，「私小説」というジャンル成立にあたって読者の側のモードを重要視している。

　息子イーヨーが二十歳を迎えるにあたり，施設での仕事，音楽劇の作曲など，すこしずつ家庭の外に出ていく様子が主として同書では描かれている。その経歴，家族構成から，「僕」は作家本人を想起させ，私的な生活が「作家」の具体的なエピソードや追想とともに綴られており，「私小説」[1]と思い込ませるような「僕」の内情をあらわにした連作となっている。だがこの作品に何よりも奥行を与えているのが，語り手が随時参照する英国ロマン派の詩人・画家ウィリアム・ブレイク（1757-1827年）の詩篇である（連作七篇のタイトルはいずれも，ブレイクの詩作品から取られたもの）。「僕」の日常生活とブレイクの詩世界が共鳴しながら物語が進行することで，本書は単なる「私小説」からは程遠いものとなっている。

　第一作の短篇「無垢の歌，経験の歌」は，取材旅行のためヨーロッパに出かけた「僕」が帰国するところから始まる。旅に携行したマルカム・ラウリー（1909-1957年）の書物の一節（Or I am lost）に惹かれつつも，別の世界に入るべき時だとして，「僕」はフランクフルトの駅構内でウィリアム・ブレイクの一冊本全集を手に入れたことを追想する。

　　最初に僕が開いたページは，《お父さん！　お父さん！　あなたはど
　　こへ行くのですか？　ああ，そんなに早く歩かないでください，話し
　　かけてください，お父さん，さもないと僕は迷子になってしまうでしょ
　　う》という一節だった。この終りの一行は，原語で "Or else I shall
　　be lost." である。(12)

　この一節は十四年前に「僕が訳してみたもの」[2]であると述べたうえで，「僕」は詩人の世界に回帰しつつあることを確認する。この引用は，ブレイクの『無垢の歌（*Songs of Innocence*）』に収められている「失わ

2）短篇「父よ，あなたはどこへ行くのか？」のこと。初出は，『文學界』1968年
　　10月，第22巻10号。その後，『われらの狂気を生き延びる道を教えよ』（新潮社，
　　1969年）に収録された。

れている少年（The Little Boy Lost）」の前半部分である。信仰心に篤いブレイクの詩はキリスト教との関連で解釈されることが多く，ここでの「父」は「神」と解されることがある。ただ本作を読む読者は，まずイーヨーが「僕」へ呼びかけている言葉として受け止めることになるだろう。

　次いで，『無垢の歌』と対を成す『経験の歌（Songs of Experience）』から，不定冠詞のついた「失われた少年（A Little Boy Lost）」も引かれ，父親に「挑戦的な抗弁をする」子供が描かれる。

《誰ひとり自分より他を自分のように愛しはしない　自分より他を自分のように尊敬しはしない　また「思想」によって　それより偉大なものを知ることは不可能なのだ／だからお父さん，どうして僕が自分以上に　あなたや兄弟たちを愛せよう？　戸口でパン屑をひろっている　あの小鳥ほどになら　あなたを愛しもしようけれど》。(18)

　定冠詞の少年と不定冠詞の少年など，ブレイクの詩集でも「無垢」と「経験」が対をなし，相補的な関係をなしているが，大江の作品でもその言葉はイーヨーを代弁する形をとって，「僕」への問いかけとなっている。ブレイクの詩の引用でありながら，源泉への単なる参照に留まらず，むしろ，新しい呼びかけが重ね合わせられた対話的な引用となっている。

　その後，「僕」は日本に戻る。成田空港に出迎えた妻と次男は疲弊した様子で話そうともしない。ようやく妻は口を開き，「僕」の旅行中，イーヨーが家族に乱暴をふるい，しまいには「**いいえ，いいえ，パパは死んでしまいました！**」と叫んだと告げる。帰宅して声をかけた「僕」が目にしたのは「発情した獣が，衝動のまま荒淫のかぎりをつくして，なお

その余波のうちにいる」(20-21) イーヨーの姿だった。険悪な雰囲気の中，一夜を過ごした翌朝，「僕」が居間でうたた寝していると，イーヨーが「僕」の片足をさすりながら，「**——足，大丈夫か？　善い足，善い足！　足，大丈夫か？　痛風，大丈夫か？　善い足，善い足！**」(24) と語りかける。

　息子のために世界についての定義を与えようとしていたが，「僕」は定義に難渋する。そんな折，息子から足に呼びかけ，自分の世界を築いているのを「僕」は目の当たりにする。「無垢な魂を持つ者」(30) のための定義は，息子自身の「経験」を通して具体的な形を取ったのである。

　ブレイクの『無垢の歌』は1789年に執筆され，その後，『経験の歌』と合本の形で1794年に発表された。簡潔に言えば，本来「無垢」な人間が様々な「経験」を経て「悲しみ」を知る過程が描かれている。大江の短篇では，ニューデリー空港でHさんの眼に浮かぶ「悲嘆」のことが触れられた後，帰宅した際，イーヨーの眼に「なにより大きく重い悲嘆」(40) が漂っていたことに「僕」はあとで気づく。文字通り，ブレイクの詩の世界が，現代の「僕」とイーヨーの関係において再現されているのである。

　ただこれを単なる「引用」として片付けるのは難しい。ブレイクの詩は，イーヨーとの日常生活と共振を見せているだけではない。かつてブレイクを訳していた「僕」の追想があったり，Hさんの表情など，時間と場所を隔てた幾多もの情景が重なり合っているからである。しかも英語の原文がそのまま引かれ，日本語の世界とアルファベットの世界が共鳴し，さらにはゴシック体で記されたイーヨーの言葉が物語を牽引する役割を担っている。作家自身，「アルファベットによる原詩を織りまぜることで，日本語の文章に多様なテクスチュアの感覚をみちびく，ということも私の意図にはあった」[3] と述べているように重層的な語りが導かれ，対話的な「間テクスト性」の優れた一つの表現になっている。

3）大江健三郎『私という小説家の作り方』新潮文庫，2001年，105頁。

3. 反転する物語

　この連作短編集の魅力は,「僕」とブレイクの世界の共鳴だけではない。諸々の関係が反転していくのも, 一つの特徴である。

　冒頭の「無垢の歌, 経験の歌」では,「僕」がヨーロッパの旅行に出かけていた理由は語られないため, 旅行はイーヨーとの再会の単なる背景にしか感じられない。だが, 結びの短篇「新しい人よ眼ざめよ」でようやくヨーロッパ旅行の目的が「反核, 平和運動」(286) を行っている政治家や運動家との交流にあったことが明らかにされる。ベルリンで「反核ティーチイン」に参加し, キーコという女性とともに一風変わった観光を終えたのち, ホテルに戻った「僕」は振り返る。

　僕はブレイクの預言詩（プロフェシー）と障害のある息子との共生をからめて書く一連の短篇を, かつて年長の作家があらわした悲嘆と, 息子の獣じみた不発の衝動とをむすんで描くことではじめたが, むしろ悲嘆も獣じみた不発の衝動も, 僕がヨーロッパの旅で自分のうちにこそやどしていたものではなかったか？ (339)

　ここで, ある種の反転が明らかになっている。イーヨーとブレイクの共振は,「僕」が日本に帰ってきてから見出したのではなく, それ以前のヨーロッパ旅行で宿した「悲嘆」が引き金となっていたのである。「核」の脅威という点で振り返ってみると, 第五短篇「魂が星のように降って, 跗骨（あし）のところへ」では, 障害者を引率して広島旅行を検討するも父兄の反対があって困っていると養護学校の教員から「僕」が相談を受ける様子が描かれている。イーヨーたちが原爆資料館で見学している様子を想像した「僕」はひるみ,「どちらともいいがたい」と返答する。その時,

語り手は想いをめぐらす——「障害児は，核兵器をつくりだし行使する側には立たぬ者らである。（中略）しかもかれらの住む都市が核攻撃にさらされる時，もっとも被害に斃（たお）れやすい者らでもあろう」(204)。

　核の脅威に加え，作品全体を通して漂っているのは，死への強迫観念である。第二短篇「怒りの大気に冷たい嬰児（えいじ）が立ちあがって」では，幼・少年時に四国の森の谷間で目にした首吊り死体のこと，第三短篇「落ちる，落ちる，叫びながら……」，第四短篇「蚤の幽霊」では，三島由紀夫を想起させる「M」の生首のことが触れられている。そもそも，「僕」の不在のあいだ，イーヨーが不安定になったのは，父が死んだからだと思っていたからである。「蚤の幽霊」では，嵐の中，イーヨーと二人で伊豆の別荘にたどりついた「僕」が死について考え，「お父さん，あなたの今現在のもっとも正直なところとして，死についてどう考えていますか？」というイーヨーからの問いかけを想定して，「僕」は死の定義について自問する。この時また参照されるのがブレイクの詩篇である。

　　《私は一箇の原子のようなものだ。／なんでもないもの，暗闇に置きさらされて，けれども私は個として生きている者だ／私は望み，そして感じ，そして泣き，そして呻く。ああ，恐ろしいことだ，恐ろしいことだ！》(165)

　ブレイクの未完の詩篇『四つのゾア』の一節だが，これはギリシア語の黙示録の「四つの活物（いきもの）」を意味している。世界が救われる日には「四つの活物」初めあらゆるものがひとりの神人アルビオンに合体するが，その際，神サーマスは引用の言葉を発して嘆く。だが大江の作中の「僕」は，それを死の直前に自身が発するだろう嘆きと直感する。ここでも，ブレイクの詩篇に響く声と「僕」の声が重なっている。

　この連作には，様々なことがらの定義を試みる書物という意味合いが
込められていることについてはすでに触れた。しかし，定義は「僕」が
イーヨーに与えようとしたものだけではなく，イーヨーが「僕」にもた
らすものでもあった。

　「魂が星のように降って……」でも媒介となるのはブレイクの詩篇で
ある。冒頭，詩人ジョン・ミルトン（1608-1674年）の霊が足の骨から入っ
たというブレイクの預言詩『ミルトン』に触れた後，障害者のための音
楽劇を製作する依頼がイーヨーと「僕」に寄せられたことが語られる。
「僕」が『ガリヴァーの足と小さな人たちの国』という台本を書き，イー
ヨーが音楽を作曲し，いろいろな苦労があるも，どうにか上演が無事終
わる。だが終演後も，イーヨーはガリヴァーのはりぼての足の中に留ま
り，皆の笑いを誘う。それを見た「僕」は想いを抱く。

　僕はこれまでイーヨーのために，事物や人間について定義することを
　めざしてきたが，いまは逆にイーヨーがブレイクの『ミルトン』の一
　節を，はっきりしたヴィジョンとして提示している，これは父親のた
　めのイーヨーによる定義だ。(220)

　「僕」は，ブレイクの詩篇に立ち返りながら，この世界の定義をイーヨー
に与えようと試みたものの，必ずしも上首尾には終わらなかった。だが
気がつくと，定義をもたらしていたのは「僕」ではなく，「イーヨー」
であった。つまり，ここでもある種の反転が起きていたのである。この
ようにしてみると，『新しい人よ眼ざめよ』は，「死」を描きながら「生」
を呼び覚まし，またイーヨーへの呼びかけであると同時に「僕」にも眼
ざめを呼び起こす，反転の詩学に彩られている。その際，まさに触媒と
なっているのがブレイクの詩篇なのである。つまり，ブレイクの言葉は

単に参照されているのではなく，大江の物語そして生を駆動する動因となっており，『新しい人よ眼ざめよ』は対話的な引用からなる＜私小説＞という新しい道を切り開いているのである。

4. アンナ・ツィマ『シブヤで目覚めて』

　次いで，日本文学がヨーロッパ作家の作品内に投影される事例を見てみたい。チェコの作家アンナ・ツィマの小説『シブヤで目覚めて』である。ツィマは，1991年，プラハに生まれ，カレル大学で日本文学を学ぶ。2018年，小説『シブヤで目覚めて』（**写真8-1**）でデビューを果たし，現在最も注目されているチェコの作家の一人である。

　物語は，プラハと渋谷で並行的に進む。プラハのヤナは村上春樹の『アフターダーク』の表紙を街角で目にして以来，三船敏郎のブロマイドを財布に入れるほど日本文化に傾倒している。カレル大学日本語科に進学し，図書室でアルバイトを始めたある時，「川下清丸」という作家の名前が目に留まり，彼の短篇小説に魅了される。だが作家の詳細はわからず，どうにか入手できた作品をチェコ語に訳しながら，川下の素性を調べ始める……。かたや，もう一人のヤナは，2010年の渋谷にいる。だが，誰も彼女のことに目を止めることはなく，何か食べようとしても口に入らない。また渋谷を離れようとしても，ハチ公の前に引き戻されてしまう。そんな時，仲代達矢に似た若いミュージシャンに惹

写真8-1　アンナ・ツィマ『シブヤで目覚めて』（2018年，チェコ語版）表紙
（写真提供　ユニフォトプレス）

かれ，あとを追いかけていくと……。

　二つの並行する物語は，最終的には川下をめぐる一つの物語へと収斂していくが，読者が惹かれるのは，未知の文化，とりわけ未知の作家との出会いである。まず，ヤナが「川下清丸」という作家を見つけるシーンを引用しよう。

　　図書室でアルバイトしている時，〈川下清丸〉という日本の作家を発見した。一九二〇年代に「分裂」という短篇を書き，翻訳がチェコの雑誌『東方』にも掲載されていた。まだ登録されていない古い雑誌の山をめくっている時に出くわしたのだ。

　　短篇の主人公は，新しい小説のために素材を求めている日本人作家だ。かれは，一九〇九年，四国で起きた殺人事件に関心を寄せる。警察が逮捕した村の女性は無実なのではないかと推測し，真の殺人犯は誰かと調査を始める。そして現場を訪れ，地元の人たちに事件の詳細について尋ねる。だが殺人があったのはだいぶ前のことで，誰もその事件を覚えていない。そこで作家はこの事件を諦め，まったく別の物語に取りかかる。ただ，その調査に取りつかれた作家の想いだけは生き続け，ある形をとって，四国を永遠に彷徨い続ける。

　　（中略）

　　魂が離れていく作家を描いた物語に，私は惹きつけられた。似たようなことが自分にもあったからだ。あることに没頭し，でもそれがうまくいかない時，こういった分裂は誰の身にも起こるはずだ。たとえば，もう何年も日本に行きたいと思っている私の心はながいことプラハと東京のあいだを彷徨っている。

（アンナ・ツィマ『シブヤで目覚めて』阿部賢一・須藤輝彦訳，河出書房新社，2021年，39頁。以下，引用はページ数のみを記す。）

　川下の短篇を読んだことが契機となって，ヤナは川下の他の作品も翻訳しはじめるも日本語の古い文体に難儀する。先輩クリーマの手を借りながら，少しずつ訳出を進め，川下の世界に近づこうとする。

　これに対し，渋谷にいるもう一人のヤナは，ある問題に直面していた。

　　また立ち上がって家に向かう。鍵もなければ，お金もないし，携帯は使えない。いったいどうしろっていうんだ。別の道を通ってみる。メインストリートを抜け，お土産屋をいくつも通り過ぎる。大型書店が見え，前を通って，左手の道に入って，歩く，歩く，歩く。お好み焼き屋，寿司屋が二軒，巨大なモードショップを通過する。左に曲がって数歩進むと，公園に出て，すぐに神社が見えてくる。右に曲がる。

　　またハチ公の前だ。

　　私は，ここに囚われている。

　　（中略）

　　ハチ公がぶっきらぼうに私を見ている。土曜日の夜。はっきりわかるのは，今が二〇一〇年だということだけ。だけど，ここがほんとうに日本なのかどうか，もう確信がもてない。(47)

　渋谷にいるヤナは身体の感覚を感じることができず，幽霊か何かではないかと自問し，ついには「想い」だと悟る。このように，本作はチェコの女子学生の軽妙な語りと昭和文学のレトロな文体が絡み合う不思議な異次元小説となっている。日本を舞台にした異国情緒にあふれる多くの小説とは異なり，本書がそれらと一線を画しているのが，横光利一（1898-1947年），芥川龍之介（1892-1927年），松本清張（1909-1992年），三島由紀夫（1925-1970年），高橋源一郎（1951年-）といった日本近現代文学に目配りがなされている点である。川下は架空の作家であるが，

その信憑性を高めるには，信頼の置ける情報を巧みに配置するのが有効
である。著者は，横光利一などの作家の実名を挙げ，川下との友人関係
を示唆する。

「何これ？」
「横光利一についての本のコピー。誰か知ってる？」
「たしか，『文藝時代』に寄稿してた」
「その通り。川下より四歳年上の日本の作家。コピーしたのは『東と
　西　横光利一の旅愁』というタイトルの本で，関川夏央って人が書い
　たもの。横光の一九三六年のヨーロッパ滞在を追っている」クリーマ
　はそう説明しながら，ページの真ん中を指差した。「ここに書いてあ
　ること読んでみて」

　　銀座といえば，銀座八丁目，出雲橋たもとのおでん屋「はせ川」
　の店のたたずまいを，横光はありありと思い出す。神戸へ向かう
　横光を東京駅まで見送りにきてくれた「はせ川」のおかみさん，
　長谷川湖代は俳人でもあった。その亭主，長谷川金太郎も俳号「春
　草」，長く『俳諧雑誌』の編集をした人でもある。春草は昭和六年，
　妻とともに「はせ川」を開いた。久保田万太郎や川下清丸の姿を
　よくみかけるその店に，酒が飲めないのに横光はよく通った。(94)

　ここでは，川下の交流関係を示すために，横光の著作『欧洲紀行』(1937
年）のみならず，関川夏央の著書『東と西　横光利一の旅愁』(2012年)
から一節が引用される（ここでは一部表現が改められ，「川下」の名前
も挿入されている）。これは，テクストの「書き直し（rewrite）」であり，
「明示的引用」によって，「川下」という作家の信憑性が高められている。

　間テクスト性において，重要な役割を担っているのは「引用」だけではない。出典を明らかにする「明示的引用」がある一方で，「オマージュ」として作品を参照する例もある。例えば，三島由紀夫『仮面の告白』への言及がそれにあたる。

　　　私は写真を布団の中に仕舞った。外の光が部屋に入っていたので，光が写真に当たるようにした。すると，娘は殆ど奇跡の如く，青い光で全身を蔽_{おお}われているようだった。
　　　意識しない中_{うち}に，私の手は布団の下の膝の方に向かった。娘の美しい顔を見ていると，私の手は布団の下で此れ迄大した意味を担ってこなかった何かを発見し，自然と其れを握っていた。何時かそうなるのだと昔から判っていたかのように動き始めた。

（中略）
「これって，『仮面の告白』みたいじゃん」そして考え込む。「こないだ話しただろ」
「三島が川下の文章を書き写したってこと？」
「父の書斎で聖セバスチャンの絵を見つけて，手淫するシーンを覚えているだろ？」クリーマは考えを披露する。「それにとても似てない？典型的な文学的借用」
「たしかに。でも，三島はこうやって川下にオマージュを捧げたのかも」
（153）

　暗示的引用は出典を明らかにしないのが一般的だが，源泉の探求を読者に委ねる場合もあれば，何らかの仕掛け（合図）によって暗示であることを気づかせる場合もある。参照元となる作品の知識がない場合（こ

こではくのチェコ語の読者にとって），『仮面の告白』は未知の作品であり，参照されていることにすら気づかないことがある。そこで会話中，三島に触れることで，「典型的な文学的借用」であることを示す。つまり，暗示的引用への合図となっている。このような引用に加え，書き換え，暗示などが複合的に用いられ，さらには（じっさいには存在しない作品の）翻訳という営為も加わり，日本文学との関わりが多層的に築かれ，独自の小説世界が構築されているのである。

5.「翻訳」と「分身」

躍動感のある若者の言葉で綴られる物語に奥行をもたらしているのは，日本文学の引用や参照だけではない。何よりも，本書の魅力は「分身」というモティーフが全編を貫いている点だろう。分身を題材とする作品は言うまでもなく数多くある。例えば，ドイツ語作家グスタフ・マイリンクによるプラハを舞台にした長篇小説『ゴーレム』（1915年）があるが，これは，帽子の持ち主を探しながらユダヤ人街を彷徨する幻想的な物語である。日本文学に目を向けてみれば，芥川龍之介の短編「二つの手紙」（1917年）がある。また近年では，東京在住の英語作家デイヴィット・ピースが，芥川龍之介を題材にした *Patient X: The Casebook of Ryunosuke* という小説を著しており，ここでも虚実ない交ぜになった芥川の世界が重層的に奏でられている[4]。

だがこれらの作品が，人間の内面，闇を扱い，その世界観も陰鬱なものになるのに対して，ヤナの分身はそのようなものとは無縁である。快調な語り口，ユーモアによって，ヤナは生き生きと渋谷で生活を営んでいる。だが，全編が陽気な語り口であるというわけではない。関東大震災を体験した川下の文章も挿入され，世界にはいくつもの側面があることをつねに想起させるものになっている。

4）邦訳は，『Xと云う患者　龍之介幻想』黒原敏行訳，文藝春秋，2019年。

　このような対立関係は，本作では幾重にも見られる。プラハのヤナと渋谷のヤナ，プラハでヤナが会ったアキラと渋谷の仲代，作中人物の川下清丸という作家と上田聡，そして何よりも，本作の分身とは，川下の文章とヤナの文章という対の関係である。「小説内小説」，「枠構造」は先の芥川の「二つの手紙」，メアリー・シェリーの『フランケンシュタイン』にも見られるが，本書で注目すべきは，ヤナの翻訳という営為だろう。「翻訳はつまり（…）あらゆる言語結合の最終的，究極的，決定的な段階に向かっている」[5]とベンヤミンが述べたように，そもそも「翻訳」とは，言語と言語，自己と他者を結びつけることを夢みる営為であるからだ。川下の書いた短篇，あるいは並行的に進む物語の構造だけではなく，ヤナの翻訳行為もまた「分裂」を乗り越える一つの営為なのである。

6. 結びに——精神の鼓動としての「引用」

　引用は二次的使用に過ぎないのではないかという意見を耳にすることがある。だがここで挙げた二人の作家には引用した作家や作品への敬意が随所に感じられる。大江健三郎は，エドワード・サイードの著作『音楽と社会』に触れつつ，「本を読むことが情報の単なる受けとめじゃなく，書き手に生命を吹き込まれた言葉で精神の働きの場に参加すること」[6]と述べているように，作家と作家の「精神」が共鳴するとき，引用された言葉と引用者の言葉もまた共振し，さらに読み手の「精神」をも震わせる。本章で扱った大江とツィマの作品はまさにそのような精神を具現したものと言えるだろう。

5）ヴァルター・ベンヤミン「翻訳者の課題」，『ベンヤミン・アンソロジー』山口裕之訳，河出文庫，96頁。
6）大江健三郎『定義集』朝日文庫，2016年，34頁。

参考文献

　間テクスト性については，グレアム・アレン『間テクスト性　文学・文化研究の新展開』（森田孟訳，研究社，2002年），土田知則『間テクスト性の戦略』（夏目書房，2000年）を参照。

　大江文学の引用については，大江健三郎『私という小説家の作り方』（新潮文庫，2001年）を参照。大江文学全般については，尾崎真理子『大江健三郎全小説全解説』（講談社，2020年）が必読である。

　アンナ・ツィマの作品については，『シブヤで目覚めて』の他，『文学＋』（第2号，2020年）に著者のインタビューが掲載されている。

9 │『百年の孤独』のインパクト ──地方色と普遍性

柳原孝敦

《目標＆ポイント》 1967年に出版されベストセラーになったコロンビアの作家ガブリエル・ガルシア＝マルケスの代表作『百年の孤独』を，地方色と普遍性の両面から読み解く。
《キーワード》 『百年の孤独』，マジック・リアリズム，物語論，武力弾圧の記憶

1．ガルシア＝マルケスと『百年の孤独』

　コロンビアのカリブ海地方で生まれ育ったガブリエル・ガルシア＝マルケス（1927-2014年）は，パリ，ローマ，カラカス（ベネズエラ）などでのジャーナリスト生活の後にメキシコ市に住み，映画の脚本の仕事などをしながら故郷をモデルとした架空の町をめぐる中短篇小説を書きついでいた。そんな彼がそれまでの作品の集大成となる長篇小説の発想を得て仕事を辞め，執筆に専念して書きあげたのが『百年の孤独』（1967年）だ。この作品はブエノスアイレス（アルゼンチン）の出版社から出版され，瞬く間にベストセラーとなり，バルセローナ（スペイン）のエージェントらの活躍もあって短時日の間に多くの言語に訳され，世界中の作家に影響を与えた。作家のこうした経歴が〈ラテンアメリカ〉という地域の広がりと，他のヨーロッパの国々との関係を感じさせるには充分

である。そして『百年の孤独』の作品そのものも，ラテンアメリカの特性と，それには縛られない文学作品としての普遍的な楽しみを教えてくれる作品である。

　まず『百年の孤独』の概要を見ておこう。作家の生育した地域を思わせる架空の町マコンドで起こる数奇なできごとの数々を，その町の創始者ホセ・アルカディオ・ブエンディアと子や孫，子孫7代にわたる人々に焦点を当てて描いた物語だ。ホセ・アルカディオとその妻ウルスラ・イグアランは親戚にあたるので，近親婚を重ねると「豚のしっぽ」を持った人間（つまり，奇形児ということだ）が生まれるとの言い伝えがあると脅される。この「豚のしっぽ」の強迫観念に呪われた一族の者たちは代々，不毛な愛と性を生きることになる。皆，近親者と思われつつもその実血のつながりはない者たちと関係を持つのだが，一族の最後の者が実の叔母との間に子をもうけ，予言どおりの豚のしっぽを持った子が生

写真9-1　ガルシア＝マルケスと『百年の孤独』（写真提供　ユニフォトプレス）

まれることによってマコンドの町は消滅してしまう。

　カリブ海の一地方を強く喚起する場所が舞台でありながら，物語をこのようにまとめると，それは近親婚のタブーと人間社会という極めて普遍的なテーマを扱ったものだということがわかる。文化人類学などの学問はこのタブーを文化の根源に据えたし，精神分析学を切り拓いたジークムント・フロイトはこれを人間の成長過程の出発点とした（エディプス・コンプレックス）。地方的でありながら普遍性を内包する，こうした作品のあり方が世界中で読まれたことの理由のひとつであるだろう。

　もうひとつ確認しておかなければならないのが，マコンドの成り立ちだ。この町には毎年，メルキアデスと名乗る人物の率いるジプシーの一家がやって来て，新しい品物を売りつけるなどしていた。いちど死んで生き返り，最終的にマコンドに骨を埋めることになるこのメルキアデスが生前，ブエンディア家に残していった羊皮紙に書かれた文書というのが，あるときから存在感を放ち始める。一族の者たちが代々解読を試みてもうまくいかないその文書の謎を解き，最終的に内容を確認した人物が「豚のしっぽ」の親となった者だった。つまりマコンドはこの文書の謎が解かれた瞬間に消滅するとの理解も可能だ。この文書に書かれていたことというのが，マコンドの歴史，すなわち小説『百年の孤独』の中身そのものだったのだ。紙に書かれた文字（テクスト）によって世界を構築することが長篇小説のひとつのあり方に他ならないが，その世界が，そもそも紙（この場合は羊皮紙）に書かれたものであったという，このメタ小説的（小説について語る小説）ともいえる構造は，コロンビアやラテンアメリカという地域の枠を超えて世界中あらゆる地域の文学ファンを喜ばせたに違いない。

　この豊かな小説を多様な視点からもう少し詳しく読んでいこう。

2. 普遍的な立場から：小説の構造

『百年の孤独』の有名な冒頭を，まずは見てみよう。始まりは意図を内包する。そこにはこれから語られる小説の時間，空間，語り方などの情報が詰まっている[1]。『百年の孤独』は実に巧みな語り口を持っている。

　　長い歳月が流れて銃殺隊の前に立つはめになったとき，恐らくアウレリャノ・ブエンディア大佐は，父親のお供をして初めて氷というものを見た，あの遠い日の午後を思いだしたにちがいない。マコンドも当時は，先史時代のけものの卵のようにすべすべした，白くて大きな石がごろごろしている瀬を，澄んだ水が勢いよく落ちていく川のほとりに，葦と泥づくりの家が二十軒ほど建っているだけの小さな村だった。ようやく開けそめた新天地なので名前のないものが山ほどあって，話をするときは，いちいち指ささなければならなかった。毎年三月になると，ぼろをぶら下げたジプシーの一家が村のはずれにテントを張り，笛や太鼓をにぎやかに鳴らして新しい品物の到来を触れて歩いた。最初に磁石が持ちこまれた。（『百年の孤独』鼓直訳，新潮社，2006年，12頁）

まず，動詞の時制や副詞に注目したときに，語り手の立っている場所がわかりづらい。「長い歳月が流れて（略）思いだしたに違いない」という最初の文章の主節は，「長い歳月が流れ」る前，すなわち，従属節内に記されたアウレリャノ・ブエンディア大佐が「初めて氷というものを見た」ころから見た話だ。ところが，「思い出したに違いない」había de recordarという動詞は過去形だ。つまり，アウレリャノが銃殺隊の前に立たされた後からの視点に移り変わっているのである。一方で「初

1）小説の始まりについて扱ったものにエドワード・サイード『始まりの現象――意図と方法』山形和美／小林昌夫訳，法政大学出版局，1992年がある。

めて氷というものを見た」ころのことは「あの遠い日の午後」と形容されている。このとき語り手は「銃殺隊の前に立つはめになった」アウレリャノの心の中に入り込んでいるようだ。こんなふうに語り手は時制を操作して時間を自由に行き来している。時間を行き来しながら視点すらも移動し，ずらしている。この視点の移動がやがてマコンドでの不思議なできごとの数々を語るのに効果を発揮するだろう。

　最初の複雑な一文の後，「当時」すなわちアウレリャノ・ブエンディア大佐が「初めて氷というものを見た」ころのマコンドの叙述が始まるが，それはとても不思議な世界だ。なにしろ「ようやく開けそめた新天地なので名前のないものが山ほどあって，話をするときは，いちいち指ささなければならなかった」というのだから。読み進めればわかるように，『百年の孤独』はおおよそ19世紀半ばから20世紀なかばまでの百年の物語だ。できたばかりの村とはいえ，普通に考えれば「名前のないものが山ほど」あるはずはない。しかもそれを「指ささなければならな」いとは，信じがたい。この村は近代的な社会というよりは，むしろ聖書の「創世記」や神話の世界のようではないか。

　神話の世界との印象は，毎年三月にジプシーの一家がやって来るというエピソードによって確信される。まず，彼らが最初に持ちこむ「新しい品物」が磁石であるという設定は，「名前のないものが山ほど」あったという説明同様，19世紀の社会としては考えられないことだ（磁石については古代ギリシアの時代から知られている）。そしてそうしたものを持ちこむジプシーの一家が「毎年三月」に，つまり定期的に村にやって来るというその周期性もが神話を思わせる[2]。ジプシーたちは最初に磁石を，次にレンズを，そして最後に氷を持ちこむのだった。

　『百年の孤独』には章番号も章のタイトルもついていないが，ブラン

2）メキシコの詩人オクタビオ・パス（1914-98年）は周期的時間を神話的と呼び，直線的な時間を歴史的時間と呼んで，後者を近代詩のアイロニーの特徴に関連づけて考察している。『泥の子供たち』竹村文彦訳，水声社，1994年。特に第6章。

クによって分けられた20のブロックがある。それを章と呼ぶことにしよう。その最初の章でこうした神話を思わせる非現実的な世界を提示してみせる小説は、しかし、第2章からは時間軸に沿って過去から現在へと下る形で書かれている。直線的な歴史の描き方、つまり近代的な叙述に転換するのだ。こうした近代的な叙述を、小説の場合、広い意味でのリアリズムと呼んでいいだろう。リアリズム的描写に入る前に、冒頭の第1章ではこうした非リアリズム的な、神話的な世界を提示しているのだ。こうしたふたつの世界（神話の世界と近代の歴史の、リアリズムの世界）の融合が、『百年の孤独』の特長のひとつであると言えよう。

　第2章以後のリアリズム的な歴史描写の章に入っても、マコンドは神話的な、非リアリズム的な世界であり続ける。ふたつの世界は宥和しているのだ。マコンドの世界を神話的、非・リアリズム的にしている要素は、ジプシーの来訪同様の周期的な繰り返しと、第一文に見られるような視点の自由な移動だ。

　マコンドにおいて繰り返されるのは、ブエンディア家の男たちの名前だ。創始者ホセ・アルカディオの子はホセ・アルカディオとアウレリャノ（最初に名前の出てくる、後の大佐）、その下の世代はアルカディオとアウレリャノ・ホセ、それに17名のアウレリャノ、第4世代はホセ・アルカディオ・セグンドとアウレリャノ・セグンド（「セグンド」は2世の意味）……という具合だ。女たちの名はこれよりは多様ではあるが、やはりいくつかは子孫に伝えられ繰り返される。こうして繰り返される同一の名が『百年の孤独』に独特の回帰的なリズムを与えている。同時に、そのことに戸惑う読者も多いようだ。近年の版には、読者が迷ってしまわないように家系図つきのものが多い。

　子供に親と同じ名をつけるのは欧米社会ではよくあることだ。家の中では愛称で呼び分けたりして、何の不都合もなしに同名の親子は同居し

ている。ところが，不思議なことに小説の世界では，これは案外稀なことだ。小説の登場人物というのは，実は周到に選び抜かれた繰り返し不能な唯一の名を持っていることが多い。それが小説の暗黙の了解と言えるかもしれない。リアリズムの小説というのは，必ずしも現実にありそうだという意味のリアリティーを旨とするわけではないのかもしれない。親子が同じ名を持つことは現実の世界ではありそうな，リアルな話だが，小説の世界では見られないことなので，小説世界に既に馴染んでしまった私たち読者は，それが起こると非現実的だと感じてしまう。しかしそれは非現実的なのではなく，非リアリズム的なだけなのだ。

　『百年の孤独』では突飛なできごとが数多く生起する。未来を予言する少女がいたり，チョコレートを飲んで身体が宙に浮く神父がいたりする。冒頭に名の挙がったアウレリャノ・ブエンディア大佐は毒を盛られても死なない強靭な生命力の持ち主だ。そして空に舞いあがって消えた美女もいる。神話的世界とリアリズム的記述の融合に紛れて描かれるこれらの非現実的なできごとが読者を魅了し，この手法は〈魔術的リアリズム〉もしくは〈マジック・リアリズム〉と呼ばれるようになった。こうした非現実的なできごとの数々も，少なくともそのうちのいくつかは，実は非現実的というよりは，それまでの小説が守ってきた暗黙の法則を破る非リアリズム的なできごとなのだと言えるだろう。

　小説内のできごとを突飛なものに見せるのに機能する要素のひとつが視点の操作だ。先ほどの引用の続きを見てみよう。最初に磁石を持ちこんだメルキアデスは，それを「マケドニアの発明な錬金術師の手になる世にも不思議なしろもの」と触れ回ってマコンドの村人たちに宣伝して回る。商品のデモンストレーションを行うのだ。

　家から家へ，二本の鉄の棒をひきずって歩いたのだ。すると，そこら

の手鍋や平鍋，火掻き棒やこんろがもとあった場所からころがり落ち，抜けだそうとして必死にもがく釘やねじのせいで材木は悲鳴をあげ，昔なくなった品物までがいちばん念入りに捜したはずの隅から姿をあらわし，てんでに這うようにして，メルキアデスの魔法の鉄の棒のあとを追った。これを見た一同が唖然としていると，ジプシーはだみ声を張りあげて言った。「物にも命がある。問題は，その魂をどうやってゆさぶり起こすかだ」。自然の知恵をはるかに超え，奇跡や魔法すら遠く及ばない，とてつもない空想力の持ち主だったホセ・アルカディオ・ブエンディアは，この無用の長物めいた道具も地下から金を掘りだすのに使えるのではないか，と考えた。「いや，そいつは無理だ」と，正直者のメルキアデスは忠告した。しかし，そのころのホセ・アルカディオ・ブエンディアは正直なジプシーがいるとは思わなかったので，自分の騾馬に数匹の仔山羊を添えて二本の棒磁石と交換した。（『百年の孤独』12-3頁）

　かくして，まだ貨幣経済導入以前の神話的段階のマコンドで，物々交換によってホセ・アルカディオ・ブエンディアは磁石を手に入れた。磁石が金属をひきつける性質を持つことは，現実の世界では誰もが知っている。だからといって鍋釜が「ころがり落ち」，ねじや釘が「抜けだそうとして必死にもが」くことまではあるまい。この大袈裟すぎる誇張は，はじめてそれを見た者の驚きの視点からなされているからこそ可能になるものなのだろう。マコンドの人びとは，特に「自然の知恵をはるかに超え，奇跡や魔法すら遠く及ばない，とてつもない空想力の持ち主」ホセ・アルカディオは磁石が金属をひきつけることに驚いたのだ。驚いたから，あるいはほんの少し動いただけかもしれない鍋がコンロから落ちたように思ったのだ。そんな驚きの目で見ている人たちに対し，メルキ

アデスは，これは磁石というものであり云々と科学的説明をするのではなく，「物にも命がある。問題は，その魂をどうやってゆさぶり起こすかだ」と一種神秘主義的な説明をして村人たちの驚きを増幅させている。

　この一節が巧みなのは，磁石の働きをはじめて知って驚いた者の視点からその働きを大袈裟に伝えているだけでなく，その視点をミスリードして間違った考えを信じ込ませ，まんまと磁石という商品をホセ・アルカディオに売りつけることに成功するメルキアデスの戦略までもが読者にわかるところだ。

　小説において視点の問題はその構造を支えるもっとも大きな要素のひとつだ。語り手と視点の組み合わせといってもいいその語りの技法は物語論（ナラトロジー）の名で綿密に分析されてきた。『百年の孤独』はそうした分析手法の興味関心に応える，高度に技術的な文章から成り立っているのだ[3]。

　マコンドでの奇妙な出来事の中でもとりわけ有名なできごとは小町娘のレメディオスの昇天のエピソードだろう。これもまた巧みな視点操作によって可能になる。そのシーンを見てみよう。

　絶世の美女レメディオスは言い寄ってくる男たちを鼻にもかけず，浮世離れして夢の中に住んでいるかのような存在だった。その彼女がある日，昇天するのだ。そのシーンを見てみよう。家の女たち（フェルナンダ，アマランタ，ウルスラ）といっしょに洗濯物のシーツをたたんでいたレメディオスの「顔が透きとおって見えるほど異様に青白い」ことに気づいたアマランタが，具合でも悪いのかと訊ねたところ，応えるのだった。

　「いいえ，その反対よ。こんなに気分がいいのは初めて」
　彼女がそう言ったとたんに，フェルナンダは，光をはらんだ弱々し

3）物語論の立場から『百年の孤独』を論じたものに橋本陽介『物語論　基礎と応用』講談社選書メチエ，2017年，45-6，195-208頁がある。

い風がその手からシーツを奪って，いっぱいにひろげるのを見た。自分のペチコートのレース飾りが妖しく震えるのを感じたアマランタが，よろけまいとして懸命にシーツにしがみついた瞬間である。小町娘のレメディオスの体がふわりと宙に浮いた。ほとんど視力を失っていたが，ウルスラひとりが落ち着いていて，この防ぎようのない風の本性を見きわめ，シーツを光の手にゆだねた。目まぐるしくはばたくシーツにつつまれながら，別れの手を振っている小町娘のレメディオスの姿が見えた。彼女を抱いたシーツは舞いあがり，黄金虫やダリヤの花のただよう風を見捨て，午後の四時も終わろうとする風のなかを抜けて，もっとも高く飛ぶことのできる記憶の鳥でさえ追っていけないはるかな高みへ姿を消して，それっきり見えなくなった。(『百年の孤独』279-80頁。原文に基づき一部訳を変更)

「こんなに気分がいいのは初めて」なときに昇天するというその細部には何やら性的な含意が感じられなくもないが，今はそのことは気にしないでおこう。ここには，人が天に舞いあがっていくという非現実的な出来事が生起するための条件を作り出す語り手の努力が傾注されている。その場に居合わせたレメディオス以外の三人の女たちのうち，フェルナンダは風がシーツを「いっぱいにひろげるのを見」ており，アマランタは「よろけまいとして懸命にシーツにしがみつ」いている。つまりふたりともシーツに視界を遮られ，何も見ていないのである。ただウルスラにだけレメディオスの姿が「見えた」のだが，その彼女は「ほとんど視力を失っていた」。では，誰がはっきりとその姿を見たのか？　加えて，引用後半部，天に昇っていくのはシーツになっていることにも注意を払いたい。確かにレメディオスはそのシーツにくるまれてはいたのだが，あくまでも空高く舞いあがっていくのはシーツなのである。

　マジック・リアリズムという名は言い得て妙で，これはまるでひとつのマジックすなわち手品のようだ。手品はたとえば観客の視線を左手の動きに集中させて，その間に右手でありえない出来事を現出させて驚かせる見世物だ。視線のミスリードと死角を利用したトリックによって成り立つのだ。レメディオスの昇天はまさにこの手品のトリックさながらに，観客（他の女たち）の視線をくらませ，彼女たちの視界いっぱいにシーツを広げ，その間にレメディオスの姿を消した。レメディオスが空に舞いあがったという証拠はどこにもなく，ただ，シーツだけが上っていった。視野を回復したかもしれない観客が舞いあがるシーツに気を取られている間に，ひょっとしたらレメディオスは地上を走って逃げたのかもしれないではないか。絶妙なトリックだ。

　シーツが舞いあがっていく空の説明も面白い。「黄金虫やダリヤの花のただよう風」や「午後の四時も終わろうとする風」，「もっとも高く飛ぶことのできる記憶の鳥でさえ追っていけないはるかな高み」とはそれぞれ空の高さを表現したものなのだろうが，文章はここで一気に詩的な装いをまとっている。そして実際，これらは詩の引用だ。レメディオスをくるんだはずのシーツは詩によって紡がれた空の高みに消えて行ったのだ。マコンドの歴史（小説の内容）は実はメルキアデスが羊皮紙に書き記した歴史だったことを思い出そう。私たちは小説に描かれた空が現実の空だとの一般的な了解の上に立って読んでいる。だからそこを人間が飛ぶはずはないと考える。しかし，紙に書かれた文章の空であるならば，そこに人を飛ばしてもいいではないか。あらかじめ書かれたものとしての世界を創造したガルシア＝マルケスが，とぼけた顔でそう言っているかのようだ。

3. コロンビアの視点から

　小説も半ばを過ぎたころ，マコンドに鉄道が敷かれ，蒸気機関車がやって来る。次いで電気や映画，蓄音機，さらには電話までもがもたらされ，小説は19世紀から20世紀への転換期に突入するのだ。鉄道によって外部からマコンドを訪れる人も多くなった。そんなおりにやって来た旅人のひとりがミスター・ハーバートで，商魂みなぎる彼はバナナの木を見出し，そこにバナナ農園を切り拓く。この農園とそれを運営する会社がマコンドにさらなる発展をもたらす。

　カリブ海域の20世紀の歴史を知る者は，バナナ農園およびバナナ会社と聞くとユナイテッド・フルーツを思い浮かべないではいられない。現在はチキータ・ブランズ・インターナショナルというその名のとおり，〈チキータ〉商標のバナナを世界中に届けて栄華を誇ったアメリカ合衆国資本の企業だ。この会社が経営するプランテーションは広くカリブ海域に分布し，この地域の経済発展に寄与した……という説明はあくまでも企業の視点からのものだろう。合衆国は，とりわけ20世紀に入ると，自国企業の利益を守るためと称してラテンアメリカの小国の数々の政治に介入してきた。場合によっては当事国の軍を支援してクーデタを起こし，強引に傀儡（かいらい）政権を作るなどしてきたのだ。海賊行為（フィリバスター／フィリブステーロ）と呼ばれるこうした振る舞いは今にいたるまで受け継がれている。そして20世紀のとりわけ初頭にフィリバスターに最大の口実を与えたのがユナイテッド・フルーツだったのだ。バナナ農園・バナナ会社とは，米帝国主義とその圧政にあえぎ，服従し，抵抗する主に中米の小国間の外交史の象徴と言っていい。

　英語にbanana republic（熱帯地方の小国，形容詞として「混乱した，不安定な」の意も）という多分に軽蔑を含んだ表現を残すことになった

この歴史は，当然，そのbanana republicから見れば，自らの尊厳つまり国家の主権を脅かす不正と屈辱のそれに他ならない[4]。『百年の孤独』の読者はマコンドへのバナナ会社の進出を読んだときに，この黒歴史を想起したに違いない。

　ブエンディア家の4代目ホセ・アルカディオ・セグンドがバナナ会社の現場監督の立場を捨てて労働者の側につき，彼らの労働条件改善を要求してストライキを始めた。アナーキストと断じられ地下に潜った彼はいったんは逮捕・収監されるものの，政府とバナナ会社の意見の不一致から釈放された。会社の経営陣を今度は裁判によって追い詰めようとしたが，老獪な弁護士たちに阻まれた。そこで大規模なストライキに打って出た。政府は労働者たちをマコンドの駅前広場に招集し，そこに軍を投入して武力で彼らを弾圧した。群衆の中にいたホセ・アルカディオ・セグンドは，機銃掃射によって死んだ者たちを運ぶ「二百両に近い貨車から編成」される列車の中で意識を取り戻し，マコンドに逃げ帰る。彼はこの虐殺の事実を語り伝えるのだが，誰も信じてはくれなかった。皆，前の晩に政府によって出された「労務者らは駅前を退去せよという命令に服従して，おとなしくわが家へ帰った」（『百年の孤独』354，356頁）という告示を信じていたのだ。

　第15章の大半を使って語られるこのバナナ会社労働者のスト弾圧は，作者ガルシア＝マルケスが子供のころから聞かされてきた実際の弾圧事件の言い伝えを基にしている。自伝『生きて，語り伝える』でも冒頭近くで母親と列車に乗って故郷近くのアラカタカの町に行く途中，立ち寄ったシエナガの駅前の広場での回想を書いている。そこが虐殺現場だったのだ。母親は若き作家にその場所を「この世の終わりがあった」場所として指し示したのだそうだ。1928年の12月，ユナイテッド・フルーツのストライキ中の労働者がデモに訴えたところ，コロンビア国軍がこ

4）その名もBanana Republicという合衆国資本のアパレル・メーカーが存在する。こうした歴史に苦しめられ，蔑まれてきた中南米諸国の人々は，この名を苦々しい思いで見ているのではあるまいか？

れを弾圧したのだ。ガルシア＝マルケスはその話を「自分で生きたかのようによく知っていたが，それは物心つくころから祖父が何百回も繰り返し語るのを聞いて育ったから」（『生きて，語り伝える』旦敬介訳，新潮社，2009年，28-9頁）だった。

　この弾圧による死者を，軍は当初50人と発表，その後アメリカ合衆国大使館は5-600人と上方修正した。最終的にユナイテッド・フルーツ側が出した数は1000人とのことで，実際の死者数はつまびらかになっていないのだが，この事件を隠蔽しようとする政府に抗い告発した国会議員というのが，近くのアラカタカに住む作家の祖父だった（ピーター・チャップマン『バナナのグローバル・ヒストリー』小澤卓也，立川ジェームズ訳，ミネルヴァ書房，2018年，118-120頁）。家族と離れてこの祖父の家に預けられていた孫は，祖父からこの話を何度も聞かされて育った。長じて作家になり『百年の孤独』にその事件を再現してみせたのがホセ・アルカディオ・セグンドのエピソードだったのだ。

　このことに加えて，小説の舞台マコンドの名は作家が育ったアラカタカ近くにあった当のバナナ農園の名から取られたことも合わせて考えれば，『百年の孤独』の大きな主題のひとつが作家誕生の1年数ヶ月後に起こったユナイテッド・フルーツと国軍による労働者のスト弾圧の告発だったと思いたくなるところである。しかし，小説にはそれ以上の含意がありそうでもある。

　このスト弾圧事件を生き延びたホセ・アルカディオ・セグンドがそれを語り伝えたけれども，誰にも信じてもらえなかったという細部も重要な意味を持っていそうだ。アウシュビッツに代表される20世紀の大量虐殺の後には，この記憶を語り伝えるとはどういうことかという考察が多くなされた。殺されてしまった者たちの記憶と無念を生き残ったものが語れるのか？　生き残った者とは結局のところそれを経験しなかったも

ののことではないのか？　そして生き残ったけれども口をつぐんだ者た
ちの思いを下の世代はどのように受け継ぐのか？　アウシュビッツをめ
ぐって，戦争をめぐってこうした設問が文学の分野でも立てられ，回答
が試みられ，解決が模索されてきた[5]。そうした一連の作品とも共鳴す
るのが『百年の孤独』であるといえるだろう。

　コロンビアの，作家の育った家の近くで起こった出来事は，マコンド
という架空の土地のできごととして語られることによって，このように
他の国や地域にもかかわる問題に接続して読むことができる。だからこ
そ世界中の人びとがこぞって読み，共感したのだ。世界全体に話を広げ
るまでもなく，ラテンアメリカの他の地域の人びとならばよりその共感
は大きかっただろう。最後にラテンアメリカの立場から読んでみよう。

4.　ラテンアメリカの立場から

　マコンドでの弾圧以後の軍の挙措は，コロンビアに留まらず，広くラ
テンアメリカの未来を予言しているかのようだった。

　長雨による災害が生じた場合に講ずるべき緊急の措置を考慮して戒厳
令はそのままになっていたが，軍隊はキャンプに戻っていた。兵隊た
ちは，昼間は膝までズボンをまくり上げて，川になった通りで子供相
手に遭難ごっこに興じた。ところが，夜になり消灯時間が来ると，兵
隊たちは銃で民家の戸をたたき壊し，ベッドから容疑者を引きずり出
して連行した。そして，それっきり家へ帰さなかった。政令第四号に
もとづいて，不良，殺人犯，放火犯，暴徒らの捜索と逮捕が続いてい
るのだと思われた。しかし軍当局は，消息を聞きに司令室へ押しかけ
た犠牲者の身内にさえ，その事実を否定した。「きっと，夢か何かだ
ろう」と，将校たちは言い張った。「マコンドでは何事も起こらなかっ

5）戦争やアウシュビッツの問題については参考にすべき文献は多いが，ここでは，
　　より広い立場からアン・ホワイトヘッド『記憶をめぐる人文学』三村尚央訳，
　　彩流社，2017年などを勧めておこう。

た。現在そうだし，将来もそうだろう。まったく平和そのものだ，この町は」。こうして組合の指導者らは完全に抹殺された。(『百年の孤独』357頁)

『百年の孤独』の出版は1967年のことだったが，これより後，1970年代に入るとチリやアルゼンチンで相次いで軍事政権が誕生した（ブラジルでは1964年から）。これらの国の軍政下で行われたことは，反体制派の人権弾圧だった。軍は彼らに夜討ちをかけて収監，拷問し，場合によっては殺害した。こうして連れ去られた人びとは「行方不明者（デサパレシード）」と呼ばれ社会問題化し，家族や身内の者がその消息の開示を求めても，軍政府は知らぬ存ぜぬで押し通した。軍政の終了後には人権調査委員会が組まれて捜査がなされたものの，チリやアルゼンチンの文学や映画は，今にいたるまでこれに関係するテーマを扱い続けている。それだけ大きな影を落とすことになったこのできごとを，『百年の孤独』のこの一節は予言しているようではないか。

　すぐれた小説は過去の記憶を現在に甦らせ，それを遠くの世界の者にも伝え，時には未来をも予告するものだが，『百年の孤独』のバナナ会社をめぐるできごとは現実のユナイテッド・フルーツをめぐる事件を思い出させ，それをコロンビア一国の特殊な事件でなく，多くの地域であり得たことと思わせるものである。そしてそればかりか，後にチリやアルゼンチンで起こったことを予告しているようだ。

　小説に再現された過去の事件が他の国・地域の他の事件を想起させるならば，当然，その他の国・地域について書かれた文学作品をも想起させる。今し方挙げたチリの軍政は1973年のクーデタによって生まれた。フィリバスターとはいささか異なるものの，これも合衆国が支援したものだ。このクーデタと軍政による「行方不明者」の問題を扱ったのが，

自身，クーデタにより倒された大統領のいとこの子であり，そのために亡命を余儀なくされたイサベル・アジェンデ（1942年-）の『精霊たちの家』（1982年）と『愛と影について』（1984年）であった。特に一族の女3代50年にわたる歴史を扱った前者は『百年の孤独』の後を継ぐ作品とみなされた。

　話をユナイテッド・フルーツの問題に戻すと，たとえば，同じカリブ海に面する小国グアテマラもユナイテッド・フルーツを足がかりとしたアメリカ合衆国のフィリバスターに悩まされた国だ。ここの出身でまさに『百年の孤独』出版の年1967年にノーベル文学賞を受賞したミゲル・アンヘル・アストゥリアス（1899-1974）は『強風』（1950年）『緑の法王』（54年）『死者たちの目』（60年）の〈バナナ三部作〉と呼ばれる長篇小説群でユナイテッド・フルーツの存在を告発している。『百年の孤独』はアストゥリアスのこれらの作品とも共鳴するだろう。

　アストゥリアスといえば，ガルシア＝マルケス『百年の孤独』が確立したとされるマジック・リアリズムの手法の先駆者のひとりとされる人物だ。そしてイサベル・アジェンデはその後継者とみなされた。この用語の成立にはグローバリズムの問題が大きくかかわってくる。それは同時にマジック・リアリズム以後のラテンアメリカ文学のありかたにも作用することだ。そのことを次章でみることにしたい。

参考文献

ラテンアメリカ文学の入門書としては

寺尾隆吉『ラテンアメリカ文学入門——ボルヘス，ガルシア・マルケスから新世代の旗手まで』中公新書，2016年

がある。筆者自身

「亜熱帯から来た男」書肆侃侃房 Note（https://note.com/kankanbou_e/m/ma35b1db852b1）

を連載中で，これは書籍化される予定。

　ガルシア＝マルケスついてのまとまった参考書としては

木村榮一『謎解きガルシア＝マルケス』新潮選書，2014年

　がある。

　またガルシア＝マルケスの小説は『ガルシア＝マルケス全小説』としてシリーズで発売されている（新潮社刊）。

　他に名を挙げた文学作品で邦訳のあるものは，以下のとおり。

イサベル・アジェンデ『精霊たちの家　上下』木村榮一訳，河出文庫，2017年

ミゲル・アンヘル・アストゥリアス『緑の法王』鼓直訳，新日本出版社，1971年

10 | グローバリズムとラテンアメリカ ——マジック・リアリズムの浮沈

柳原孝敦

《目標＆ポイント》 『百年の孤独』に前後する1960年代に出来したラテンアメリカ文学のブームと、その結果できたこの地の文学に対する認識の展開、この認識に対する後の世代の向き合い方などを、グローバリズムという視点で考える。

《キーワード》 マジック・リアリズム、ブーム、アダプテーション、グローバリズム

1. ラテンアメリカ文学のブーム

　前章で扱ったガルシア＝マルケス『百年の孤独』の前後，1960年代にはラテンアメリカ文学の〈ブーム〉があった。この地域の作家たちが世界文学の一面に躍り出て存在感を発揮し，読まれ，後続の多くの作家たちに影響を与えた。『百年の孤独』の大ヒットはブームを決定づけるできごとだったのだ。そしてその際，ブームになっているラテンアメリカ文学を特徴づける，いわば登録商標のようなものとして〈マジック・リアリズム〉という作風が喧伝された。そのことを見ていこう。

　ブームの要因，およびその現象の特徴ともいえる要素にはいくつかあるが，集団性に目を留めてみよう。

　ラテンアメリカは広大で，国の数は多く，それぞれの国に独自の文学の歴史があるのであるから，それら複数の国々をひとつのまとまった地

方としてみなすには，一種の論理の飛躍が必要である。ナショナリズムやそれに基づく各国文学史が成立した後の時代に，そうした論理の飛躍に基づき，ラテンアメリカはひとつの文化を共有するまとまった地方であるとの認識が固まった[1]。そうした一般の認識に呼応するかのように，例えばフランスでは絶大な影響力を誇る出版社ガリマールが，〈南十字星〉という名のシリーズの下，ラテンアメリカ文学をそういうまとまりとして紹介した（第1期は1952-70年）。アルゼンチンのホルヘ・ルイス・ボルヘス（1899-1986年）やキューバ（スイス生まれ）のアレホ・カルペンティエール（1904-80年）など，ブームの先駆者たちが同じひとつの地域の作家として紹介されたのだ[2]。時間はずれるけれども，日本でラテンアメリカ文学が紹介された際も叢書や雑誌の特集などの形でラテンアメリカ文学というひとつのまとまりとしての紹介が多かった。

　実際，ブームの要因のひとつは作家たちの国を超えての連帯だと主張したのは，チリのホセ・ドノソ（1924-96年）だ（『ラテンアメリカ文学のブーム——作家の履歴書』内田吉彦訳・鼓直解説，東海大学出版会，1983年）。1962年のチリのコンセプシオン大学における作家会議以後，多くの会議が開かれ，作家たちが切磋琢磨することができたのだという。彼らの連帯感にとって希望の星となったのがキューバ革命（1959年）だったので，革命政府が言論弾圧を始めた1971年には連帯感は瓦解してしまい，それでブームは終わったのだとドノソは証言している。

　現実の作家たちの連帯が終わったのだとしても，テクスト間の連帯は残る。ブームの時代の作家たちは互いのテクストを通じて対話している。その例を見てみよう。

　『百年の孤独』では，マコンドの創始者ホセ・アルカディオ・ブエンディアの同名の長男がある日村を出て，数年後に全身に刺青を入れた大男に

---

1) 私はかつてそのことを論じた。拙著『ラテンアメリカ主義のレトリック』エディマン／新宿書房，2007年

2) 〈南十字星〉叢書については今もガリマール社のサイトでその概要が確認できる。http://www.gallimard.fr/Catalogue/GALLIMARD/La-Croix-du-Sud

なって戻ってくる。彼はその間世界を漂流していたそうで，ときおり家族にそのときの経験を語っていた。そんな彼の冒険譚のひとつにカリブ海で「死の風のために帆は裂け，舟虫にマストも食い荒らされて，グアドループへの航路を見失って漂流を続ける海賊ヴィクトル・ユーグの幽霊船に出会った」（『百年の孤独』115頁）話というのがある。ヴィクトル・ユーグというのは実在のフランス人商人で，カリブ海のフランス植民地を中心に活動していた人物だが，本国での革命後，その政府の全権特使としてグアドループをはじめとする植民地を統治した人物だ。正史から忘れられていた彼の業績を掘り起こしたのがアレホ・カルペンティエールの小説『光の世紀』（1962年）だった。つまりこのエピソードはカルペンティエールからの引用になっているという具合だ。いや，引用というよりも，『光の世紀』では描かれなかったユーグのその後を示唆しているのだから，人物の再利用・再生というべきかもしれない。前章で取り上げたバナナ会社の労働者のストの場面では「同志アルテミオ・クルスの英雄的な行為をその目で見たというメキシコ革命軍の大佐で，折りからマコンドに亡命中のロレンソ・ガビランという男」（346頁）も出てくる。これはメキシコ（パナマ生まれ）のカルロス・フエンテス（1928-2012年）の小説『アルテミオ・クルスの死』（1962年）への示唆で，やはりフエンテスが描かなかったガビランのその後の亡命生活（と死）をここで描いているのだから，これもまた人物の再生だ。こうした人物再生法を通じて『百年の孤独』は同時代のラテンアメリカの作家たちの作品との対話を打ち立てているのだ。

　このように他者の作品の登場人物を再利用するのはガルシア＝マルケスひとりの専売特許ではない。たとえば当のカルロス・フエンテスは『テラ・ノストラ』（1975年）の最終章でボルヘスやカルペンティエール，アルゼンチン（ベルギー生まれ）のフリオ・コルタサル（1914-84年），

キューバのギリェルモ・カブレラ＝インファンテ（1929-2005年），ペルーのマリオ・バルガス＝リョサ（1936年-），ホセ・ドノソらの作品の登場人物を20世紀のパリに集合させている。もちろん，ガルシア＝マルケスの登場人物のことも忘れてはいない。一種の返礼なのだろう。

　このように他者の作品の登場人物を登場させることを，引用とも人物の再生とも言った。いずれにしてもこうした手法は第8章でも取り上げられた「間テクスト性」の問題に接続されるだろう。作品と作品とがこうして繋がり，ひとつの星座を作るのだ。

　単なる引用ではなく，人物の再生の問題としてもう少し考えてみよう。19世紀フランスの作家バルザックはある小説の登場人物を別の小説でも登場させるという手法をよく用いた。こうして作品と作品の間に繋がりが生まれ，小説が作り出す世界は何倍にも広がった。彼は自身の小説を総合して「人間喜劇」というひとつのシリーズ物の大作だと位置づけた。こうしたバルザックの全体化への試みは後世の多くの作家たちに受け継がれたが，ラテンアメリカでこの試みを受け継いでよく知られたのがカルロス・フエンテスやバルガス＝リョサだ。たとえば名前の挙がった『アルテミオ・クルスの死』にはフエンテスの前作『澄みわたる大地』（1958年）の中心的登場人物の何人かが主人公クルスの友人や仕事仲間として出てくる。バルガス＝リョサは複数の作品にリトゥーマという治安警備隊員を登場させ作品間に繋がりをつけている。そして何より『百年の孤独』自体が，それまで作家が書きためてきた中短篇の舞台と人物たちを再利用する形で紡がれた作品なのだった。『百年の孤独』以前の作品では何度も神話的人物としてアウレリャノ・ブエンディア大佐の名が噂されていたが，ここで中心的な人物として取り上げ，彼の物語を展開したのだ。逆に『百年の孤独』では2行ほどしか言及されなかった人物を主人公として，スピンオフ作品の形で中篇小説『エレンディラ』（1978年）

が生まれている。

　こうした人物の再生法は，作品が描く社会の多様性と厚みを伝え，複数の作品にひとつのまとまりを与えるものと理解される。ガルシア＝マルケスがカルペンティエールやフエンテスの作品の人物を再生させ，フエンテスが他の多くの作家の作品の人物を再生させているということは，異なる複数の作家たちの作品が連続したひとつの作品であるとの印象を与えることになるだろう。そして，そこに描かれた社会は多様性を湛えたものである。ラテンアメリカは多様にしてひとつであるとの印象がこうしてますます強まるのだ。

　余談ながら，人物再生法は書き換えの可能性へと道を開く手法でもあることも指摘しておこう。間テクスト性の議論を突き詰めていけば，すべての作品は結局は何らかの先行する作品（ひとつとはかぎらない）の書き換えであるという見方が生じる。書き換えを〈アダプテーション〉と言う。この語は小説の劇化，映画化などの際に使われる〈脚色〉をも意味する。そうしたジャンル間の応用・脚色を含む書き換え（アダプテーション）は現在，文学についての理論の活発に議論されるトピックのひとつになっている[3]。

　19世紀アメリカ合衆国のナサニエル・ホーソーンが，新聞記事を基に書いた短篇「ウェイクフィールド」（1835年）は，ある日妻に告げずに家を出て，近くに潜入して彼女を観察した男の話だが，それを妻の立場から書き換えたのが，ブームの世代よりはるかに若いアルゼンチンのエドゥアルド・ベルティ（1964年-）による『ウェイクフィールドの妻』（1999年）だ。ホーソーンの短篇では単に観察される対象だった妻が，ベルティの長篇においては気丈に生き抜いて魅力を発散している。

　書き換えとはこのように，元の作品で声を持たなかった人物に声を与える作業にもなりうる。それは虐げられた者に人間としての正当な権利

3）代表的な理論書にリンダ・ハッチオン『アダプテーションの理論』片渕悦久，鴨川啓信，武田雅史訳，晃洋書房，2012年がある。

を与える行為でもあるだろう[4]。言語の枠を超えてなされたこの書き換えは，文字どおり世界文学と呼ぶにふさわしい社会の広がりを前提にしながら，その社会に多様性を回復させているのだ。

2. マジック・リアリズム

　こうしてひとつの集団となって世界に認識されたラテンアメリカの作家たちやその作品群の登録商標のように機能したのがマジック・リアリズムという手法であり，その確立者のように扱われるのがガルシア＝マルケスの『百年の孤独』である。しかしこの作品内で生起するできごとは，一見突飛なものと思われるが，実は語り手と視点の操作という普遍的な文学の技法によって可能になるのだということを前章で見た。ここではこの語の成立と広がりの過程を簡単に見ておこう。

　ドイツの美術評論家フランツ・ローが1925年，表現主義以後の潮流（新即物主義）を指してこの語を使ったのが発端だった。1927年にはパリとローマで発行されていた『ノヴェチェント』という美術雑誌の編集長マッシモ・ボンテンペッリがこの語を用いて新たな潮流への期待を表明している。同年にはスペインのオルテガ・イ・ガセーが発行していた雑誌『西欧評論』にローの論文の翻訳が出る。オルテガおよびその雑誌は当時，スペイン語圏で絶大な影響力を誇っていた。それを思えばこれはひとつの決定的な出来事だったけれども，同時に，ボンテンペッリと当時パリにいたベネズエラの作家アルトゥーロ・ウスラル＝ピエトリ（1906-2001年）が懇意であったことなどもこの語の広がりにとっては重要かもしれない。ウスラルはまた，同時期にパリにいたミゲル・アンヘル・アストゥリアスやカルペンティエールとも頻繁に会っていた。このウスラルが，ハーヴァード大学での講義を基にまとめ，メキシコの出版社フォンド・デ・クルトゥーラ・エコノミカ社から1948年に出版した『ベネズエラの

4）第1章で扱われたカミュ／ダーウドの書き換えなども示唆に富む。

文学と人』のある章で，40年代のベネズエラの短篇小説群内に「他に言葉がないので，あえて呼ぶならばマジック・リアリズムとでも呼べる」（*Letras y hombres de Venezuela*, FCE, 1948, p162）傾向を認めた。ウスラルは後に，自分とアストゥリアス，カルペンティエールとのパリでの交流がマジック・リアリズムの誕生に与したことを誇らしげに回想している。ちなみに，カルペンティエールは45年からベネズエラの首都カラカスに住み，当地の雑誌に短篇を発表していた。そしてウスラルの本の翌49年には，ヴードゥー教の視点からハイチ革命を見直した『この世の王国』を発表し，その序文で「現実の驚異的なもの」の理念を高らかに歌い上げた。すでに1930年にはマヤ系の先住民の神話の語り口と世界観を大胆に取り入れた短篇集『グアテマラ伝説集』を出版してフランスでも注目を浴びていたアストゥリアスは，同じく1949年『トウモロコシの人間たち』で先住民の世界認識と農業資本の衝突を描いた。1954年末，アメリカ合衆国最大の文学・言語学学会MLA（Modern Language Association）での学会発表でアンヘル・フローレスが「イスパノアメリカ文学におけるマジック・リアリズム」という発表をし，翌年，それを論文にまとめ雑誌に掲載した。1967年，『百年の孤独』出版と同年には，メキシコ人批評家ルイス・レアルが「イスパノアメリカ文学におけるマジック・リアリズム」という文章を発表，マジック・リアリズムがカフカの影響で1935年ごろからボルヘスらに始まる潮流だというアンヘル・フローレスの記述に反論し，この理念を1920年代から既に見られるイスパノアメリカ（スペイン系のアメリカ，つまり，ラテンアメリカ）特有のものとして再定義した。

　こうしてラテンアメリカ（厳密にはイスパノアメリカ）の作家たちの集団的特性としてのマジック・リアリズムの手法が，アストゥリアスやカルペンティエールを先駆者として成立するとの見方が徐々に作られて

いった。最後に挙げたフローレスが決定的にイスパノアメリカ特有の傾向としてこの語を規定したのが,『百年の孤独』がベストセラーになったのと同じ1967年だったことも,この語の定着には作用したかもしれない。こうしてマジック・リアリズムはガルシア＝マルケスの専売特許となっていく。

この語が文学に当てはめられたのがウスラルやフローレスのようにアメリカ合衆国でのことだったという事実も重要だろう。自己認識というよりは対外的な売り文句として機能したかもしれないのだ。ガルシア＝マルケスにしてもその先駆者とされるカルペンティエールにしても,自身の作品をマジック・リアリズムの手法と呼ぶことは拒否していた。しかし,彼らのそうした意図とは無関係に,ひとつのまとまった地域としてのラテンアメリカの文学はマジック・リアリズムの手法をその最大の特徴とするとの認識が,ヨーロッパやアメリカ合衆国といった外部で広まっていくのだ。

『百年の孤独』は第三世界の社会を表現するのに大いなる示唆となり,これに影響を受けた作品が,特に1980年代から世界の各地に現れる。中国の莫言（ばくげん）などはその最も知られた例だろう。また同じころ,英語やフランス語といった文学における大言語によって周辺の地域を描いた作品も注目を集めるようになるが,それらの中にはインド出身のサルマン・ラシュディのようにマジック・リアリズムの手法と関連づけられ,論じられた作家もいた。こうしてこの手法は敷衍され,一般化していく。

3. 世界文学のジャンルとしてのマジック・リアリズム

今ではたとえばウディ・アレンの映画にすら適用されるマジック・リアリズムの手法を,ことさらラテンアメリカ文学の専売特許とするのは時代錯誤ですらあるだろう。マジック・リアリズムというのは世界文学

のひとつのジャンルと捉えた方がよい[5]。そう捉え直すと，先に概略を示したこの語の成立過程が「世界文学」と呼ぶにふさわしい道筋をたどっていることに気づかないではいられない。ドイツ→フランス→スペインと旅をし，美術の潮流についての語であったものが，大西洋を渡る間に文学の用語に転用され，ラテンアメリカで実現を見，アメリカ合衆国で喧伝され，世界の他の地方でも定着したのだから。

　そうなると，マジック・リアリズムの代名詞となった小説『百年の孤独』の成立もまた，世界的な広がりを持っていたことに気づかされるだろう。前章で見たように，メキシコで書かれたコロンビアが舞台の『百年の孤独』はアルゼンチンの出版社から発売され，スペインのエージェントの振るった辣腕によって世界に広がっていったのだった。

　さらにいえば，『百年の孤独』のベストセラーという現象は，世界文学の時代にふさわしい，グローバル化された現代社会特有の販売戦略によるといってもいい。小説の版元スダメリカーナ社社主パコ・ポルーアは当初，初版3千部の出版を考えていたのだが，前評判の大きさを考えて5千，そしてさらには8千部に部数を増やした。実際は，それでも読みが浅く，その8千部は半月で売り切れてしまい，2ヶ月で4刷を数え，増刷が追いつかなくなってしまった。ポルーアに翻意を促した前評判とは，まずは既に知られた作家となっていたマリオ・バルガス=リョサやフリオ・コルタサルがあげた期待の声だった。彼らは完成前に断片的に雑誌に発表された箇所を読み，あるいは作家本人から話を聞いて一刻も早く全篇を読みたいとあちらこちらで語っていたのだ。ガルシア=マルケスは執筆期間中，訪ねてきた友人たちにその日書いた分を読んで聞か

5）こうした議論はMariano Siskind, "The Genres of World Literature: The Case of Magical Realism", D'haen, Theo; David Damrosch and Djelal Kadir ed., *The Routledge Companion to World Literature*, Routledge, 2011, pp. 345-55 を参考にしている。また，ウディ・アレンの映画にマジック・リアリズムの語が適用されるというのは，バーバラ・コップル監督のドキュメンタリー映画『ワイルド・マン・ブルース』（1997年）内のインタビューによる。

せたりしただけでなく，コピーを友人たちに郵送したりもしていたよう
だ。出版社のお膝元ブエノスアイレスでは，当時アルゼンチンの文化的
羅針盤として広く読まれた雑誌『第一面』の編集長トマス・エロイ・マ
ルティネス（彼自身がまたすぐれた小説家でもあるのだが）が小説の出
版2週間前に特集を組んだことも大きく売り上げを左右したようだ。

　作品の一部を雑誌に発表したり，朗読や原稿の送付によって前もって
人に読んでもらったりすることは以前から行われている慣行ではある
が，マルティネスと雑誌『第一面』のふるまいはむしろ，現代の宣伝戦
略に近い。批評家や書店員にプルーフ（校正作業のための試し刷り，お
よび，それを製本した簡易版）で読ませて発売と同時に，もしくはそれ
以前に紹介させたり注文を受け付けたりする販売戦略は今ではなじみの
ものだ。『百年の孤独』のヒットはこれで成功を収めた最初の例と言え
そうだ。

　そのようにしてベストセラーとなった『百年の孤独』の相次ぐ増刷に
充分に応えることができずに嬉しい悲鳴を上げていたスダメリカーナ社
に対し，こまめな版権刷新交渉で徐々に主導権を握り，以後，ラテンア
メリカ文学のブームの女帝（あるいはガルシア＝マルケスの小説のタイ
トルにしたがい，「ママ・グランデ」）と呼ばれるようになったのが，バ
ルセローナの作家エージェント，カルメン・バルセルスだった。既にそ
れ以前のガルシア＝マルケス作品の交渉権を獲得していたバルセルス
は，作家とポルーアの個人間でなされてしまった『百年の孤独』の出版
契約に割って入り，スペインでの版権は他の出版社に委託するなどして
増え続ける需要に対応したばかりか，初版発行とほぼ同時にイタリア語
やフランス語，英語への翻訳を進めるべく画策し，かくして世界的大ベ
ストセラーが誕生したのだった。出版産業のグローバル化の萌芽とも言
えるできごとだった。

6）その当時の事情を綿密な取材に基づいてまとめているのが，Xavi Ayén,
*Aquellos años del boom: García Márquez, Vargas Llosa y el grupo de amigos
que lo cambiaron todo*, Debate, 2019 である。

　エージェントの存在と出版社の販売戦略はラテンアメリカ文学のブームの初期からこの現象を支えていた。バルセローナの出版社セシュ・バラルが販促のために始めた懸賞形式の文学賞〈ブレーベ叢書〉賞に60年代初頭，連続してラテンアメリカの作家たちの作品が選ばれたことがその大きな発端だった。とりわけ62年に26歳にして同賞を受賞したマリオ・バルガス＝リョサの登場は衝撃的だった。そんな彼らを世界に売り出したのがエージェントのカルメン・バルセルスだったのだ[6]。

　〈世界文学〉の概念を考察する近年の理論家でも代表的なひとりデイヴィッド・ダムロッシュは，世界文学を「流通や読みのモード」（『世界文学とは何か？』秋草俊一郎ほか訳，沼野充義解説，国書刊行会，2011, 17頁）とみなしている。流通を支えるのは出版という経済行為だ。近年のグローバリズムによってスペイン語圏の出版社も合従連衡が進み，多国籍の大手企業の傘下に入るなどしてその販売戦略や生産プロセスは画一化されつつあるようだ。それはよく言えば市場の拡大であり，他言語文学の翻訳の促進でもあるだろう。世界文学が論議されるのはこうした時代の特性と言ってもいい。そういう意味での〈グローバリズム〉が顕在化する直前のスペイン語圏で，こうした傾向を先取りするかのような手法を通じて起きた現象がブームであり，その結果のマジック・リアリズムというジャンルの成立なのである。

　グローバリズムを新自由主義経済の浸透による市場の世界的統一とみなすならば，新自由主義経済政策が世界に先駆けて施行されたのもラテンアメリカだったことも忘れてはならない。1970年代，チリで，ついでアルゼンチンで成立した軍事政権が，さらにはブラジルもが，クーデタの混乱に乗じて新たな試みとしてこの政策を導入したのだ[7]。つまりラテンアメリカはグローバリズムの先駆けだったのだ。そう考えてみると，

7）ナオミ・クライン『ショック・ドクトリン——惨事便乗型資本主義の正体を暴く』上下巻，幾島幸子・村上由見子訳，岩波書店，2011年，および中山智香子『経済ジェノサイド——フリードマンと世界経済の半世紀』平凡社新書，2013年など。

エージェントと出版社の販売促進戦略によって知られることになったラテンアメリカ文学は，現在語られている意味での世界文学の先駆けだったと言えるかもしれない。

4. 反マジック・リアリズムの四半世紀

こうして世界文学に座をしめたラテンアメリカ文学と，その登録商標としてのマジック・リアリズムはよほどインパクトが強かったのだろう，後続の世代はこの呪縛に苦しむことになる。この語が世界中に広がったことで普遍化し，もはやラテンアメリカの作家たちがその所有権を主張する必要がなくなったと言えればいいのだが，どうしたわけかこの概念はいつまでもラテンアメリカの作家たちに帰すべきものとして期待されたらしい。そのことに対する反発が顕在化したのが1996年だった。メキシコの作家ホルヘ・ボルピ（1968年-）やイグナシオ・パディージャ（1968-2016年）などの作家が集団で「クラック宣言」を発し，反マジック・リアリズム路線の文学の創出を訴えた。同じ年，チリのアルベルト・フゲー（1964年-）を中心とする同世代の作家たちが短篇アンソロジー『マッコンド』を発行，その序文「マッコンド国の紹介」で『百年の孤独』的なものを期待されることを激しく拒否した。彼らが描きたかったマコンドならぬマッコンドは以下のような場所だ。

　　マッコンドMcOndoという名前（登録商標？）はもちろん，冗談，皮肉，おふざけである。マッコンドは本物のマコンドMacondo（といっても，それはそれで実在ではなく仮想存在なのだが）と同じくらいラテンアメリカ的でありかつ魔術的（異国情緒たっぷり）である。我々のマッコンド国の方が大きく，人口過多で，大気汚染だらけで，自動車道や地下鉄，ケーブルTVが整備されており，スラム街がある。マッ

コンドにはマクドナルドが，マックのコンピューターがある。マネー
ロンダリングで建てられた五つ星ホテルや巨大ショッピングモールに
加えての話だ。マッコンドでは，マコンドでと同様，何でもありだが，
もちろん，我々の国では人が空を飛ぶとすれば，それは飛行機に乗る
からであるし，でなければドラッグをやっているからだ。（Fuguet y
Gómez, "Presentación del país McOndo", Alberto Fuguet y Sergio
Gómez eds., *McOndo*, Mondadori, 1996, p.15）

「マッコンド」というのが『百年の孤独』の舞台マコンドの名のパロディ
であることは明らかだが，そのマッコンドは「人口過多で，大気汚染だ
らけで，自動車道や地下鉄，ケーブルTVが整備されており，スラム街
がある」大都会だ。成長はするものの20軒ばかりの家の集落から始まっ
たマコンドとはまったく異なる。しかもその大都市マッコンドには「マ
クドナルド」や「マックのコンピューター」がある。語呂合わせに選ば
れた企業名とはいえ，ともかく，グローバルな多国籍企業の資本が浸透
しているということだ。そして飛行機に乗るかドラッグをやるかしない
かぎり人は空を飛ばない。
　つまり，マコンドでのできごとのうち何が問題なのかといえば，人が
空を飛ぶことなのだ。小町娘のレメディオスの昇天こそが，フゲーらの
新しい世代にとっていちばん厄介なマコンドでのできごとなのだろう。
イギリスの作家デイヴィッド・ロッジはマジック・リアリズムの手法を
サルマン・ラシュディやチェコのミラン・クンデラにも適用して論じた
のだが，その際，「重力に挑む，というのはいつの世でも，不可能なる
ものをめぐる人間の夢でありつづけてきた。したがって，飛行，浮遊，
自由落下といった出来事がこのタイプの小説（マジック・リアリズムを
駆使した小説：引用者注）で頻発するのも驚くにはあたるまい」（『小説

の技巧』柴田元幸，斎藤兆史訳，白水社，1997年，160頁）と述べてい
たのだった。

　フゲーらにとって書くべき作品は，人が空を飛ぶような地方色豊かな
世界ではなく，既にグローバル化された大都会を舞台にしたものなのだ
というのが，この序文の要旨である。

　『マッコンド』に参加した作家たちの中では唯一，ボリビアのエドゥ
ムンド・パス・ソルダン（1967年-）の『チューリングの妄想』（2003年）
のみが邦訳されている。コンピューター・ゲームのヴァーチャル空間で
反乱のシミュレーションを行い，その手法を現実の世界に応用して政府
転覆を狙うグループと，それを阻止しようとする政府のサイバー・セキュ
リティー担当者との暗闘を描いたこの小説は，ボリビア第3の都市コ
チャバンバをモデルとする都市を舞台にしているが，背景には，現実の
コチャバンバで起こった水戦争を据えていた。民営化した水道料金の高
騰に怒った市民が起こした抵抗運動のことだ。水道の民営化によって引
き起こされる問題はこの時期，世界各地で起こった，いわばグローバリ
ズムの時代の世界共通の問題だ。

　メキシコの「クラック宣言」のグループでは中心人物ホルヘ・ボルピ
の『クリングゾールをさがして』（1999年）が翻訳されている。第二次
世界大戦中のナチス・ドイツでの原爆製造計画を，戦後に調査するアメ
リカ合衆国の科学者崩れの軍人を主人公とした小説に，メキシコもラテ
ンアメリカもかかわってこない。盟友イグナシオ・パディージャの『ア
ンフィトリオン』（2000年）もやはりナチスを扱っている。影武者作戦
によって入れ替わった人びとの連鎖を描いたこの小説は，最後にはアル
ゼンチンに亡命しその地でつかまったアドルフ・アイヒマンに話が及ぶ
ので，かろうじてラテンアメリカに関連しているようだ。

　近年，特にラテンアメリカに限らず必ずしも当事国ではない多くの国

で，ナチス・ドイツを扱った文学作品が少なからず生み出されている。ナチスの残党やナチスによって迫害されたユダヤ人たちは世界中に散逸し，場合によってはその国の文化に隠然たる影響を残していることを思えば，このテーマが広い地域で扱われるのも不思議ではない[8]。コロンビアの新世代を担う旗手フアン・ガブリエル・バスケス（1973年-）の『密告者』（2004）は大戦期にその影響でコロンビアにできたユダヤ人収容所をめぐる事件を扱ったものだ。ナチスの人体実験で知られる医師ヨーゼフ・メンゲレはアルゼンチンに逃げ，ブラジルで死んだが，そのメンゲレのアルゼンチン時代を扱った同国のルシア・プエンソ（1976年-）『ワコルダ』（2011年）は邦訳はないが，作家自身の手で映画化された作品が『見知らぬ医師』（2013年）の邦題でDVD化されている。

　前章で述べたように，チリでは1973年に軍事クーデタが勃発し，独裁制が成立，反対派への人権弾圧が行われた。このとき拷問のしかたを政権に指導したのが大戦後逃げ延びてきたナチスの残党だと言われている。このチリの出身でメキシコを経てバルセローナ近郊に移住したロベルト・ボラーニョ（1953-2003年）の出世作が『アメリカ大陸のナチ文学』（1996年）というタイトルで，しかも「クラック宣言」や『マッコンド』と同年に，ブームを支えたセシュ・バラル社から出版されたことは象徴的と言うほかはない。ボラーニョはこの作品を皮切りに『野生の探偵たち』（1998年），『2666』（2004年）などの大作を発表して反マジック・リアリズム時代の新しい文学の代表格とみなされた。

　惜しくも『2666』発行直前に急逝したボラーニョは，しかし，ラテンアメリカやスペイン語圏という枠を超えて世界的なブームとなり，急速に神話化された。彼のヒットの余波を受け，英語圏では新世代のラテンアメリカ作家たちが期せずして数多く翻訳紹介されるようになったという。こうした市場での流通に乗ったという意味でも，ボラーニョはブー

8）第2章で紹介されたブアレム・サンサール『ドイツ人の村』にもナチスの残党が影を落としていたことを想起されたい。

ムの後を継ぐラテンアメリカ文学の担い手なのだと言えるかもしれな
い。

参考文献

　安藤哲行『現代ラテンアメリカ文学併走——ブームからポスト・ボラーニョまで
——』松籟社，2011年はブーム以後の時代のリアルタイムでの報告として貴重な一
冊。

　この章で紹介した近年の作品のうち，邦訳のあるものは，以下のとおり。

　エドゥムンド・パス・ソルダン『チューリングの妄想』服部綾乃，石川隆介訳，
現代企画室，2014年

　ナサニエル・ホーソーン，エドゥアルド・ベルティ『ウェイクフィールド／ウェ
イクフィールドの妻』柴田元幸，青木健史訳，新潮社，2004年

　ホルヘ・ボルピ『クリングゾールをさがして』安藤哲行訳，河出書房新社，2015
年

　フアン・ガブリエル・バスケス『密告者』服部綾乃，石川隆介訳，作品社，2017
年

　ロベルト・ボラーニョ『野生の探偵たち』柳原孝敦，松本健二訳，白水社，2010
年

　『2666』野谷文昭，久野量一，内田兆史訳，白水社，2012年

　『アメリカ大陸のナチ文学』野谷文昭訳，白水社，2015年

　ボラーニョには以上の3冊の長篇以外に「ボラーニョ・コレクション」というシ
リーズがある（白水社刊）。

11 | いちばん近い世界文学 ——今日の韓国文学を読む

斎藤真理子

《目標＆ポイント》 韓国文学は日本にいちばん近い世界文学である。だが近年まで一般にはほとんど意識されず，遠い存在と思われてきた。それが今，大きく変わりつつある。隣国であり，同時に，かつて日本が国権を奪った土地でもある韓国の文学を読むことは，日本という国の足元を見つめることでもある。同時代を生きる作家たちの小説を読んでみよう。

《キーワード》 韓国文学の受容，村上春樹の影響，「文以載道」「大きな物語」，社会から個人へ，フェミニズム文学，SFと多様性，「疎通」，セウォル号以後文学，震災後文学

1. 韓国文学はどう読まれてきたか

　江戸時代，日本を上回る漢文の教養を持つ朝鮮の文化は深く尊敬されていた。だからこそ九回にわたって訪れた朝鮮通信使の一行は，幕府から盛大な歓待を受け，儒学者や文人，画家との交歓が行われたのである。しかし明治維新以降，その関係は激変する。日本が，列強に伍して生き残るために朝鮮半島の植民地化をもくろみ，1910年に日韓併合条約が調印されると，ほとんどの日本人は朝鮮について何の知識も持っていなかったにもかかわらず，朝鮮半島の文化を一段劣ったものとみなした。

　植民地支配が続いた時期，朝鮮半島の文学が日本において熱心に読まれたことはない。1945年に日本の支配が終わった後も，大きな変化はな

かったといってよい。誤解のないように述べると，朝鮮半島の文学の読者は少数とはいえ常に存在したし，それらの作品の日本語への翻訳も，最初は在日コリアンの文学者たちによって，70年代からは日本人研究者・翻訳者・市民も加わって熱意をもって行われてきた。1950年代から60年代中盤にかけては，朝鮮民主主義人民共和国（北朝鮮）の小説や詩が翻訳され，知識人や進歩的市民に読まれた。また，70年代以降には，金芝河（1941-）の詩や尹興吉（1942-）の小説『長雨』などが話題になったこともある。だが80年代までは，政治的な関心が文学的な関心を上回ることの方が多かったといってよいだろう。

　韓国では1987年に民主化宣言が行われ，表現の自由がもたらされた。以後90年代，2000年代と，新しい時代の空気を吸った作品が生まれ，日本にも少しずつ紹介されてきた。2010年代に入ってその流れが徐々に太くなり，中盤ごろから「韓国文学ブーム」というのに近い状況となっている。ここでは，現在日本語で読める新しい韓国の小説を味わいながら，その特徴について考えてみたい。

　なお，ここでは北朝鮮の文学は取り上げていない。北朝鮮の文学が日本の一般読者に向けて翻訳紹介される機会はきわめて少なく，そのこと自体が世界史の帰結の一部でもある。言い換えれば，朝鮮半島のどのような文学を選び，読むかという問題は常に政治的な側面を持っている。

2. 「似ていて違う」韓国文学の特徴
——生乾きの歴史が鼓動する

（1）パク・ミンギュの場合——氷河期と38度線

　韓国と日本には多くの類似性がある。言語だけをとっても同じ漢字圏に属しており，同じ膠着語であるため文法もよく似ている。風土や季節感，食習慣，家族関係のあり方や年中行事に至るまで共通点は多い。今

日の韓国文学を読むと，ずっと知っていた懐かしさのようなものを感じることも多いだろう。同時に，明らかな違いもたくさんある。「似ていて違う」ものの「似ている」ところに惹きつけられ，「違う」ところに圧倒されるのは，韓流ドラマやKポップの楽しみ方とも共通かもしれない。

写真11-1　パク・ミンギュ
（©Melmel Chung）

　現在の韓国はきわめて洗練された先進国である。大卒初任給，平均賃金など，数字で見る経済水準は日本を上回っているし，IT化やキャッシュレス化も日本よりずっと早かった。しかしそんな韓国社会の随所には，植民地支配，朝鮮戦争，軍事独裁政権による強権政治といった荒々しい歴史の記憶が息づいている。朝鮮戦争は終わったのではなく休戦状態にすぎず，依然として半島は南北に分断され，男性には兵役の義務がある。さらに国内には冷戦構造の置き土産である尖鋭なイデオロギー対立が温存されており，市民社会はそれを内包したままでグローバリズムに対応している。

　韓国の小説を読んでいて最も違いを感じるのはその点だ。どんなに若い作家の作品にも，生乾きの，終わっていない歴史がふと顔を出すことがあり，それがときに激しく鼓動する。表の洗練と奥の激しさ。現代の韓国文学の特徴は，そんな二重構造のはざまからにじみ出てくるものといえる。

　例えば，「韓国文壇の異端児」と呼ばれるパク・ミンギュ（1968-）という作家の作品を例にとってみよう。

　　そうだ，僕は何でもできる。そのような心構えで，いる。健康だし，

軍隊では工兵隊だったから肉体労働にも慣れている。悔しいってわけじゃないんだ──つまり僕が言いたいのは，少なくとも七十三社で苦杯をなめるほどではないということなのだ。誰が何といおうが，僕はそう思う。ほんとにそうか？　そうだとも。そういうわけで僕もやりきれなかったのだ。働く場所と休む場所の両方が必要だった。（「あーんしてみて，ペリカンさん」『カステラ』ヒョン・ジェフン＋斎藤真理子訳，クレイン，2014年，123頁）

　73社に履歴書を送っても就職できなかった若い男性が，遊園地に住み込みでスワンボートの管理のアルバイトを始めるという場面だ。この後，南米からスワンボートに乗った移民の群れがやってきて奇想天外な展開となるが，主人公は淡々と対処する。パク・ミンギュが描くのはこうした苦境にある若者たち，いじめられている中学生，リストラされた会社員，カード破産者などパッとしない人々が，ときに不可思議な状況に直面しながらも懸命に生きようとする姿だ。その表情は日本に生きる人々ともよく似ている。
　一方で，「膝」という短編を見てみよう（『ダブル　サイドB』斎藤真理子訳，筑摩書房，2019年所収）。これは紀元前1万7000年の氷河期の物語で，現在の朝鮮民主主義人民共和国に位置する「咸鏡南道利原の鉄山地域」が舞台だと明記されている。雪と氷に覆われたその土地で，限界まで飢えた人間の男がマンモスに絶望的な戦いを挑む。そして物語に安易なハッピーエンドは訪れない。こうしたときのパク・ミンギュの筆致は厳粛ですらあり，読者はそこに北朝鮮の飢餓を重ねて読まずにはいられないのだろう。
　実は，咸鏡南道利原の鉄山とは，パク・ミンギュの父の出身地である。父は十代のときに朝鮮戦争のためにそこを離れ，二度と故郷を見ることな

く亡くなった。韓国ではこのように
北に故郷を置いてきた人々を「失郷
民」と呼ぶ。失郷民やその子どもた
ちが作家になった例はかなり多い。

　想像力の翼を広げていくと38度線
にぶつかってしまう。それが世界史
の中での韓国の現実である。どんな
にポップに弾けていても，パク・ミ
ンギュの軸はここに戻ってくる。

　1968年生まれのパク・ミンギュは，
87年の民主化後に成人し，世界じゅ
うのサブカルチャーを自由に吸収で
きた世代に属する。彼らが20代のこ

写真11-2　『喪失の時代』表紙
（村上春樹『ノルウェイの森』の韓国
語版／写真提供　ユニフォトプレス）

ろ，韓国では村上春樹の小説が大ブームとなり，特に『ノルウェイの森』
が『喪失の時代』というタイトルをつけて1989年に刊行されたところ，
爆発的な売れ行きを見せた。そのためこの世代の作家は村上春樹の影響
を受けたといわれることがしばしばあり，パク・ミンギュもその一人で
ある。しかし，パクの作品の表面に多少の類似が見えたとしても，小説
の骨の部分は相当に異なる。最大の違いは，パクの小説が「無国籍」だっ
たことは一度もないことだといっていいだろう。1冊だけ読んでもわか
らないのだが，2冊，3冊と読むと，その想像力の根っこは韓国現代史
に支えられていることがよくわかる。

（2）キム・ヨンスの場合──村上春樹が残したものと残さなかったもの

　次に，村上春樹の影響を受けたと公言している作家の例も見てみよう。
「現行世代で最も知性的な作家」といわれるキム・ヨンス（1970-）だ。

彼はまだ学生だった91年に，村上春樹の『風
の歌を聴け』を読んで作家を志したと語って
いる。そのころ韓国の文壇では，一方ではポ
ストモダニズムを標榜した小説がブームだっ
たが，もう一方では，80年代から持ち越した
「民族文学か，民衆文学か」，すなわち民族か
階級かといった論議が熾烈にたたかわされて
もいた。そんなころにキム・ヨンスは『風の
歌を聴け』を読み，「これを小説と言うなら
俺にだって書ける」と思ったという。つまり，

写真11-3　キム・ヨンス
（©Munhakdongne）

「民族文学だとか抵抗文学だとか，社会主義リアリズムみたいな理論を
勉強してから書くのではなく，ただあったことをそのまま書くのならと
いう意味で」（『韓国の小説家たち』クオン編，2020年，152頁）。そんな
気分で自分でも書いてみたら短編が10話ぐらいできてしまい，そして３
年後には本当に職業作家になった。

　現在，日本語に翻訳されているキム・ヨンスの作品のあるものには，
警句めいたせりふ，欧米のポップや翻訳小説のタイトルといった記号，
都会的な小道具など村上春樹風の細部が垣間見えはする。しかしキム・
ヨンスもまた大韓民国の現実と歴史に軸足をしっかりつけていることは
パク・ミンギュと同じだ。

　例えば「恋愛であることに気づくなり」という短編小説のラストシー
ンは，このように終わっている。

　背後でやつの声が響く。
　「果たしてこの戦争は終わるのか？」
　どうやらこいつ，なかなか帰りそうにないぞ。びしょ濡れになってい

るくせに。やれやれ，困ったことになった。（「恋愛であることに気づくなり」『ぼくは幽霊作家です』橋本智保訳，新泉社，2020年，213頁）

　恋愛がらみのタイトルに「やれやれ」という村上春樹風のせりふが登場するが，この短編の舞台は1939年の，当時の呼称でいう京城だ。ヨーロッパで第二次世界大戦が開戦し，朝鮮人も確実に戦争に巻き込まれていくという強い予感が，土砂降りの雨とともに京城の町に降り注いでいる。その中で一人の女性をめぐって二人の医学博士が睨み合っているというのがこの短編の見取り図だ。これを読む韓国人読者は，彼らの６年後（日本からの解放）や，11年後（朝鮮戦争の開戦）を想起せずにいられないだろう。そのときには，誰もが一人残らずイデオロギー対立に巻き込まれずにはいられないからだ。

　この短編は，『ぼくは幽霊作家です』という短編集に収められている。この本は他にも，最も愛されている古典文学『春香伝』のモデルとなった女性から，朝鮮戦争に従軍した中国人民志願軍の兵士まで，幅広く歴史上の人物の物語を集めているが，ここで注目すべきは，「民族」といった大きなくくりで見たときにはこぼれ落ちてしまう個人の声が響いていることだ。つまりこの短編集のタイトルの「幽霊作家」とは，作家が歴史上の人物のゴーストライターを務めるという意味でもあるのだ。

　『風の歌を聴け』の印象をキム・ヨンスは，「友人に会ってカフェで話をする，そういう類の話」と語ったことがある。しかし，カフェで話すこと自体が重要だったのではなく，カフェで何を話すかが重要だったのだ。

3.「文以載道」という伝統

　韓国は儒教国である。儒教の考え方には，文章を書く者の責務は世に

正しい道理を述べ伝えることだという理念がある。中唐の儒者・韓愈が提唱した「文以載道」という言葉がそれを体現しているが，これは「文は道を載せる道具」という意味で，いくら文章が美しくても，正しい思想，道徳が盛り込まれていなければ用をなさないという考え方を表す。

　朝鮮王朝は文治主義を基本としたため，学問への尊敬の念は強く，学者，文人の地位は高かった。そうした態度は近代以降にも持ち越され，植民地時代には日本の検閲を，解放後は反共イデオロギーに依拠する検閲をかいくぐりながら，民族を背負った「大きな文学」が知識人の責務として切実に追求されてきた。

　先にも述べたように，韓国では比較的近年まで，「民族文学か，民衆文学か」（つまり「民族か，階級か」という論点である），「どのような文学が望ましい民族文学といえるのか」といった論争が粘り強く，緊張感を持って展開されてきた。常に北朝鮮という反帝国主義と階級闘争を標榜する存在に隣接する韓国においては，それらの論議は自らの正当性を担保するために欠かせないものだったといえる。

　その時代を通過した今でも「文以載道」の精神，いわば，文章は「正しさを盛る器」であるという通念は，小説のみならず広く書き物全般に求められる存在価値だといっても大きな間違いではないだろう。もちろん，韓国の近代文学は儒教の古い人間観を否定することから始まったのだし，現代の若い作家たちは「文以載道」などという意識は持っていないだろうが，無意識の部分にこの概念を補助線として当てはめると，韓国文学が理解しやすくなる。

　例えば，先に引いたパク・ミンギュが作家を目指したのは，97年のIMF危機[1] がきっかけだったという。当時，リストラされた多くの会社員が，そのことを家族に言えず，出勤するふりをして公園に大挙して集まっていた。パクはそれを実際に目撃し，彼らを勇気づけるための小

1）韓国が通貨危機に見舞われ，IMF＜国際通貨基金＞に経済主権を委ねた事態。大規模なリストラが行われ，その後非正規雇用が増え，格差社会化に拍車がかかった。

説を書こうと思い立ち，そのために会社を辞めたという。この姿勢そのものが，無意識ながら「文以載道」に接続しているとも見える。パクが会社を辞めて書いたデビュー作『三美スーパースターズ　最後のファンクラブ』（斎藤真理子訳，晶文社，2017年）は，想像できないほど弱小な野球チームを愛することで人生の困難を乗り越えていく人々の姿と韓国現代史を重ねて描いた，ユーモラスな作品だった。

　1990年代に入り，冷戦の終結とグローバル化の波の中で，民主化を迎えた韓国の文学は大きく変化した。この変化の質は「社会から個人へ」という変化であるといってよい。それまでの啓蒙的な「大きな物語」から，より具体的な個々人の内面を書くことで読者の支持を得るようになったのだ。イデオロギーからアイデンティティへの転換点が訪れたともいえるだろう。パク・ミンギュもキム・ヨンスもその流れに連なる作家である。だが，この二人の作品を見るだけでも，「社会から個人へ」というよりは「社会も個人も」，または社会と個人の接点を描いているといった方がはるかに当たっており，よりよい社会を作るために我々には何ができるのかという視点が作品の根底にある。批評もまたそれをめぐってなされることが少なくない。彼らの作品の中で，「文以載道」は現代風にカスタマイズされて生きているといっても間違いではないだろう。

4.「まっとうさ」を求めて——女性作家の仕事

　「文以載道」の「道」が大げさに感じられるなら，「まともさ」「まっとうさ」「フェアであること」などと呼べばいいのかもしれない。

　今，「まっとうさ」を求めて最も具体的に戦っているのが女性作家たちだ。それは近年，特に高まっているフェミニズムの動きと切り離せない。ミソジニー殺人として大きなショックをもたらした2016年の江南駅

殺人事件[2]，堕胎罪反対，女性トイレの盗撮問題，デジタル性犯罪など，「今，ここ」にある重大な事件がフェミニズム文学の成長を促した。2018年には文学界でも文壇内のセクハラ行為への告発の動きが広がった。フェミニズム文学の代表であるチョ・ナムジュ（1978-）の『82年生まれ，キム・ジヨン』（斎藤真理子訳，筑摩書房，2018年）は，2016年の出版以来韓国で136万部を突破，世界28か国と地域で翻訳化が決定され，特に東アジアで大きな反響を呼んでいる。

この小説はタイトル通り，1982年生まれの女性キム・ジヨンが自分の半生を振り返るものである。彼女はある日，自分ではない他の女性になりきって喋りだす。表面的には育児疲れから精神に変調をきたしたものと見えるが，その影には出産でキャリアが中断されるなど，人生の節目節目で味わってきた女性としての挫折が蓄積しており，それを言語化できないために彼女は病んだのである。この小説は，意図的に主人公の個性を排することによって，読者が自分の体験を重ねて読むことが可能になり，1冊の本を「共感を集める装置」にするという戦略に出て成功した。

また，若い女性を中心に強い支持を集めるチョン・セラン（1984-）は，純文学，ファンタジー，SFとさまざまなジャンルを往来しながら成果を上げている。『フィフティ・ピープル』（2017年）はある病院にかかわる50人のショートストーリーを集めたもので，ストーリーどうしが相互にからまりあって小宇宙を構成する。ウィットに富むリーダブルな文体で普通の人々の人生を生き生きと描くと同時に，現代社会でまだ実現されていない「まっとうさ」を数え上げたリストでもある。

LGBT差別，公務員の不正，軍隊や会社でのパワハラ，医師の過剰労働，手抜き工事の被害，非正規雇用の不安定さ，親のえこひいきによる

2）2016年，ソウル有数の繁華街である江南駅付近の雑居ビルのトイレで，20代の女性が面識のない男性に殺害された事件。犯人が「女性たちが自分を無視するからやった」などと供述したことから，ミソジニー（女性嫌悪）殺人として報道された。

心の傷などを通して，多様な人々の困難や不安に光が当てられるが，同時にその処方箋も提示されている。例えば，労災事故や自らの過剰労働に悩み，闘いつづけることに疲れたと訴える若い医師（「ソ先生」）に，老医師がこのように話す。

　私たちの仕事は，石を遠くに投げることだと考えてみましょうよ。とにもかくにも，力いっぱい遠くへ。みんな，錯覚しているんですよ。誰もが同じ位置から投げていて，人の能力は似たりよったりだから石が遠くに行かないって。でも実は，同じ位置で投げているんじゃないんです。時代というもの，世代というものがあるからですよ。ソ先生はスタートラインから投げているわけではないんだよ。私の世代や，そして私たちの中間の世代が投げた石が落ちた地点で，それを拾って投げているんです。わかりますか？（『フィフティ・ピープル』斎藤真理子訳，亜紀書房，2018年，449頁）

チョン・セランの作品にはこのように，かつて民主化運動を担った世代に敬意を払いつつ，自分たちの世代を通して，下の世代のために少しでも社会をよくしたいという熱意が溢れている。80年生まれのチョン・

**写真11-4　チョ・ナ
　　　　　ムジュ**

チョン・セラン
（ⓒ목정욱）

チョン・ソヨン
（ⓒONEUL）

セランやそれより下の年代に属する女性作家たちは，IMF危機を10代，20代で経験し，新自由主義の中で個人が使い捨てにされる痛みを当事者として知っている。日常の中に現れた社会の歪みや偏りを見逃さず，繊細な心理描写とからめて書き上げる筆致が特徴である。

　女性作家たちのダイバーシティへの感覚は尖鋭であり，そのことは言葉の使い方，特に作品中の人物の呼称の扱いにもよく現れている。例えば韓国語にも「彼」と「彼女」という言葉があるが，明らかな女性に対しても「彼」を用いる作家が増えている。また，人物の性別を明示せずに書き，読者の判断に委ねる例もしばしば見られる（韓国語の主語「ナ」は英語の「I」同様に性差を持たず，また語尾も比較的ジェンダーニュートラルであるためそれが可能である）。

5. 韓国SF作家の挑戦

　また，「まっとうさ」追求の現場として急速に活性化しているのがSFである。韓国では従来，純文学よりエンターテイメント文学を軽視する風潮が根強かったが，近年はそれが大きく変化しており，特に2019年は「SF小説元年」と呼ばれるほどだった。その動きはフェミニズムと併走していることが特徴である。

　SF作家の団体「SF作家連帯」の創設者であり，初代会長を務めた作家のチョン・ソヨン（1983-）は，韓国SFの最大の特徴は「政治性と進歩性がはっきりと描かれていること」だと言う（「韓国のSFについて」『ちぇっくCHECK』7号，一般社団法人K-BOOK振興会，2020年）。また，東アジア出版社社主でSF専門出版社の立ち上げに関わったハン・ソンホンは，「純文学は，フェミニズム読者が求めるような声を人物に代弁させますが，SF小説はさらに高度で，フェミニズム読者が要望する方向に世界そのものを転覆させようとしています」と語る（橋本照幸

「私たちの相異と共鳴」『文藝』2021年春号, 河出書房新社)。さらにチョン・ソヨンによれば, 韓国のSF作家は「女なのに決断力がある」といったバイアスのかかった表現を使わず, 上司が男性で部下が女性という配置を意識的に修正することによって, 「いかなるアイデンティティの持ち主やいかなる年齢の読者も排除しないために努力する」という。

　気候変動の問題など, 現実に起きている具体的な問題を作品化することにも意欲的で, あるべき未来を積極的に先取りしようとする姿勢が目立つ。

　チョン・ソヨンの短編集『となりのヨンヒさん』(吉川凪訳, 集英社, 2019年) には, 多様性と少数者の尊厳に敏感な韓国SFの特徴がよく出ている。その表題作「となりのヨンヒさん」は, 美術講師でかつかつ食べている女性が, 地球外知的生命体が住む部屋の隣で暮らしはじめる様子を描いている。その部屋は奇妙な隣人がいるために格安で貸し出されていたのだ。主人公は友だちに「あたしなら, 壁の向こうにそんなのがいるってことだけでも怖いし, 気味悪くて眠れないと思うな」と言われるが, 「人を取って食ったりはしないってのに, 何がそんなに怖いの?」と考えてそこに住む。今まで半地下の部屋に住むのにうんざりしていた主人公にとっては, 隣に地球外生命体がいる方がましなのだ。

　ともあれ, 「あれ」「彼ら」「そんなの」などと呼ばれ, 奇妙な外見を持つ地球外生命体「ヨンヒさん」との, 礼儀正しくおずおずとした交流が始まる。その過程を俯瞰してみれば, 現実社会において他者を受け入れ, 交流と共生を目指すためのシミュレーションになっている。

　このように今日の韓国SFは, SF的知見をふんだんに用いながらも, 韓国のリアルな日常と地続きの喜びや悲しみ, 葛藤や不安をそのまま描き, 少数者の尊厳, 差別のない社会, 持続可能な地球といったあるべき未来のシミュレーションを抒情的に展開する。これもまた, 非常に現代

的にカスタマイズされた「文以載道」の形ではないだろうか。

6. 「疎通」のために

（1）「疎通が来なければ，苦痛が来ます」

ここでキーワードを一つ挙げておく。

韓国映画『ザ・メイヤー（特別市民)』（2017年）の冒頭に，「疎通が できなければ，苦痛が来ます」というせりふが出てくる。広告代理店に 勤務する若い女性が政治集会で，現職のソウル市長に苦言を呈するシー ンだ。既得権益にまみれたまま三期めの当選を狙う現職市長は，若者受 けを狙ってラップミュージシャンとコラボしたり，恋愛相談に応じたり する。女性はそれに対し，うわべだけのコミュニケーションはやめて， 市民と真の意思疎通を計るべきだと直訴する。

「疎通」は，日本語の「疎通」より少し広いニュアンスで用いられる。 翻訳家のきむふなは，この言葉を「風通し，交流」といった意味を持つ と解説し，さらに「疎通」は韓国社会全体の大きなテーマであると述べ る。また，同じく翻訳家の呉永雅はそれを「日本語でいうところの意志 疎通のみならず，互いに理解しあう，通じあう，心を通わせる，またそ のための姿勢と努力といった，より深い言葉と心のコミュニケーション をさす」としている（キム・ヨンス『世界の果て，彼女』クオン，2014 年のあとがき）。

「疎通がなければ苦痛が来る」とは，『東医宝鑑』という朝鮮時代の医 書に出ている「通則不病，不通則病」という言葉で，そもそもは東洋医 学で言うところの「気」のめぐりが悪くなると苦痛が生じるという意味 らしい。それを社会に当てはめ，コミュニケーションの不足を「苦痛」 とまでとらえる見方は，今の韓国社会において共有された危機感をよく 言い当てている。

　よく言われることだが，韓国はきわめて変化の早い社会である。キム・ヨンスはそれを「世代によって見えている世界があまりにも違う。異なる国で生きてきたような感じ」だと述べたことがあった（「書かれる声——あるいは韓国文学が対峙しつづけるマグマ」『STUDIO VOICE』Vol.415，2019年，INFASパブリケーションズ）。世代間の差に経済格差，ジェンダー格差が加わり，価値観の違いによる苦しみが立場の弱い人に蓄積すれば苦痛を生む。先に挙げた『82年生まれ，キム・ジヨン』の主人公キム・ジヨンが病むのは，「疎通がなければ，苦痛が来ます」の一例といえよう。

　そこには，長年続いてきた反共イデオロギーも影を落としている。一部保守層の中には，LGBTの人々やフェミニストを「従北」[3] と決めつけ，韓国社会に亀裂をもたらす者として断罪する人々さえいる。このように，疎通の悪さがからまりあい，人々を分断し，苦しめている。文学はそれに向けて何ができるかという問いかけが，韓国では重要なものとなっている。

（2）「セウォル号以後文学」の役割

　疎通の悪さが最悪の形で現れたのが，2014年に起きた旅客船セウォル号沈没事故ではないだろうか。

　この事故では299人が死亡，5人がいまだに行方不明のままである。犠牲者のうち250人が，修学旅行中の高校生であり，パク・クネ元大統領の対応のまずさに対する厳しい批判が2016年の大統領弾劾，罷免へとつながった。また，安全性の軽視，雇用の非正規化，無分別な規制緩和など，皆が気づいていながら棚に上げてきた問題のつけが若者に回された形になったため，国民の深い自責の念を誘った。

　しかし同時に，セウォル号に関する特別法案の制定などをめぐり，遺

3）北朝鮮の扇動に踊らされている者という意味。

写真11-5　セウォル号沈没事故の犠牲者
（写真提供　共同通信社／ユニフォトプレス）

族への嫌悪を露骨に表明する人々も存在した。事件と同年の９月には，ネット右派のコミュニティサイト「イルベ」の会員たちが，遺族のハンガーストライキは偽物だとして，ハンスト現場に集まってピザやフライドチキンなどを食べる「暴食闘争」を決行する騒ぎまで起きた。

　作家のキム・エラン（1980-）にとってセウォル号事故は，言葉の意味が変わってしまうできごとだった。

　　四月十六日以降，「海」や「旅行」が，「国」や「義務」が，まったく異なる意味に変わってしまった人もいるだろう。（中略）「海」がただの海になり，「船長」がただの船長になるまでに，「信じろ」という言葉が信じるに値する言葉に，「もっともな言葉」が道理にかなった

正しい言葉という本来の意味を表すようになるまでに，いったいどれほど多くの時間が必要だろうか。いまは見当もつかない。（「傾く春, 私たちが見たもの」『目の眩んだ者たちの国家』矢島暁子訳，新泉社，2018年，18頁）

写真11-6　キム・エラン

　これは，作家たちがセウォル号事故に際して書いたエッセイを集めた本の筆頭に置かれた文章である。国民がまるで映画を見るようにして事件の顛末を目撃する中で，責任者の失言や放言，対話の不可能性が垂れ流された。それを見ていたキム・エランは「言葉の一つひとつではなく，文法自体が破壊されてしまった」「ある単語が指す対象とその意味が一致していられず揺らいでいる」と感じる。まさに，疎通の根幹が危機に瀕したのだ。こうしたことは，福島第一原子力発電所事故の報道や，相次ぐ政治家の不祥事報道をめぐって，日本に住む人々にも経験があるだろう。

　この事件のショックによって文章を書けなくなった作家も少なくなかったが，やがて彼らが「セウォル号以後文学」と呼ばれる作品群を生み出していく。キム・エランの短編小説「立冬」はその代表といってよい。

　たまに世間が「時間」と呼んでいる何かが，早送りしたフィルムみたいにかすめていくような気分になった。風景が，季節が，世の中が，自分たち二人を置き去りにして自転しているような。その幅を少しずつ狭めて渦を作り，自分たち家族を呑みこもうとしているように見え

た。花が咲いて風が吹く理由も，雪が溶けて新芽が顔を出すわけも，全部そのせいだと思っていた。時間が誰かに対して一方的にえこひいきしているようだった。(「立冬」『外は夏』古川綾子訳，亜紀書房，2019年，21頁)

「立冬」は直接セウォル号事故に言及しているわけではない。ここに描かれたのは，4歳の子どもを交通事故で失ったある夫婦のその後である。春に子どもをなくした後，妻は仕事を辞めて家に引きこもる。立冬になって夫婦は，実に久しぶりの共同作業として部屋の壁紙張りを行う。その作業の途中で初めて，二人がお互いの絶望を理解していることを確認する。二人ともまだ，何の慰めも癒しも手に入れていないが，少なくとも悲しみを悲しみとして二人で分かち合うことが可能になった。そこに至るまでに，それだけの時間が必要だったのだ。糊のついた壁紙の両端を二人で持っているために座り込むこともできず，立ち尽くす夫婦の姿で物語は終わる。

　事件に直接言及せずに事件を表現する手法は，日本の震災後文学にもたびたび見られたことだが，この作品にはさらに興味深い特徴がある。この小説は『外は夏』というタイトルの短編集に収められているが，同書に「外は夏」という作品は存在しない。「外は夏」とは，春に起きた事故に耐えられず室内にこもっているうちに，いつの間にか外が夏になっていたという状況を表している。

　つまり，この短編集を構成する作品は，喪失体験というゆるやかな共通点でつながっており，それらをすべて俯瞰する形で「外は夏」という言葉が慎重に選ばれているのである。代表作のタイトルをそのまま短編集のタイトルにするのではなく，一冊を貫く世界観をタイトルにするというこの手法は韓国の短編集にときどき見られるものだが，作家のメッ

セージを効果的に伝える手段であり，これもまた，文学に可能な「疎通」の手段として生きている。

　ある人はセウォル号事故を「我々の世代の6.25（朝鮮戦争を指す）」と呼んだ。そこには，韓国現代史上のさまざまな大量死の記憶がある。

　ごく大ざっぱに見て，この30年ほどの韓国文学は植民地支配，朝鮮戦争と南北分断，軍事独裁政権という経験を通して培われた「大きな文学」を個人により深く届くよう徐々にカスタマイズし，「啓蒙から疎通へ」という道を歩いてきて，その途上で世界文学として花開いたといえるだろう。

参考文献

※フェミニズム文学については以下も参照のこと。

　チョ・ナムジュ他『ヒョンナムオッパへ——韓国フェミニズム短編集』斎藤真理子訳，白水社，2019年

　チェ・ウニョン『わたしに無害なひと』古川綾子訳，亜紀書房，2020年

　キム・ヘジン『娘について』古川綾子訳，亜紀書房，2018年

　カン・ファギル『別の人』小山内園子訳，エトセトラブックス，2021年

　『完全版韓国・フェミニズム・日本』（斎藤真理子責任編集，河出書房新社，2019年）

※SFについては以下も参照のこと。

　キム・チョヨプ『わたしたちが光の速さで進めないなら』カン・バンファ，ユン・ジヨン訳，早川書房，2020年

　チョン・セラン『声をあげます』斎藤真理子訳，亜紀書房，2021年

※セウォル号以後文学については以下も参照のこと。

　ファン・ジョンウン『ディディの傘』斎藤真理子訳，亜紀書房，2020年

12 | 光州事件を描く――ハン・ガンの『少年が来る』を読む

斎藤真理子

《目標＆ポイント》 今，世界で最も注目されている韓国人作家ハン・ガン（1970-）の代表作『少年が来る』（2014年）は，1980年に起きた光州事件をテーマにした小説である。一国の歴史的な重大事件を俯瞰して物語を生み出すために，またそれが世界文学になるためには何が必要なのだろうか。ナイジェリア出身の作家チママンダ・ンゴズィ・アディーチェ（1977-）がビアフラ戦争を描いた『半分のぼった黄色い太陽』との類似点も参照しながら考える。

《キーワード》 光州事件，ジェンダーを越える，「死の回復」，アディーチェ，ビアフラ戦争，ワルシャワ蜂起

1. 暴力と傷と回復の作家ハン・ガン

　韓国には日付で表される記念日がいくつもある。それが立て続けに並ぶのが，3月から6月にかけての期間だ。

　3月1日が，1919年に日本統治下で民族独立を求めて民衆が立ち上がり，弾圧によって7509人が死亡した3.1独立運動の日。次いで4月19日が，1960年に李承晩政権の不正選挙に抗して学生，市民が蜂起し，政権を退陣に追い込んだ4.19学生革命。そして5月18日が，ここで扱う，1980年に起きた光州事件（韓国では「5.18光州民主化運動」と呼ぶ）である。この3つの記念日はいずれも，大韓民国が拠って立つ「正しさ」を体現するものであり，理想のために人々が立ち上がった日でもある。

さらに6月25日が1950年の朝鮮戦争開戦の日で6.25<ruby>ユギオ</ruby>と呼ばれる，忘れてはいけない日である。これらの日付はいずれも大量死の記憶と結びついており，こうした記念日が4か月続くことは，韓国現代史がいかに激動の連続であったかを想起させる。

中でも5月18日の光州事件は，当時の全斗煥<ruby>チョンドファン</ruby>大統領とその軍事独裁政権に抵抗して展開された民主化運動のシンボルであり，現在の韓国の民主主義の根幹に直結している。一般に5.18<ruby>オーイルパル</ruby>と呼び習わされているが，「5月」という単語だけでもこの事件を表すことがあるほどだ。

このように重要な光州事件を描いた文学の決定版ともいえるのが，事件から34年経って書かれたハン・ガンの小説『少年が来る』である。

ハン・ガンは今，世界で最も注目される韓国人作家といってよい。2016年に『菜食主義者』（きむふな訳，クオン，2011年）が「強烈に記憶に残る衝撃的かつ独創的な小説」と評価され，アジア人で初のマン・ブッカー国際賞を受賞，2017年にも『すべての，白いものたちの』（斎藤真理子訳，河出書房新社，2018年）が同賞のショートリストに残った。

『菜食主義者』は，ある日突然肉を食べることを拒否して弱っていく30代の女性ヨンへを，彼女の夫，義兄，姉の目を通して描いたものである。ヨンへは社会のすみずみに潜む暴力への抵抗としてまず肉食を拒むのだが，その背景には，ベトナム戦

写真12-1 『菜食主義者』日本語版表紙

争に従軍して勲章をもらった父親の存在がある。

　韓国はかつて70年代に多数の将兵をベトナムに派兵し，約5000人の軍人が死亡している。また，生き残って帰還した人々がPTSDに苦しんだり，家族に暴力を振るったりすることも多く，大きな社会問題となってきた。ヨンへの父親も，ベトコンを何人も殺したことを誇りに思い，また娘を殴って言うことをきかせてきた人物であり，成人して結婚したヨンへが肉食を拒むと，無理やり押さえつけて酢豚を食べさせようとする。ヨンへはやがて，さまざまな生命を犠牲にしてがむしゃらに突き進む人間社会そのものを拒むかのように，肉ばかりではなく口から栄養を摂取すること自体をやめ，ものいわぬ植物に転生することを夢見るようになる。

　このようにハン・ガンは，人間にとって暴力とは何かというテーマに

写真12-2　マン・ブッカー賞受賞のハン・ガン（右）と翻訳家のデボラ・スミス（写真提供　ユニフォトプレス）

取り組んできた作家である。そして，年齢を重ねるにつれて，さまざまな暴力が作り出した傷と，傷からの回復の過程を描くようになった。その積み重ねの上で書かれたのが，韓国現代史の最大の傷である光州事件を描いた『少年が来る』である。

2. 光州事件との関わり

　映画『タクシー運転手』（2017年）の大ヒットで改めて関心を呼んだ光州事件は，1980年の5月18日から27日にかけて起きたものである。1979年10月に，1960年から独裁政権を維持してきた朴正熙大統領が暗殺されて民主化への機運が高まり，「ソウルの春」と呼ばれた時期に起きた。5月17日に全斗煥率いる軍部が全国に非常戒厳令を布告すると全国の大学は休校になったが，韓国南西部に位置する光州では学生たちが民主化要求デモを敢行した。多数の市民もそこに合流し，やがて戒厳軍の強硬な武力弾圧に対し，武器をとって市民軍を結成，道庁（光州を州都とする全羅南道の行政を管轄する役所）に立てこもって戦ったが，27日未明に空挺部隊によって制圧された。死者数は当初193人と発表されたが，秘密裡に処理された遺体もあったため，実際の数はもっと多いものと見られている。

　ハン・ガンは1970年に光州に生まれた。しかし事件の数か月前，10歳のときに一家でソウルに引っ越したため，事件を体験してはいない。当時，徹底した報道管制により事件の実相は隠されていたが，10歳だったハン・ガンは，父母が深刻な表情で友人や親戚とささやき合う様子から何事かを感じる。ハン・ガンの父は教師であり，ソウルへ引っ越した後，光州で一家が住んでいた家は父の教え子の一家が買い取って住んでいた。どうやらその家族に何かが起きたらしいのだが，大人たちははっきりと教えてくれない。

　ある日の夜中，ハン・ガンの家に突然見知らぬ男たちが踏み込んでくる。両親は子どもたちに「不動産屋が家を見に来た」と説明するが，実際には，事件の首謀者をかくまっているのではないかと疑われ，警察の急襲を受けたのだった。

　そして2年後の夏，12歳のハン・ガンは父が光州から持ち帰った地下出版物をこっそり見てしまう。そこには，自分と同じ年ごろの女の子が銃剣で顔を深くえぐられて死んでいる姿の写真があった。「私の中の，そこにあると意識したことのなかった柔らかい部分が，音もなく砕けた」と，ハン・ガンは『少年が来る』のエピローグに書いている。

　ハン・ガンの作品は，一人の痛みを通して社会全体の病をじわじわとあぶり出すのが特徴で，具体的な社会問題や歴史的事件を真っ正面から扱うことはなかった。だが，『少年が来る』は違う。ハン・ガンは膨大な資料を集め，2か月かけてそれを読み込み，証言者に話を聞いて光州事件そのものに挑んだ。その背景には，2010年代の韓国社会の変化がある。

　光州事件は，ただ記念され称揚されるのみのできごとではない。この事件をめぐる名誉毀損の罪に問われた全斗煥〈チョンドゥファン〉元大統領の裁判が2021年11月23日に元大統領が死亡するまで続いていたように，光州は常にそのときどきの政治的文脈の中で生きているのである。事件の犠牲者たちは現在，民主主義のために戦った英雄として尊敬されているが，事件当時には「暴徒」と貶められ，遺族たちはその後，名誉回復の長い路程をたどらなければならなかった。一方で，事件の背後に朝鮮民主主義人民共和国の関与があったという説は当時も今も根強く存在しているし，光州事件の聖域化に強い反発を示す人々も常に存在してきた。

　87年に民主化宣言が行われた後，93年に就任した金泳三〈キムヨンサム〉大統領は光州事件の犠牲者を葬った墓地を「国立5.18墓地」とし，聖域化を宣言した。

写真12-3　1980年５月の光州事件（写真提供　ユニフォトプレス）

以後，金大中，盧武鉉と続く政権下ではその精神が受け継がれたが，
2008年から2017年まで李明博・朴槿恵と保守派政権が二代続いた期間
には，光州事件に対する態度にさまざまな面で変化が見られた。小さな
例を一つ紹介するなら，毎年の光州事件の記念式典でどの歌が斉唱され
るかといった事柄である。従来は，民主化運動のシンボルである闘争歌
「あなたのための行進曲」を式典参加者が全員で斉唱していた。だが，

その期間には全員斉唱ではなく，合唱団が歌い，参加者のうち歌いたい人だけがそれに合わせて歌う形式とされた（つまり大統領は歌わなくてもよい）ため，一部から激しい反発を受けた。このこと自体，光州事件をいかに記憶するかがきわめてセンシティブな問題であることを示している。

写真12-4　『少年が来る』表紙

　ハン・ガンがこの小説を構想し，執筆したのもこの保守派政権の期間である。ハン・ガンは刊行後，「これは避けられない小説，ここを通過しないとどこにも行けないと感じていた」と語ったが，そのモチベーションの源は社会の変化にもあったのだろう。

3．ジェンダーの境界を越えながら書く

　『少年が来る』は，死者，生き延びた人，遺族など6人の声を再現し，構成する形で書かれている。この6人の顔ぶれは慎重に選ばれており，あえていうなら「女，子どもと弱い男」に限定されている。

　第1章「幼い鳥」では，事件当時の市民遺体安置所で働く一人の男子中学生，トンホが描かれる。

　雨が降りそうだ。

　君は声に出してつぶやく。

　ほんとに雨が降ってきたらどうしよう。（『少年が来る』井手俊作訳，クオン，2016年，11頁）

このように始まる第1章で，トンホは一貫して「君」という二人称で呼びかけられている。この二人称は，描かれた人物と読者との距離を縮め，強い緊張感と臨場感をもたらす。トンホの家には，同級生男子のチョンデが，20才の姉チョンミと二人で間借りして暮らしている。二人の父親は遠い町に出稼ぎに行っており，チョンミは中学を中退して工場で働きながら一生けんめい弟の面倒を見ているのだ。トンホとチョンデが暮らす家こそ，ハン・ガン一家がかつて住んでいた家である。

事件のさなか，姉のチョンミが帰宅しなかったため，心配した二人の少年は町に探しに出かける。そして二人はデモの制圧に巻き込まれてしまい，チョンデは銃弾を受けて倒れ，トンホは一人で逃げ出す。

写真12-5　棺が並ぶ遺体安置所（写真提供　ユニフォトプレス）

トンホは，チョンデの遺体があるのではないかと市民の遺体安置所へ探しに行くが，遺体はない。そこは人手が全く足りておらず，トンホは大学生らに頼まれて，遺体を探しに来た人たちを案内し，遺体の顔を確認してもらい，死臭に耐えながらろうそくを取り替える仕事を受け持つようになる。

　ほかに取り替えるろうそくがないか，小まめに注意しながら君は入り口の方へ歩く。

　生きている人が死んだ人をのぞき込むとき，死んだ人の魂もそばで一緒に自分の顔をのぞき込んでいるんじゃないかな。

　講堂から表に出る直前に君は振り返る。魂はどこにも居ない。黙って横たわっている人々とひどい死臭だけだ。（同17頁）

　安置所にはたびたびトンホの母がやってきて家に帰るように促すが，チョンデを見捨てて逃げたことを後悔しているトンホは母の言葉に従わない。

　続く第2章「黒い吐息」は，もう一人の少年チョンデが「僕」という一人称で語るモノローグ形式である。チョンデはもう死んでおり，遺体になった状態で語っているのだ。死者たちはトラックで運ばれ，市街地を抜け，空き地に十文字状に積み重ねられる。それは「体の塔」であり，何十本もの足が突き出した大きな獣の死骸のようになっており，チョンデの遺体は下から2番目に積まれてぺちゃんこになっているが，もう流れ出る血もない。

　ここでハン・ガンは，死体の変化していく様子など，死の実相を極めてリアルに描くとともに，魂のあり方と死者の情緒を描き出すべく最大限に努力している。例えば，魂が別の魂の存在を感じ，交流しようと試みる様子などだ。チョンデの魂は，「お互いに言葉の掛け方を知らないのに，ただ僕たちがお互いのことを力の限り思っているってことだけは感じられたんだ」と語る。そして一人きりのまま，そこで腐っていく。チョンデが気にしているのはトンホがそばにいるのかどうかだが，それもよくわからないままだ。

　そして軍人たちが，「体の塔」に積まれた死体に「等しく，公平に」

石油をかけ，枯れ枝に火をつけて力いっぱい放り投げる。

　もうおしまいだな，と僕は思ったよ。たくさんの影が華奢な柔らか
い動きではためきながら僕の影に，お互いの影に染み込んだんだ。震
えながら宙で会ってからすぐ散り散りになり，もう一度互いに寄り添
いながら静かにはためいたんだ。（同76頁）

　僕たちの体はずっと炎を噴きながら燃えていった。内臓が煮え返り
ながら縮んでいったんだ。間欠的にシューシュー噴き出る黒い煙は，
僕たちの腐った体が吐き出す息みたいだったよ。そのざらざらした吐
息がほとんど出なくなった所から白っぽい骨が現れたんだ。骨が現れ
た体の魂はいつの間にか遠くなって，ゆらゆらする影がもう感じられ
なくなったよ。だからとうとう自由になったんだ，もう僕たちはどこ
にだって行けるようになったんだ。
　どこに行こうか，と僕は自分に聞いたんだ。（同77頁）

その後チョンデは，「僕を殺した人たちの居る所に行こう」と考えるが，
どこへどうやって行けばよいかわからない。だがトンホのところへ行こ
うと考えると「何もかもはっきりして」，手がかりがつかめたような感
じになる。しかしやがて，「一度に数千発の花火を打ち上げるような爆
薬の炸裂音」と「驚いた魂たちが体からどっと飛び出す気配」を感じる。
トンホがたった今死んだことを，チョンデの魂は悟る。
　このように，『少年が来る』が，二人の少年の声から始まっているこ
との意味は決して小さくない。実際にも光州事件では小学生，中学生，
高校生が殺されたのだが，そうした意味だけではない。それは，死者の
声を再現するという困難な仕事に深く関わっている。

　『少年が来る』は6章とエピローグから成っており，1章につき一人ずつの声で物語が語られるが，6章の内訳は男性3，女性3である。また，死者が2，生き残った者が3，遺族が1である（遺族とはトンホの母のことである。第6章では生きているが，エピローグではすでに死んでいることが示される）。

　死者である二人の少年の声は，先に見たように小説の冒頭に置かれている。そのため全体として，生き残った人々の人生が死んだ少年たちによって見守られているような印象を与える。冒頭の死者の声は，それほど強くこの本を決定づけている。

　死者の声を言葉にすることは，究極の他者になりかわることであり，境界を越える仕事である。第1章「幼い鳥」はトンホの死の直前までの様子をありありと捉えており，第2章「黒い鳥」では彼の友だちチョンデがすでに死んでいる状態で語る。ハン・ガンはこの2つの章の間で生と死の境界を飛び越えているが，それと同時に自分自身，ジェンダーを飛び越えて少年という存在になりかわっている。いわば境界を二重に越えたといえる。

　第2章では，チョンデの魂が性的な意識についても語っている。「いつか女の子を抱き締めてみたかった。抱き締めても構わない僕の初めての女の子。まだ顔も知らないその子の心臓辺りに，震える手を置いてみたかった」。ハン・ガンはこうした試みを経て，自分の声が死者の声と重なる領域をじりじりと増やし，想像力の可動域を広げ，語りに自在さを加えていく。その自在さが，続く章の語りをも支えていくのだ。

4. 「死の回復」を求めて

　冒頭2章のあり方はまた，死をどのように扱うかという問題とも深く関わっている。

　歴史家の韓洪九は，韓国現代史は「死を殺す」という行為を積み重ね
てきたという（「光州民衆抗争と死の自覚」『創作と批評』2010年夏号，
創批，2010年）。例えば朝鮮戦争の時期には，兵士ではない一般市民が
虐殺される事件が枚挙にいとまがないほど起きた。残虐行為は韓国軍側，
北朝鮮軍側双方にあった。双方が敵とその「協力者」を殺戮したわけだ
が，協力者の定義が明確ではなく際限なく広がったため，犠牲者数がふ
くれ上がったのである。その全貌を把握することはきわめて困難だが，
一例として，2009年に韓国政府は「真実・和解のための過去史整理委員
会」を通じて，戦争初期に韓国軍や警察によって少なくとも10万人以上
の民間人が殺害されたことを認めた。

　重要なのは，それらの死が長い間なかったことにされてきたという事
実だ。民間人の虐殺は口にしてはならないタブーとされ，遺族は公に悲
しむことも，悲しみを分かち合うこともできなかった。ある虐殺事件の
場合には，住民がやっと建てた追悼碑もブルドーザーで撤去されたとい
う。

　こうしたことは，朝鮮戦争前の1948年に起き，島民の5人に1人にあ
たる6万人が死んだと推定された済州島4.3事件でも同じである。ちな
みに，このとき多くの島民が事件を逃れて日本に密航し，現在の在日コ
リアンのルーツの一つを形成した。

　韓洪九のいうように，「死を殺してきた」韓国において，そのような
死について語るためには，鎮魂・追悼の前に，なかったことにされた死
をあったことにする，「死を回復」させる過程が必要になるだろう。ハン・
ガンが『少年が来る』の第1章と第2章でやった，死が死である状態を
ひたすら再現し，その上で死者の思いに踏み込む作業は，この「死の回
復」であるといえるのではないだろうか。

　しかしこの「死の回復」のための作業は，非常に苦しいものだった。『少

年が来る』の最後の部分「エピローグ」では，ハン・ガン自身が「私」という一人称で，この本を執筆していた時期について語っている。それによるとハン・ガンは，求め得る限りの資料を読みはじめて2か月経ったとき，「これ以上続けることはできない」と感じたという。それは悪夢を見るようになったからである。軍人に追われ，銃剣で胸を刺されるといった夢とともに，次のようなきわめて特徴的な夢も記録されている。

　　何日か後に誰かが私を訪ねてきて言った。一九八〇年から今までの三十三年間，五・一八光州事件の連行者数十人が地下の密室に閉じ込められていると言った。これから秘密裏に，明日の午後三時に全員処刑されることになっていると言った。夢の中での時刻は夜八時だった。明日の午後三時まで，せいぜい十九時間しか残っていなかった。どうやってそれを阻もうか。教えてくれた人はどこかに行ってしまい，私は携帯電話を持ってどうしたらいいか分からず道の中央に立っていた。どこに電話をかけるべきだろうか。誰に伝えたらそれを阻むことができるのだろうか。このことをなぜよりによって私に，何の力もない私に教えたのだろうか。（同256頁）

　この夢は，死が死として認められないままで経過した時間の長さを意識させるし，また光州事件が決して過去にならず，そのときどきの政治的文脈の中で常に生きていることも語っている。作家がこの夢を見た2013年は，かつて軍事独裁政権を率いた朴正煕の娘，朴槿恵が第18代大統領に就任した年であった。

　エピローグの中で，第1章のトンホの兄は作家にむかってこのように語る。

　許可ですか？　もちろん許可します。その代わりしっかり書いてい
ただかなくてはなりません。きちんと書かなくてはいけません。誰も
私の弟をこれ以上冒瀆できないように書いてください。（同265頁）

　ハン・ガンが悪夢に苦しみながらも『少年が来る』を書きつづけたの
は，このように，死者たちを貶める動きが存在したからである。

5.『半分のぼった黄色い太陽』との類似点

　こうした執筆動機は，ナイジェリア出身の作家チママンダ・ンゴズィ・
アディーチェがビアフラ戦争を描いた長編小説『半分のぼった黄色い太
陽』（くぼたのぞみ訳，河出書房新社，2010年）の場合とよく似ている。
　この作品は，1967年から70年にかけて起き，数百万人が飢餓で死んだ
とされるビアフラ戦争を背景に，さまざまな人間ドラマがダイナミック
にからみあって進展するパワフルな物語である。そしてアディーチェは，
これを書いた動機を「私たちの歴史のなかでビアフラはとても重要な部
分です。あの戦争をめぐる多くの問題がいまも未解決のままですから。
でもいちばん心配なのは，そんな問題はなかったことにすれば消えてし
まう，と私たちが考えているらしいということです）」（『何かが首のまわ
りに』くぼたのぞみ訳，河出文庫，2019年，313頁）と語っているのだ。
　アディーチェ自身はビアフラ戦争が終わった後の77年生まれである
が，二人の祖父がこの戦争で死んでいる。このように，アディーチェも
ハン・ガンも，歴史上の大きな悲劇を直接体験したわけではないが，家
族史の一部としてそれに触れながら育ったという点がよく似ている。こ
のような背景を持つ女性が，あるとき，歴史が貶められるのを目撃して，
大量の資料を読み込み，俯瞰して，物語に仕上げたのである。
　ビアフラ戦争と光州事件は，規模は大きく異なるものの，徹底して孤

写真12-6　チママンダ・ンゴズィ・
　　　　　アディーチェ
（写真提供　ユニフォトプレス）

写真12-7　『半分のぼった黄色い太
　　　　　陽』表紙
（チママンダ・ンゴズィ・アディーチェ著，
くぼたのぞみ訳，河出書房新社，2010年）

立した戦いであった点が似ている。そこでは一つ一つの死の無念さがさらに濃密なものになるだろう。また，先に述べた，ジェンダーを越える執筆体験についても，この二つの小説の間には通じるものがある。

　『半分のぼった黄色い太陽』は三人の主要な人物の視点から描かれているが，最初に登場するのが，田舎町から出てきて若い学者の家でハウスボーイとして働くことになった十代の少年ウグウである。年齢は，おそらくトンホやチョンデとほぼ同じだ。ウグウは進歩的な主人の影響を受けながら成長するが，戦争に巻き込まれていく中で兵士にさせられ，ついには戦闘の中で，自分の本意ではなく，半強制的に女性をレイプするという体験までする。そんなウグウが生死の境をさまよった後に書き手となり，ナイジェリアの物語を書き終えるところで『半分のぼった黄色い太陽』は終わる。

　『半分のぼった黄色い太陽』と『少年が来る』はいずれも，さまざま

な人々の声を重ねたポリフォニックな小説だが，双方ともその中で，十代の少年の声がひときわ鮮烈に響いている。性と権力の両方に対してまだ距離のある男性の声が暴力を語るとき，暴力の輪郭はいっそう際立ち，ここを通過することによって，その後に書かれた成人男女の声がさらに立体感を増す。『少年が来る』では少年たちが死亡しているが，『半分のぼった黄色い太陽』ではウグウが生き延び，自ら暴力を振るう主体になっていくため，さらに複雑な物語性が生まれるが，声の用い方という点では共通点がある。

　なお，アディーチェはこの小説によって，最年少でオレンジ賞を受賞した。また，作家であり，戦争当時にビアフラのスポークスマンであったチヌア・アチェベは，『半分のぼった黄色い太陽』を書いた当時のアディーチェについて「恐れを知らない，というより，人を怖じ気つかせるようなナイジェリア内戦の恐怖をまともに相手にしないと決めたのかもしれないが，それをほぼ完璧にやってのけた」と賛辞を送っている。だが，「恐怖をまともに相手にしない」ための作業はやはり困難に満ち，アディーチェも執筆中には，もう無理だと思ってベッドで泣いていたこともあったそうである。

6. 光州からワルシャワへ

　死者二人の声で始まった『少年が来る』は続いて，事件当時に市民軍に参加し，銃を取った人々のその後を追っていく。そこで重要視されているのは，彼らが銃を取ったにもかかわらず，銃を撃たなかったことである。第4章「鉄と血」の主人公の男性は事件当時大学生であり，事件からずっと時間が経っても，すさまじい拷問の後遺症や生き残った罪悪感と戦っている。彼は，戒厳軍が踏み込んできた決定的瞬間についてこのように語る。

　それからのことは言いたくありません。

　もっと思い出せと私に言う権限はもう誰にもありません，先生も同じです。

　いいえ，撃ちませんでした。

　誰も殺しませんでした。

　階段を上ってきた軍人が暗がりの中で近づいてくるのを見ながらも，私たちのチームの誰一人として引き金を引きませんでした。引き金を引けば人が死ぬと分かっていながらそうすることはできませんでした。私たちは撃つことのできない銃を分かち持った子どもだったのです。（同143頁）

　この男性は，精神を病んだ仲間が耐えられずに自殺していくのを見ながら，自分たちが経験した暴力について考えつづける。ベトナム戦争に派遣され，残虐な方法で市民を殺した軍人たちが，その記憶を身につけて光州に投入されたという話を反芻する。そして，同じことが「済州島で，関東（関東大震災を指す）で，南京で，ボスニアで，全ての新大陸でそうしたように，遺伝子に刻み込まれたみたいに同一の残忍性で」くり返されたことについて考えつづける。考えることが彼の闘いなのである。

　第3章「七つのビンタ」と第5章「夜の瞳」の主人公はいずれも市民軍に参加した女性であり，二人とも第1章のトンホとともに遺体安置所で遺体を守っていた人物である。この人々も第4章の男性と同様拷問を受け，その中には性的な拷問も含まれる。この人々のその後の人生は平坦ではなく，トンホの死に対する罪悪感を背負いながら生きつづけている。だが，暴力の記憶の中から次第に死者の尊厳の記憶が立ち上がり，それが二人を生かす。

そのことは，著者の一人称で綴られたエピローグにもはっきり書かれている。

　特別に残忍な軍人がいたように，特別に消極的な軍人がいた。
　血を流している人を背負って病院の前に下ろし，急いで走り去った空輸部隊員がいた。集団発砲の命令が下されたとき，人に弾を当てないように銃身を上げて撃った兵士たちがいた。道庁前の遺体の前で隊列を整えて軍歌を合唱するとき，最後まで口をつぐんでいて，外信記者のカメラにその姿を捉えられた兵士がいた。
　どこか似たような態度が，道庁に残った市民軍にもあった。大半の人たちは銃を受け取っただけで撃つことはできなかった。敗北すると分かっていながらなぜ残ったのかという質問に，生き残った証言者たちは皆同じように答えた。**分かりません。ただそうしなくてはいけないような気がしたんです。**（同267頁）

こうした証言をもとに，著者は「彼らを犠牲者だと思っていたのは私の誤解だった。彼らは犠牲者になることを望まなかったためにそこに残った」という結論にたどりつく。つまり，彼らは自分の尊厳を自分で守り，無力さは決して敗北を意味しないことを証明したという認識である。
　このような認識にたどりついた『少年が来る』の英語タイトルが＜Human Acts＞であることは，きわめて示唆的だ。光州事件を描いた作品はそれまでにも多くあったが，『少年が来る』がそれらと一線を画すのは，圧倒的な暴力の根源を韓国現代史だけに求めず，人間が人間である所以に求めた点である。大韓民国最大の傷跡を見つめ，死者と生者の精神に深く分け入った結果，それは世界に開かれた物語となった。

　『少年が来る』を書き終えた後，ハン・ガンはポーランドの翻訳者ユスチナ・ナイヴァルの招きでワルシャワに滞在し，そこで『すべての，白いものたちの』を書いた。この作品はタイトルが示すように，さまざまな白いものに寄せた断章を集めた作品であり，全体としては生後まもなく死んだ姉に贈られた再生の物語であり，さらにワルシャワとソウルという二つの街の記憶が奥行きを添える。この本の中でたびたびくり返される「しないで　しないでおねがい」というフレーズは，『少年が来る』の第５章で拷問から生き延びた女性ソンジュが，かつての同志である女性にかける言葉とまったく同じである。

　そして，ワルシャワ蜂起の現場に供えられたろうそくを見た作家は次のように書く。

　　ならばこの都市の魂たちも，自分が銃殺された壁の前にときどき飛んできては，蝶のように音もなく羽ばたきながら，そこにとどまっているのだろうか？　だが，この都市の人々がその壁の前にろうそくを灯し，花を手向けるのは，魂たちのためだけではないと彼女は知っている。彼らがそうするのは，殺戮されたことは恥ではないと信じているからだ。哀悼を可能な限り延長するためだ。（『すべての，白いものたちの』斎藤真理子訳，河出書房新社，2018年，145頁）

　光州とワルシャワがこのようにしてつながり，ハン・ガンの仕事は暴力を通過して尊厳の方へ進む。『少年が来る』が単なる鎮魂の文学にとどまらないのはこの，尊厳への視線が世界に対して開かれているからだ。だからこそこの小説は，今後も，それゆえにいまだに新たな暴力が生まれてやまない世界で読まれつづけていくだろう。

参考文献

ハン・ガン『菜食主義者』きむ ふな訳，クオン，2011年。

ハン・ガン『少年が来る』井手俊作訳，クオン，2017年。

ハン・ガン『すべての，白いものたちの』斎藤真理子訳，河出書房新社，2018年。

チママンダ・ンゴズィ・アディーチェ『半分のぼった黄色い太陽』くぼたのぞみ訳，河出書房新社，2010年。

13 | 言葉の「際」をさぐる
── 古井由吉の作品

阿部公彦

《目標＆ポイント》　小説家の古井由吉はもともとドイツ文学者として出発した。この作家にとって，日本語で書くということはどのような意味を持っていたのか，作品と批評とを併せて読むことで考察する。古井の作品は強い文体意識に支えられた鋭い批評性を持っており，語るということ，生きるということについて，読者を巻きこみながら反省的に見つめなおす視線を育むのである。
《キーワード》　古井由吉，日本文学，文体，外国語，外国文学，言文一致

1. 日本語と外国語の「際」で

　明治時代は日本語の激動期だった。中央政府の歴史はまだ浅く，標準語の土台もまだ不安定なところに，一気に外国から「文明」が流入。政治，司法，さらには軍隊から学校教育に至るまで新しい制度が移植され，制度の運用に必要な用語も大量に入ってきた。しかし，それらをまとめる言葉のモードがない。とりわけ深刻だったのはメディアや文学の領域だった。それまでの漢文調のフォーマルな書き言葉と，日常生活で使われる口語との間には大きなギャップがあった。このままでは人々の生の声を表すことができなかった。

　そんな中で起きたのが言文一致運動である。心を柔軟に表すような，より話し言葉に近い書き言葉が探求され，夏目漱石をはじめ多くの作家

たちが四苦八苦して，西洋から輸入された
ばかりの小説というジャンルに合う新しい
日本語を作り上げようとする。この時代の
作品を読むと，漱石にしても，森鷗外にし
ても，あるいは芥川龍之介にしても会話文
の書き方，地の文との会話の関係，心理描
写や語り手のスタンスなどでさまざまな試
みを行っている。そんな中で，一つの理想
として讃えられるようになったのは，簡潔
を旨とする志賀直哉の文章でもあった。

写真13-1　古井由吉
（写真提供　共同通信社／ユニ
フォトプレス）

　小説をいったいどのような言葉で書くべ
きかという問題は，決して簡単には答えが
出るものではない。人の話し方や感受性は
時代によって変化するし，世代間の違いもある。ある時期に通用したも
のが，あっという間に時代遅れになる。言文一致運動に類する言葉の刷
新はつねに試みられ，作家でもキャリアの中で幾度もモードの変更を試
みる人がいる。日本文学に大きな影響を与えてきた西洋小説の世界でも，
こうした更新は絶えず行われており，日本語で書かれた小説が西洋小説
の書き方や言葉のモードに影響を与えるということもありうる。

　そんな状況を踏まえたうえで本章では，古井由吉がいかに自身の小説
言語の世界を構築しようとしたか，文体が変遷するとはどういうことか，
本人の考えなども参照しながら具体例とともに考察する。とりわけ重要
になるのは，日本語と外国語との関係や，散文と韻文の違いなど言葉の
「際」にかかわる部分である。

　古井由吉はもともと大学ではドイツ文学を研究し，教員として金沢大
学，次いで立教大学で教鞭を執っていた。後にはブロッホやムージル，

リルケの翻訳も刊行している。しかし，か
ねてから創作活動も行っていた古井は，
1970年，作家業に専念するために立教大学
を退職。翌1971年に「杳子」で芥川賞を受
賞して本格的に作家としての道を歩み出す
ことになる。その後は大江健三郎とならび
戦後作家の中でももっとも大きな存在と
なった。

　古井，大江ともに興味深いのは，ともに
外国文学を専攻した2人が（大江は仏文科
出身），加えて韻文にも興味を持ちつづけ
たことである。大江の場合は，エドガー・
アラン・ポオ，W・H・オーデン，ウィリ

写真13-2　大江健三郎
（写真提供　共同通信社／ユニ
フォトプレス）

アム・ブレイク，T・S・エリオット，W・B・イエイツといった，主に英
語圏の詩人への言及が作中にもあり，文体的にも西洋語からの明らかな
影響が見て取れる。これに対し古井の場合は，より原理的なレベルで詩
がかかわっていた。晩年に大江と行った対談で，古井は次のような興味
深い意見を述べている。外国の詩とかかわることが「危険」だというの
である。

　経験して感じたのは，小説を書く人間が外国の詩を読んだり，まし
て翻訳したりするのは危険だということです。そんなことをすれば自
分の日本語を失うかもしれない。ようやく束ね束ね小説を書いてきた
自分の日本語が崩れて，指のあいだからこぼれ落ちる恐れがある。還
暦を過ぎて何をやっているのか，何度もこんなことはもうやめようと
思いながら読んできました。（『文学の淵を渡る』，153頁）

218

「束ね束ね小説を書いてきた自分の日本語が崩れて，指のあいだから
こぼれ落ちる」とはどういうことか。あらためて言文一致のことが想起
される。日本語も，日本語の小説言語も歴史は浅く，安定感に欠ける。
外国語の詩はたとえそれが定型的なものでなくとも，言語の根底にある
リズム感のようなものを強烈に体現する。こちらの日本語にも影響を与
えうる。「危険」という言い方は決して大げさなものではないだろう。
もちろん古井の念頭にあるのは，共同体で共有される日本語の問題とい
うより，より個人的な言語感覚のことだろうが，これはある程度一般化
して考えることもできる。いずれにせよ，古井の中では日本語がどのよ
うに形を持ち，安定した場をつくってきたのか。興味深いのは，形成の
プロセスで溶解や崩壊も同時進行で起きると彼が考えるようになったこ
とである。

　しかし，読んでいるうちに，束ねるも崩れるも同時のことなんじゃ
ないかと思ったんです。つまり言葉というのは，すっかり束ねて畳ん
でこれでおしまいというものではない。のべつ束ね，のべつこぼれる
ものである。そう悟ったときに，「外国の詩を読んでたほうが小説家
として少なくとも驕りはなくなるだろう」と覚悟を決めたのです。(同，
153頁)

この「のべつ束ね，のべるこぼれるものである」との境地こそが，あ
る時期からの古井由吉の文体意識感覚をつくってきた。古井節とも呼ば
れる，粘りつくような鈍く穏やかな流動性をもった文体はこうして生ま
れたのである。

2. 「円陣を組む女たち」の動作

　古井が小説のための言語をどのように練り上げていったか，その変遷をたどってみよう。「円陣を組む女たち」は古井の初期の代表作の一つである。観念小説のような趣のある作品で，主人公がこれまでに目にしてきた女性たちとの接触を思い起こしながら，最終的には自身の視線や想念の揺れと危うさに立ち戻るという展開である。主人公の若い男性は，女性に対するごく一般的な好奇と欲望の視線を持った人物として設定されている。それが，女性をめぐる「目の記憶」をたどるうちに，集団的な女性の熱気に追い立てられているような妄想めいた心境に至り，こんなことを考える。

　　《女たちをひとりひとり切り離すのが，平和なのかもしれない。平和の中では，女たちは切り離されて自分の暮しを真剣に，いかにも真剣にいとなんでいる。女たちが集まるのは，おそらくおぞましい混乱の到来する時なのだろう。集まった女たちの姿は何となく世の中の動揺の兆しを思わせる。そんなことはやはりないに越したことはない……》（65頁）

　この作品は1970年に刊行された同名の短篇集に収録されたもので，50年後の今であれば女性を「女たち」「円陣」と集合体でとらえる視点に対し，ジェンダー論的なアプローチも可能だろう。
　しかし，この作品には，そんな主人公の「目」をアイロニーとともに突き放す姿勢も見られる。認識の前提を掘り崩しながら対象を精緻に分解するのが古井作品の大きな特徴だが，そうした態度そのものも疑われ転覆されうる。そこでは，対象を見据えようとする冷たい視線と，それ

とは対極にある本能や欲望の熱さとがぶつかり合いながら混然一体と化して，小説世界に深みを与えるのである。

　古井は，書くことや語ることを疑うアイロニーをこそ表現したかったのかもしれない。冷静に分析するはずが，視線の強さゆえ対象に没入してしまう。あるいは逆に，対象に引き込まれたはずがそこに裂け目を見つけてしまう。古井の作品を覆うのは，こうした視線の不安定さと逆説性である。目は対象をとらえようと凝視するものの，実際にはとらえようとすればするほど，その不安定さと流動性に飲みこまれる。そこから浮かびあがるのは，いかに個とその外の世界との境界が曖昧かということであり，人間の心がいかに境界を破って外の世界へと滲み出すかなのである。また，そうした事態を語る小説の言葉そのものが溶解すれすれの状態に至ることにも注目したい。「円陣を組む女たち」は「女とは何か？」という日本文学の古いテーマに挑むことから始まる小説ではあるものの，それが言葉レベルの「溶解」をめぐる物語へと成り変わっていく。

　以下の引用部でもそんな状況が描かれる。芝居の練習にふける女たちを追う視線が，束の間，対象の中に没入する様が流動的な言葉で語られる。

　暗い空気の中へ溜息が獣たちの体臭のようになまなましくひろがり，雷雲が一段と低く地を覆うように感じられた。そして白い微光を滲ます肌が入り乱れて，夏の埃を蹴立てながらもとの場所へよろめきもどり，王に対して懸命に身構えるように，低く沈めた身体を寄せあった。それから，複雑に絡みあわされた白い腕と腕とがいきなり高くさし上げられ，すでに王の存在は眼中になく，円陣全体が空に向かってうっとりと悶えながら迫り上がりはじめた……。

　その時，グラウンドが外野の土手のほうから一面に白く煙り出し，たちまち激しい雨が彼女たちの姿をつつみこんだ。しばらくの間，何もかも掻き消してしまった雨霧の中から，女たちの歌い語りだけが満ち足りた鳴咽のように聞こえてきた。それから視野がいくらか晴れると，盛り土の上から王が頭をかかえて駆け出した。それと同時に男たちが，それから女たちが，ほんもののパニックに陥って雨の中を走り出した。（58頁）

　一つ目の段落では「なまなましく」「一段と低く地を覆うように」「白い微光を滲ます」「よろめきもどり」「懸命に身構えるように」「うっとりと悶えながら」というふうに過剰なほどに様態を示す表現が使われる。そんな中で大きな働きをするのが，「獣」「体臭」といった，その後も古井が好んで使うようになる語である。これらは主知主義的な姿勢や男性的な屈強さを転覆する役割を果たし，男女の境を越えた世界の，より入り組んだ深みを見せつける。

　主人公はこの場面を繰り返し回想の中で呼び起こしては，その意味を幾度も読み替えるが，それを可能にするのは，この一節が動作そのものに焦点をあてた動詞偏重の書き方になっていたことである。動作そのものに焦点を絞ることで動作主が霞み，視線をやる側と見られる側の境界もあいまいになる。その結果，時空をこえた普遍的な妄想の容器のようなものが生み出され，主人公の記憶の中でさまざまに形を変えながら蘇るのである。

3. 「杳子」の観察と没入

　古井の代表作といってもいい「杳子」では，こうした観察と没入の葛藤が，語り手と杳子の関係を通して描かれる。作品の冒頭，ふたりの出

会いは，以下のような情景の中に描かれる。

> 女は少し手前に積まれたケルンを見つめていた。たしかに見つめては
> いるのだが，その目にはまなざしの力がない。そして顔全体がまなざ
> しの力によってひとつの表情に集められずに，目の前のケルンを見つ
> めるほどにかえってケルンの一途な存在に表情を吸い取られて渺とし
> た感じになってゆき，未知の女の顔でありながら，まるで遠くへ消え
> ていくかすかな表情を記憶の中からたえずつかみなおそうとするよう
> な緊張を，行きずりの彼に強いた。彼の緊張がすこしでもゆるむと，
> その顔は無表情どころか，物体のおぞましさを顕しかける。(7〜8頁)

　杏子は精神の病を抱えている。この冒頭部からもわかるようにその不
安定さは，視線をめぐる危うさとしてとらえられる。杏子は対象との適
切な距離がとれない。距離に応じた視線を，対象に対して送ることがで
きない。他方で，そんな杏子に巻きこまれるようにして接近していく語
り手もまた，そんな彼女の視線の病に感染するようにして，自身の距離
感の揺れを体感する。この作品のプロットを構成するのは，視点人物の
「彼」による杏子の救済だが，それは単純なケアの物語にはならない。
彼女の病は付きそう者の病をも誘発し，そのことで病を全うするのであ
る。そこではもはや誰が病む者で，誰が介護・救済する者かという区別
が難しくなる。場合によっては，両者が協力し依存し合うことで病を育
んでいるようにさえ思えてくる。
　「杏子」という小説は，とくに視線の症状としてあらわれた杏子の病
を描写することで，距離の問題をいわば擬人化しているとも言える。そ
こでは，世界の像の不安定さが彼女の眼差しの溺れとして描かれる。そ
んな溺れる視線を助けようとする救済者の視線は，強い凝視で「溺れ」

を見据えようとしても，その病に足下をすくわれそうになる。

　こうした二人の関係性は，文章の揺れとしても表される。先の引用の下線部をあらためて確認すると分かるのは，文章の視点がまるで船酔いを誘うかのように揺れながら，あちこちに散逸していることである。「そして顔全体がまなざしの力によってひとつの表情に集められずに，目の前のケルンを見つめるほどにかえってケルンの一途な存在に表情を吸い取られて渺とした感じになってゆき，未知の女の顔でありながら，まるで遠くへ消えていくかすかな表情を記憶の中からたえずつかみなおそうとするような緊張を，行きずりの彼に強いた」（波線引用者）。波線で示したように，読点で区切られたまとまりごとに仮テーマが次々に立ち上がっては消えていく。この個所にはもともと「この文では女の視線の行き先を示しますよ，そうすることで女の表情の意味をあきらかにしますよ」との暗示があり，それが意味への渇望をかき立て，その渇望とともに視線の行方を追うという形をとって——つまり，場所を探すという形で——私たちは凝視を誘われる。しかし，その期待は裏切られ，女の「表情」を追っていたはずの文章はいつの間にか「彼」と「緊張」の話に移行する。結果的に，読者は予想もしなかった地点に連れていかれてしまうのである。古井の文章に組み込まれた目の不安定さを典型的に示す事例だと言える。これらが焦点を曖昧化し，特有の流動的な文体を生み出す。自己と他者の境目や，ジェンダーの「際」もこうして霞むのである。

4. 時間と空間の外に出る——『槿（あさがお）』『やすらい花』ほか

　こうした不安定さは古井の中では，危機的なものというより積極的に身をまかせるべき運動としてとらえられるようになっていく。認識をめぐる葛藤やアイロニーは単なる混乱ではなく，それ自体積極的な価値を持つものとして，エロスや根源的な生命力を呼び起こし，さらには生死

の境界をも越える呪術的な力をも作り出す。

『槿』は古井の文体の一つの到達点を示すもので，幼少期の思い出や男女の関係の深まりを描きつつも，出来事展開よりは文体そのものから立ち上がる力を封じ込めた作品となっている。以下は友人の妹の少女とのかつての交わりを，遠い記憶の中から掘り起こそうとする場面で，くぐり戸という「際」を舞台に，からみ合う二人の「手」を描いている。

「やっぱり誰かが見ていて，あとで兄に告げたんだわ，門のあたりで」
　今度は記憶の，像らしきものが杉尾の内で動いて，白い手が見えてきた。門のくぐり戸の細く開いた隙間から差し出されて，手首を男の手に鷲掴みにされていた。引っ張り出そうとすると，身を戸の内に寄せてあらがうので，扉が閉まりかかり，手首が太い枠に挟まれそうになる。それを自分でかばおうともしない，一心な力が内ではたらいていた。

　くぐり戸の内でごとんと厭な音がして細い足首が遠ざかり，玄関の戸の開く音がして少女の声と兄の声が重なった，と一方ではそんな記憶もあるのが奇妙だった。しかし杉尾は門の前を立ち去りかけて，鳴咽のやんだ内の静かさに惹かれ，くぐり戸の前に寄った。門は降りているものと思っていた。だからあくまでひとりきりの，誰にもみられていない，相手ももはやない，妄想の内の行為だった。手をかけるとしかし扉はすっと押されて，すぐ目の前の暗がりに一瞬声のない笑いが凄惨にひろがったふうに見えて，少女がぽつんと立っていた。腰をまた引いて，訝かしげに，こちらを仰いだ。怯えた男が腕だけで掴みかかり，ひとしきりお互いに及び腰で揉み合った末に，手首だけが戸の外に残った。

　この手を早く始末しなくてはならない，という焦りに杉尾は駆られ

ていた。そのくせ自分のほうの手をゆるめようともしなかった。ゆるめるといましがたの行為の，まがまがしいものが一度に露われる，とそんな恐れがあった。（367〜368頁）

　視点人物杉尾の焦点はあちこちに揺れ，遠い記憶ゆえの陰影にも覆われている。大きな特徴は，主語のない，主体の定かでない「動き」がつづくことだ。「引っ張り出そうとすると，身を戸の内に寄せてあらがうので，扉が閉まりかかり，手首が太い枠に挟まれそうになる。それを自分でかばおうともしない，一心な力が内ではたらいていた」。こうした「動き」の一人歩きの挙げ句に「ひとしきりお互いに及び腰で揉み合った末に，手首だけが戸の外に残った」というどきっとするような一節に至る。

　「杏子」の酩酊感も思い出させる流動的な文章だが，ここでは視線や認識よりも，動きと感触が主役となる。視界がきわめて限定的で，家族から隠れていることの淫靡さや罪の意識，さらにそこがくぐり戸という境界的な場所であるがゆえの緊張感も重なる。青春期の淡く甘い記憶のはずが，すっかりゴシック小説的な暗黒性に覆われるのである。

　こうして「際」を行き来する古井にとって次第に目立ってくるのが，人称の超克だった。『槿』では「手」の所属が曖昧になったが，ちょうど英語の自由間接話法に近いような，直接話法とも間接話法とも判然としない書きぶりを頻繁に使うことで，「声」についても同じような出所不明性が表現される。短編集『辻』におさめられた「風」は，ふた回り以上年上の内縁の夫，高浦を亡くしたばかりの20代の女性を主人公にすえた作品だが，高浦の死後の時間と生前の姿，そして夢の中でのあらわれなどがあいまいに接続しながら描かれるうえ，会話括弧を省いた台詞もその出所がぼかされる。下記の引用部ではそれに加えて話が仮想的ですらある。妊娠してもいいとは思ったものの，結局，行為すらなかった。

そのときの行為を仮想したうえで出産まで想像しているのである。しかも想像しているのは，既に亡くなった高浦なのである。

　ここで抱かれてもよいと思った時子の，その時の子が何処かで，人に引き取られて育っていれば，母親のことを思う年になっているはずだ，伝をたどってたずねて来るかもしれない，と言う。いま何歳になるだろうか，と初めの問いに戻った。無かった事は数えようがない，と時子が呆れていると，時子は何歳だった，と重ねてたずねる。天井へ眼を剥いた。不意にけおされて，つきあっていたのは十六から十七の歳でしたけど，と時子が神妙なように答えると，それでは十四になるな，と自分で数えてうなずいた。天井へ向かって幾度かうなずいていた。まるで自身に因果をふくめるふうに見えた。その面相に時子はようやく怯えて，しっかりして，と頭を起こしかけると，その頬を叩くような間合いで，枕もとから目覚時計が鳴り出した。こんな不吉な音を，毎朝，立てていたのだ，と時子はすくんだ。高浦はいつものように腕を伸ばして音を停めてくれない。どうしたことかしら，と戸惑ううちに，高浦の右手をきつく摑んでいましめている自分に気がついた。脚までからめている。思わず腰を逃がすと，さそわれて高浦はこちらへ向きなおり，髪を被った時子の顔を忿怒のような眼で眺めて，荒く抱き寄せかけたがふっとアラームを停めた。起き出して，その足ですぐに出支度にかかった。（51〜52頁）

高浦には娘がいたが，死産に終わった男の子もあった。そんな背景もあって彼はこうした想像に駆られている。しかし，地の文と台詞の境界や発言の出所などは明確でなく，そうした連続性ゆえ，息詰まるような圧迫感も出てくる。「もしそのときの子供が生まれていたら」という前

提は，単に仮定と現実の境界を越えるだけでなく，亡くなった高浦の生前の姿を想像する主人公自身が，生と死の境を越えつつあることも示す。しかし，そうした越境は冥界性をほのめかす一方，生死の境目を包み込むような，かすかに寂寥感を漂わせたやさしさをも表現する。

　この時期の古井は，生死の連続性を描くにあたり，ときにゴシック的な緊張感を漂わせつつも，文体の流動性とからめて独特の軽妙さも描くようになる。『白暗淵（しろわだ）』の次のような一節にはそうした飄逸さがよく出ている。

　　かりに誰かが死んで，それで俺が生まれて，生きている，かりに，やがて俺が死んで，それで誰かが生まれて生きている，とするなら，これを現在に圧縮すれば，俺は人の死を生きていて人の生を死んでいることになる，とそんなことをいきなり言い出したこともある。この時には，坪谷はあまりに桁のはずれた話に聞こえてただ耳をあずけていたが，北本の言葉が途切れたとたんに何か虚を衝かれ，自身ではなくて相手の身の重大事を感じ落としていたような気がして，ついまじまじと顔を見ると，心配するな，個々の人間の次元の話じゃない，世界の元素の輪廻のことだ，と北本は笑った。（120頁）

ここでも生死の境を乗り越え，冥界に一歩足を踏み入れることが夢想される一方，発言の出所がぼかされる。ただし，語りの連続性を支えるのは，どこか道化じみた人物の軽妙な語りでもある。

　この軽妙さや流れるような言葉の運動感は，背後に韻文的なものを持っている。「のべつ束ね，のべつこぼれる」というプロセスを繰り返して文体を変容させてきた古井は，この時期になって共同体の持つ陶酔的なリズムに耳を傾けるような書き方を編み出していく。最晩年の作品

の一つ『やすらい花』に描かれるのは，連歌の独吟にめざめた作家の姿である。

　古人は今の人間と，精神構造からして，その空間も時間も，ひろがりが異なると思われた。われわれほどには個人でない。内に大勢の他者を，死者生者もひとつに，住まわせている。まして歌を詠む段になれば，内から誰が，何時何処の誰が，おもむろに声を発するか知れない。さらに独吟となれば，われわれの思うところとはまさに逆で，わたくし一箇は座の内の一人，捌き手どころかせいぜい記し手に過ぎず，あるいは自身が座のものにまでなり，そこには生者よりも死者の数がまさるのではないか。今人には及びもつかぬ境地である。（19頁）

　韻文のリズムから滋養を得ることで，言葉が「個人」という枠から解き放たれる。かつてＴ・Ｓ・エリオットは「伝統と個人の才能」（1919年，矢本貞幹訳『文芸批評論』，岩波文庫，1962年所収）の中で数百年から千年，二千年にも及ぶ文学の伝統が，時間と空間をこえて一堂に会しうると言った。彼の『荒地』はそれを実践した詩で，古今東西の作品からの抜粋を散りばめた引用の織物として書きあげられた。そうした個人と伝統との関係に，まったく別のルートから古井由吉もたどり着いたように思える。

5.　まとめ

　個人であることからの開放は古井由吉の文体からこわばりをとりのぞき，他者の言葉をとりこむことを可能にした。言葉を通しての冥界との行き来も可能になった。一般に時間軸の操作は小説の中でもよく行われるが，荘厳な重さにとらわれすぎることなく生死の境をなめらかに跨ぎ

越すには，韻文の持つ言葉の他者性のようなものが助けになったのかもしれない。「のべつ束ね，のべつこぼれるものである。そう悟ったときに，「外国の詩を読んでたほうが小説家として少なくとも驕りはなくなるだろう」と覚悟を決めたのです」と発言した晩年の古井にとって，外国語の詩に触れるということは日本語の外に出ることでこそ，日本語の可能性を追求することが可能になったということを意味したのかもしれない。それは生という枠にとらわれすぎず，その一歩外に出ることでこそ，逆により深く生を知るという経験であったのだろう。

引用・参考文献

本章での引用は，絶版の場合を除いては，比較的手に入りやすい文庫版や単行本を元にし，頁数を示した。

『文学の淵を渡る』（大江健三郎との共著。新潮文庫，2017年）

「円陣を組む女たち」（『古井由吉　作品　一』河出書房新社，1982年）

『杳子・妻隠』（新潮文庫，1979年）

『槿』（講談社文芸文庫，2003年）

『白暗淵』（講談社文芸文庫，2016年）

『辻』（新潮文庫，2014年）

『やすらい花』（新潮社，2010年）

（引用順）

古井由吉の作品の集成は『古井由吉　作品』（全7巻）と『古井由吉自撰作品』（全8巻）（いずれも河出書房新社）があり，著者のものも含めた解説や月報などが付されているので参考になる。講談社文芸文庫版の年譜や解説などははじめて作家の作品を手に取る人には丁寧で便利である。また，本人がインタビュー形式で自身の創作意識について語った貴重な映像が「現代作家アーカイブ　古井由吉インタビュー」として公開されている：http://iibungaku.com/news/2_1.php（有料）。こちらを文字に起こしたのが，「古井由吉インタビュー」（平野啓一郎・飯田橋文学会編『現代作家アーカイブ1　自身の創作活動を語る』東京大学出版会，2017年）である。なお，本章では取り上げなかった作品だが，拙著『小説的思考のススメ』（東京大学出版会，2012年）には「妻隠」についての解説がある。

14 | 未知の言葉を求めて ——多和田葉子の小説

野崎 歓

《**目標＆ポイント**》 多和田葉子は，日本語で旺盛に作品を発表し続けるとともに，ドイツで暮らし，ドイツ語で書く作家としても高い評価を受けている。「洒落」，「翻訳」，「人工語」の概念を手掛かりとして，自由奔放であると同時に強固な意志に支えられた，多和田の文学的冒険を読み解く。

《**キーワード**》 言語実験，越境，洒落，外国語，翻訳，人工語

1. 洒落が文学を起動させる

19世紀以降，世界の文学において小説は大きな変容を遂げた。その歩みを俯瞰（ふかん）してみるならば，「題材」から「言語」へ，「表現内容」から「表現形式」への移行が浮かび上がる。

19世紀リアリズム小説の元祖と目されるフランスのバルザックは，それまで高級な文芸では扱われることのなかったお金や経済をめぐる情報を，作中にふんだんに盛り込んだ。イギリスのディケンズは，貧しい人々や孤児たちの知られざる現実に光を当てた。新しい題材を旺盛に取り込むことで，小説はそれまでの文学とは一線を画する豊かな内容を誇るようになった。

それが20世紀になると，作品を支える言葉自体の革新が試みられていく。リアリズムを踏み越え，従来の文学表現を逸脱した試みがなされる。

ジェイムズ・ジョイスの『ユリシーズ』(1922年) や『フィネガンズ・ウェイク』(1939年) といった，ときとして読解困難なほどの過激な言語実験が，20世紀文学に刺激を与えた。

そうした流れにおいて，多和田葉子の作品はどのように位置づけられるのか。大きく括ればジョイス以来の「言語実験」派ということになるだろう。言葉そのものをめぐる思考を粘り強く深め続ける側面が確かに認められる。日本語のみならずドイツ語でも作品を書く点で，チェコ語を母語としながらドイツ語で書いたフランツ・カフカ

写真14-1　多和田葉子
（写真提供　共同通信社／ユニフォトプレス）

を一つのシンボルとする，「越境」の作家の系譜に位置づけることもできる。

その系譜のなかで多和田作品が示し続ける特徴は，言葉で遊び戯れることへの無償の情熱であり，その戯れの朗らかさだ。多和田文学の基本には「洒落」があり，言葉をもじったり，ずらしたりして遊ぶ愉快さの追求がある。作品の題名からして，その事実を見て取ることができる。

初期の短篇連作『きつね月』(1998年)。「狐憑き」にかけた洒落だが，上から読んでも下から読んでも同音という面白さもある。長編小説『球形時間』(2002年) は「休憩時間」をひとひねりして，不思議な抽象性を生み出している。あるいは，『容疑者の夜行列車』(同年)。容疑者が夜汽車に通じる。それは夜行列車で逃げていく人物なのか？　そして『献灯使』(2014年)。遣唐使からはるかに時を隔てて，未知の使者が現れ出たかのようなスリルを漂わせる。

　洒落のつるべ打ちによって作品が始動する例を，より具体的に見てみよう。多和田は1982年からドイツのハンブルクで暮らし，2006年からはベルリンに住んでいる。『百年の散歩』はベルリンのさまざまな地点を舞台に，気ままな散策の足取りで不思議な出会いを紡ぎ出していく物語だ。最初の章「カント通り」はこんなふうに始まる。

　　わたしは，黒い奇異茶店で，喫茶店でその人を待っていた。カント通りにある店だった。
　　店の中は暗いけれども，その暗さは暗さと明るさを対比して暗いのではなく，泣く，泣く泣く，暗さを追い出そうという糸など紡がれぬままに，たとえ照明はごく控えめであっても，どこかから明るさがにじみ出てくる。お天道様ではなく，舞台のスポットライトでもなく，脳から生まれる明るさは，暗い店内を好むのだ。(『百年の散歩』新潮文庫，8頁)

　「黒い奇異茶店」という表現から，この作品の，まさしく「奇異」な言葉の運動にいきなりギアが入る。すぐに「喫茶店」と言い換えられていることがいっそう，ノーマルな言語との段差を際立たせる。続く店内の描写も強烈だ。「暗いのではなく，泣く」の飛躍もかなりの強引さで，それが「泣く泣く」とダメ押しされるとき，通常の論理が微妙に狂ってくるのが感じられる。「黒」「暗さ」「泣く」ときて，しかし別段，陰鬱なエモーションに浸りきるわけではない。「意図」がなぜか「糸」になってしまい，スポットライトが「スポッとライト」になってしまう。平安朝の和歌に頻出する，「音にのみ　菊の白露」といった，掛詞や縁語の用例が思い出されもする。和歌の場合は一定のルールに従っていたのに対して，ここではただ「わたし」の脳裏に言葉の戯れを沸き立たせるこ

とが，まずは求められているのだろう。実際「わたし」にとっては，「脳から生まれる明るさ」こそが大切なのだ。その明るさは，洒落やズレを生み出し，意味を脱線させていく言語の運動によってもたらされるのである。

2. 翻訳が言語を刷新する

　一般的に，洒落には思わず「うまい！」と唸らされるものもあれば，不発だったり，ちょっと滑ったなと苦笑させるものある。多和田作品の場合はそうした判定を超えた洒落かもしれない。洒落は語源的には動詞「さる（曝）」に由来するという説がある（『新明解語源辞典』三省堂，「しゃれ」の項目）。その説に従えば，曝されて余分なものがなくなり，「垢抜け」した状態が洒落なのだ。多和田作品の言語遊戯にもそうした面がある。言葉が日常の「垢」を落としたとき，本来秘めていた突拍子もない連想や結合の可能性が明らかになるのである。

　既知の言葉が含み持つ未知の言葉の可能性は，多和田をつねに強く引きつけてきた。「ひとつの言葉が気になり始めるともう意識は危ない。こんな言葉，本当にあっただろうか，などと疑い始めると，だんだん自信がなくなってくる。どんな字でも，しばらく見つめていれば，これまで見たこともないような異様な形に見えてくる」と『きつね月』の「あとがき」に記されている。意識の危うさを引き起こし，異次元の光景を現前させる。そんな力を言語は本来，たっぷりと備えている。その力を感受し，自らの表現を押し広げ，変容させる体験を，多和田は外国語のただなかで生きることをとおして深めてきた。

　「わたしはドイツ語を話していると疲れるということは特にないような気がする」（『言葉と歩く日記』岩波新書，189頁）というのだから，卓越した語学的才能の持ち主に違いない。しかし多和田自身は，文法を

完璧にマスターし外国語をネイティヴのように巧みに操るといった語学
的才能をあまり信頼せず，重視もしていないことを折にふれ述べている。
自分が創作において探求するドイツ語は「いわゆる自然そうな日常ドイ
ツ語からは離れる」，「どこか『普通』ではない」と多和田はいう。「そ
れはまず何より，わたしという個体がこの多言語世界で吸収してきた音
の集積である。ここでなまりや癖をなくそうとすることには意味がない。
むしろ，現代では，一人の人間というのは，複数の言語がお互いに変形
を強いながら共存している場所であり，その共存と歪みそのものを無く
そうとすることには意味がない。むしろ，なまりそのものの結果を追求
していくことが文学創造にとって意味を持ちはじめるかもしれない」
（『エクソフォニー』岩波書店，78頁）。

　多和田のドイツ語作品がどんなふうな「なまり」を特徴としているの
かを知るためには，われわれもドイツ語を学習する必要がある。しかし
日本語作品のみを通しても，ここでいわれるような「共存と歪み」の手
法ははっきりと窺える。外国語からの翻訳のプロセスによって日本語に
「共存と歪み」が引き起こされ，それが小説そのものの内容になるといっ
た作品さえ存在する。『文字移植』（1999年）という小説である。

　主人公にして語り手はドイツの小説を翻訳する女性である。冒頭から
彼女の訳文とおぼしき文章が披露されていくが，それがまたとんでもな
い文章なのだ。

　　において，約，九割，犠牲者の，ほとんど，いつも，地面に，横た
　わる者，としての，必死で持ち上げる，頭，見せ者にされて，である，
　攻撃の武器，あるいは，その先端，喉に刺さったまま，あるいは……
　（講談社文芸文庫，138頁）

　まさに言語実験というか，日本語のシンタクスを破壊する，難解な現代詩を思わせる。出だしの部分などは普通ならば「犠牲者の約九割において」というふうに訳すところかと想像されるが，以下の部分は何ともとりとめなく語句が散乱した状態だ。「見せ者」（「見せ物」の変異体か？）や「攻撃の武器」，「先端」や「喉に刺さった」といった断片が，読む者に突き刺さってくるような印象が生じる。

　ここで主人公が実践しているのは，読み手の頭にすっと入ってくる，いわゆる名訳の対極にあるような迷訳の試みだ。その基本は徹底的な逐語性にあるだろう。ドイツ語の一語一語を順番どおり，いわば馬鹿正直に訳している。これは通常，翻訳家としてはもっとも避けるべきとされるやり方である。しかしそれは，翻訳をめぐって思想家たちが提起してきた重要な論点とクロスするやり方でもある。

　20世紀の翻訳論に強い衝撃を与えたヴァルター・ベンヤミンの論文「翻訳者の使命」（1921年）によれば，翻訳の意義は意味の伝達にあるのではない。原文と訳文はそれぞれが響き合いながら，ある「純粋言語」の姿を未来に映し出すのだという。また翻訳学に新風を巻き起こしたアントワーヌ・ベルマンの著書『他者という試練』（1984年）によれば，他言語を母語に馴致させることが翻訳の使命ではない。むしろ「他者」としての他言語の異質さや抵抗に母語を晒すことで，母語のあり方を一新させることが重要なのだという。いずれの論も，意味の再現や等価性に重きを置く一般の発想とは正反対のラディカルな問題提起を含んでいる。そして多和田における翻訳が，ベンヤミンやベルマンと一脈通じる，言語に「他者」を呼び込むための，あるいは言語を「他者」に変身させるための技法ないしは遊戯であることはまちがいないだろう。

　「言葉の変身術」には「翻訳や外国語学習の難しさを逆手に取る手もある」と多和田は語っている（『エクソフォニー』岩波書店，125頁）。「意

味の伝達の道具として言葉を使う習慣から，遊びによって一時的に解放されることによって，言葉そのものに触れることができる」(160頁)。翻訳なんて何が面白いのかと冷ややかに尋ねられて，『文字移植』の主人公は「〈ぬっと出てくるものがあるんです〉と場違いに情熱的に答えてしまった」(159頁)。この主人公が求めるのも，多和田のいう「言葉そのものにふれることができる」ような経験に違いない。しかもそんな経験を続けるうち，主人公の暮らしは徐々に変調をきたす。翻訳は翻訳者自身の変身を引き起こしかねない。そんななりゆきがこの小説のストーリーとなっていく。言葉の実験と物語性を溶け合わせて読者にそれを掲示するところに，小説家としての多和田の手腕が発揮されている。

3. ディストピアを悦ばしく生き抜く

　多和田の長編『献灯使』は，大災害により，日本の自然と社会が取り返しのつかない損害を受けてしまったのちの物語である。日本は外国との国交を断ち，世界で孤立する。環境破壊の影響か，子供たちは微熱が下がらず，ちゃんと立って歩くこともできない。皮肉にも老人たちは壮健で力にあふれている。「死ねない身体を授かった」彼らは，自分たちより先に命が尽きるだろう若者たちの世話をするという辛い定めを抱えている。

　この小説には，現代日本が直面している難問の数々が取り込まれている。3・11以降の状況に加え，少子高齢化とそれに伴う不安な先行きが映し出されている。ところがこの小説には，心弾むような楽しさ，愉快さも備わっている。ユートピアの正反対，ディストピアとしかいいようのない世界を描いているのに，"呪い"を軽やかに振り払うしなやかな語りが実現されているのだ。

　ディストピア的な状況それ自体のうちから，多和田はいたずらや笑い

の種子を拾い出し，芽吹かせる。鎖国の状況下，外来語の使用や外国の翻訳は禁じられている。イギリスやフランスといった国名を口にすることさえ憚<ruby>憚<rt>はばか</rt></ruby>られる抑圧的な（最も反＝多和田的というべき）環境のなかで，百歳を超えてなお元気な作家の義郎<ruby>義郎<rt>よしろう</rt></ruby>は毎朝，土手をジョギングする。しかしこの近未来の日本において，ジョギングは「駆け落ち」と呼称が変えられている。駆ければ血圧が落ちるから，というのだから笑ってしまうし，脱力を誘われもする。閉塞した状況のそこここで，言葉の変身術によって思いがけない転調が生じ，反抗の息吹が通い出す。

　主要な視点人物となる義郎が，鎖国以前から書き続けているベテラン作家であることは，物語の中で文学や文字に担わされた役割を際立たせている。文学者が反逆精神とともに立ち上がるというよりも，言葉自体が勝手に立ち上がり，ユーモアを漂わせもすれば，不穏な予兆をはらみもする。鎖国後の日本では，新しい休日がいろいろと制定されている。その中に「インターネットがなくなった日を祝う『御婦裸淫の日』」なるものがある。「オフライン」のことだろうと見当がつくまで一瞬，迷う。外来語が抑圧されるとき，漢字はにわかに淫乱さを増すのだろうか。カタカナの消滅という事態と引きかえに，日本語が新たな表現と身体性を見出すかのようである。異様な漢字四文字は，意味の枠を突き破ろうとする不埒な気配を秘めている。文字そのものの及ぼす力が，多和田の小説のエネルギー源になっているともいえる。

　「<ruby>蓼<rt>たで</rt></ruby>」の一語をめぐるエピソードが印象的だ。義郎は「蓼」という漢字を書くたびに「文字を書くことの喜びに引き戻された」。「ノノノ」の部分が彼の官能を刺激するのだという。「爪で樹木の外皮をななめに引っ掻く猫科の動物の子供になったつもりで」彼は「蓼」の字を書く。「猫科の動物の子供」という説明は見逃せない。動物になること，子供になることが重要なのである。ディストピアを悦ばしく生き抜くための方途

がそこに見出される。実際，この小説の中心には子供がいる。子供がい
わば脱人間化，非人間化していくさまが，一個の希望として描かれる。

　義郎が一人で育てる曾孫，無名〔むめい〕。ポスト大災害の子たちは多かれ少な
かれ先天的障がいがあり（ただし作中で障がいの語は用いられない），
無名も学校まで歩いていくことができず，食べ物を咀嚼〔そしゃく〕することもむず
かしい。「昔の人は鳥の内臓や妊娠中の川魚を串に刺して直火で焼いて
食べることもあったらしい」と驚嘆するこの男児は，いわば究極の植物
系とでもいうべき風情だ。だが，一見惰弱な無名のふるまいや思考をと
おして，柔らかで優しい心身のあり方が示されていく。

　朝起きて服を着ることがすでに，無名にとっては大変な格闘の一幕と
なる。寝間着を脱ごうとしてなかなか脱げず，通学用ズボンをはこうと
してまた往生する。それは彼が「蛸」だからなのであり，着替えの際に
は余計な足がじゃまをしにかかるのだ。そのひと苦労を蛸のダンスとし
て活写する文章自体が，軟体動物的な弾みかたを見せる。軟体動物は単
にぐにゃぐにゃしているだけではない。「これみよがしな筋肉」とは異
なる無駄のない肉が無名の身体には張りめぐらされていき，普通の二本
足歩行とは異なる移動方法の可能性さえ垣間見せる。

　その動きは，従来の社会を縛ってきた価値観の枠外へとすべり出てい
く精神のあり方と結びついている。無垢にして無知な無名は，過去に囚
われず，自らを憐れんだり悲観したりすることもない。怨念や憂鬱を知
らない彼は，日ごと「めぐりくる度にみずみずしく楽し」い朝を享受す
る。思春期を迎えても声変わりせず，男女の別の手前にあり続けながら，
若くして白髪を戴いた彼は，やがて海の闇に身を投じ，禁を犯して「世
界」へ旅立とうとする。

　不思議な若者の姿をとおして，この作品は「まだ到着していない時代
の美しさ」を読者に垣間見せる。災害を経て「百年以上の信念を疑う」

必要に迫られたとき，これまでどおりの成長や進歩の観念から逸れた生
の可能性を押し拓くことができるなら，素晴らしいことだろう。それを
多和田は，言葉の変身術を駆使し，遣唐使を未知なる使いに生まれ変わ
らせることで実現してみせたのである。

4. 翻訳者は裏切り者ではない

　多和田文学と翻訳のつながりをもう一度，思い出してみよう。日独二
カ国語で書く多和田は，一方の言語で書いた作品を他方の言語に自ら翻
訳することもあるし，『旅をする裸の眼』（2004年）のように，一つの作
品を二カ国語で並行して書き進めることもある（その場合，どちらが原
典でどちらがその翻訳か決めることは難しい）。

　しかしながら，「オフライン」が「御婦裸淫」に化けるような言語の
様態をはたして翻訳できるのかという疑問も浮かぶ。一般に洒落や言葉
遊びは最も翻訳しにくいものとされている。「翻訳者は裏切り者」
Traduttore, traditore という言い回しはよく知られている。もとのイタ
リア語は「トラデュットーレ，トラディトーレ」と頭韻を踏んでいるわ
けだが，それを表現できていない日本語直訳は，まさに裏切りを犯して
いるわけだ。

　そうした疑問を払拭してくれるのは，多和田の作品が翻訳によって日
独以外でも読まれ，インパクトを与えているという事実である。『献灯使』
の英訳は2018年，全米図書賞を受賞した（翻訳部門）。日本作品の受賞
は『万葉集』，樋口一葉『たけくらべ』の受賞以来，36年ぶりである。
英米の書評を見ると「環境的恐怖と一家のドラマ，そして近未来小説を
凝縮したミニ叙事詩」「痛烈で洗練されたサタイア（風刺文字）」等，好
評ぶりが窺える。「不毛なポスト都市文化世界に草が生えるように，ユー
モアが生い茂っている」と，作品のユーモアに触れた評も散見する[1]。

1）以上は *The Guardian*（June 6, 2018），*Words without Borders*（Feb. 2019），
　World Literature Today（Mars 2018）掲載の書評による。

言葉遊びの面白さは翻訳によってもしっか
りと伝わったのである。
　日本語原典と英訳を比べて読んでみると
き，翻訳はあくまで総体として捉えるべき
であり，個々の部分の対応にのみ拘泥して
はならないことが実感される。タイトルの
『献灯使』からして，そのとおりの意味合
いを表すのは難しいだろう。同じ英訳がア
メリカでは *The Emisssary*（特使），イギ
リスでは *The Last Child of Tokyo*（東京
最後の子供）と表題が異なるのは，出版社
の意向によるものか。翻訳者はこれまでも
多和田作品を手掛けてきたマーガレット満

**写真14-2　『献灯使』英訳版
　　　　　表紙**
（写真提供　ユニフォトプレス）

谷である。インタビューで満谷は，「すべての言葉遊びが翻訳可能とい
うわけではありません。でもそれぞれの場合を検討して，最良の解決策
を見つけるべく努力しなければならないのです」と語っている[2]。
　満谷が実例として挙げているのは，「ジョギング」が「駆け落ち」と
言い換えられるくだりである。改めて多和田の原文を見よう。

（……）用もないのに走ることを昔の人は「ジョギング」と読んでい
たが，外来語が消えていく中でいつからか「駆け落ち」と呼ばれるよ
うになってきた。「駆ければ血圧が落ちる」という意味で初めは冗談
で使われていた流行言葉がやがて定着したのだ。無名の世代は「駆け
落ち」と恋愛の間に何か繋がりがあると思ってみたこともない。（『献
灯使』講談社文庫，９頁）

---

2 ）*The Japan Times*（Aug. 4, 2018）.

ジョギング，血圧低下，駆け落ちという日本語の流れを，満谷はlope down およびelopeという語句を用いて英語の文脈に導き入れた。lope は大股でゆっくり走るという意味であり，downを加えることで血圧低下を示唆する。elopeは駆け落ちするという意味の動詞だ。英語の訳文は「lopeの頭にeの一文字を加えることで，若い女性が深夜，恋人との逃避行のために梯子を降りていく光景が呼び起こされるとは，無名少年の世代は夢にも思わなかったろう[3]」となっている。

多和田の原文には「梯子」は出てこないし，若い女性が梯子を下りていく逃避行の情景への言及もない。満谷自身は「完璧な解決とはいえないけれど，読者はわかってくれるのではないかと期待しています」と述べている。この「梯子」はいかにも面白い。シェイクスピアの『ロミオとジュリエット』の縄梯子や，スタンダールの『赤と黒』の梯子など，西欧の名作に登場してきた梯子が想起される。この一語によって多和田作品と世界文学の古典のあいだに梯子がかけられたような印象だ。しかも物語に即せば，無名はそんな西欧恋愛文学の存在も，恋愛そのものも知らない少年なのである。彼の世代が断絶と孤立の中で新たな生を模索しなければならない運命がくっきりと浮かび上がる。

では例の「御婦裸淫」はどうなっているだろう？　満谷は「オフライン・デイ」としたうえで，「(“オフライン”は「立派な＝女性＝裸の＝卑猥」を意味する漢字で表記)」と注で補っている（*The Emissary*, p.44）。次善の策というべきだろうか。だがHonorable-Woman-Naked-Obscenityという四単語の連なりには，漢字表記に拮抗する異様さがある。翻訳者はここまで原文につきあい，真正面から受け止めるものなのかという驚きを覚える。

「多和田の読者たちは言語に関心を抱く人たちであるように思えます。だから読者たちを信頼しなければならないのです」と満谷は語っている。

3) Yoko Tawada, *The Emissary*, translated by Margaret Mitsutani, New York, New Directions, 2018, p.4. 引用は筆者による逐語試訳。

満谷の翻訳を介し，多和田作品が国境を超えて輪を広げていくさまを実感することができる。多和田自身，たえず梯子から足を滑らせる危険を冒しながら，勇気ある言葉の駆け落ちを敢行してきた。翻訳者もまた，その危険をわかちあいながら，多和田の冒険を自らの言語に移し替えるのである。そして多和田の（あるいは彼女の作品の翻訳の）読者もまた，そこに示されたジョギングのコースを試走し，ときにつまづいたりもしながら，走ることの手応えを自らの心身で確かめるのだ。

5.　未来の言語を作り出す

　『献灯使』は近未来の日本を舞台とする空想の物語だった。続いて多和田は長編連作『地球にちりばめられて』（2018年），『星に仄めかされて』（2020年）に取り組み，さらに意欲的な試みを継続している。

　連作の主人公Hiruko[4]は「中国大陸とポリネシアの間に浮かぶ列島」に生まれ育ち，北欧の大学に留学した。ところがもうすぐ帰国というときになって，自分の国が消えてしまい，家に帰れなくなった。日本という国名はどこにも記されていないが，日本が消滅したのちの世界が空想されていることは明らかだ。同じ母語を話す人間を求めて，Hirukoは探索の旅に出る。彼女と意気投合した言語学者クヌートをはじめ，旅先で出会った人々も加わり，一行の織りなす物語が作品を形作る。

　『献灯使』のディストピアをさらに一歩進めたような設定に驚かされるが，理不尽な運命に立ち向かうHirukoの毅然とした姿勢と，さまざまな仲間たちを束ねていく行動力が爽快な印象を与える。

　　わたしの悪いところは，何もできないくせに「こんな事をやったらいいんじゃないかしら」という話が上手いことだ。存在しないものに形を与え，色を塗り，それこそがみんなが求めている未来だ，と信じ

4）この不思議な名前はおそらく『古事記』のヒルコ（水蛭子）に由来する。ヒルコはイザナミとイザナキの交わりから生まれた最初の子だが，葦の船に乗せて流し捨てられた。

させることができる。このような能力は，わたしの生まれ育った国ではあまり高く評価されていなかった。むしろ口数の少ない勤勉な人が信頼された。(…) ところが，ヨーロッパではわたしが話し始めると，もぐら叩きされるどころか，聞き手の目が輝き始め，もっと話してください，というメッセージが視線に乗ってどんどん送られてくる。(『地球にちりばめられて』講談社，39頁)

　この一節を，多和田自身の欧米における活躍ぶりを思い起こさずに読むのは難しい。ドイツ語や英語と日本語を組み合わせて，多和田は各国で旺盛に朗読や講演，対談の催しを行っている。YouTube上のさまざまなビデオを閲覧するならば，言葉の差異をむしろ味方につけて，聴衆とのあいだに生き生きとしたコミュニケーションを打ち立てる姿を確認できる。語学的ななめらかさやそつのなさではなく，言語と向かい合う毅然とした意志が聴衆を動かす。一般に講演者が意識しがちな「えー，みなさま，今日はお暑い中をわざわざ」とか「えー，わたくしはこれに関しては門外漢でありまして」といった「日常的な社会関係」はわずらわしい，「直球を投げたい」と多和田は述べている（『言葉と歩く日記』88頁）。『地球にちりばめられて』のHirukoはそんな「直球」の人として存在感を放つ。そこで興味深いのは，彼女が北欧の人々に対して「手作り言語」を話していることだ。

　「この言語はスカンジナビアならどの国に行っても通じる人工語で，自分では密かに「パンスカ」と呼んでいる。「汎」という意味の「パン」に「スカンジナビア」の「スカ」をつけた」と彼女は解説する。それは「実験室でつくったのでもコンピューターでつくったのでもなく」，まわりの人間の声に耳を澄ませ，リズムを「体感」しながら声を発しているうちに一つの新言語となったのである。昔の移民ならばある国に一生留

まることが多かったからその国の言葉さえ覚えればよかった。「しかし，わたしたちはいつまでも移動し続ける。だから，通り過ぎる風景がすべて混じり合った風のような言葉を話す」(18頁)。

　AIやコンピュータを介しての翻訳や多言語コミュニケーションばかりが注目されがちな現在だが，多和田は一人の人間の身体と思考こそが「人工語」の基盤となりうることを主張する。それは純粋なイディオレクト（個人言語）であるとともに，「風のよう」に異文化の壁を越え，異なるルーツをもつ人々に向けて開かれた一種の普遍語でさえある。「移動し続ける」ことに賭ける多和田の姿勢をそこに重ね合わせることができるだろう。既成の言語に閉じ込められるのではなく，言語が本来備えた逸脱や越境への動きを促し，自らをその運動のさなかに投じ続ける意志が，多和田の作品には脈打っている。

　クヌートの母親と会ったとき，「あなたはどなた？」と聞かれてHirukoは言う。「わたしはHiruko。クヌートは言語を愛する。わたしも言語を愛する。二人は同じものを愛している」(295頁)。ハンスカ語というだれも知らない人工語が，作中では日本語に翻訳されているわけだ。「彼女は僕の恋人なんだ」とクヌートがいうとHirukoはくすっと笑って言う。「恋人は古いコンセプト。わたしたちは並んで歩く人たち」

　人工語での自己表現は，他人に決められた人生のルートを歩むのではなく，彷徨や旅をとおして新たな生き方のモデルを作り出し，それを形にしていくことにつながっている。しかもハンスカ語はご覧のとおり，どこかぎこちなく，ひと昔前のロボット的なおかしみを漂わせる。だからこそクヌートはHirukoに理屈抜きで惹かれてしまうのだ。

　続く『星に仄めかされて』には，ほかにも「自分たちで作った特別な言語を話す」者たちが登場する。ムンンとヴィタという不思議な少年少女。普通に話すと「舌が邪魔になって」どもったり，つかえたりしてし

まう。子供のころ，それをからかわれもした。そこで「舌が余ってしまう部分にラリラリを補足してみたら喋りやすくなった」(12頁) という。「わからラララない。おいらラも遠くから来たララ」といった具合に語るムンンは，常識的な捉え方では「障害」があるなどといわれそうだが，ラララという響きの楽天性によって，無垢な童話風のトーンを作品に導きいれる。Hirukoやムンンやヴィタの冒険は，まだ始まったばかりだ。

　こうして，多和田葉子の文学はユニークな魅力を一作ごとに広げ，かつ深めている。言語表現に対して極度に意識的な20世紀前衛文学の探求を受け継ぎながらも，多和田はその探求を自己目的化させたり，テクストの内部に閉じ込めたりはしない。言葉の変身術を街の日常や現代の人々の生活と結びつけ，さまざまに遊戯的な実践をとおして，社会のあり方やわれわれの生き方に揺さぶりをかけようとする。その試みが全体として，言葉をめぐるチャーミングで不思議な物語を描きあげているところに，多和田文学の最大の特徴がある。

参考文献

本章で引用した（あるいは題名を挙げた）多和田葉子の作品は以下のとおり。『きつね月』新書館，1998年。『球形時間』新潮社，2002年（のち『変身のためのオピウム』とあわせ講談社文芸文庫，2017年）。『容疑者の夜行列車』青土社，2002年。『献灯使』講談社，2014年（のち講談社文庫，2017年）。同書英訳 Yoko Tawada, *The Emissary*, translated by Margaret Mitsutani, New York, New Directions, 2018.『百年の散歩』新潮社，2017年（のち新潮文庫，2020年）。『言葉と歩く日記』岩波新書，2013年。『エクソフォニー』岩波書店，2003年。『文字移植』河出文庫，1999年（のち『かかとを失くして』『三人関係』とあわせ講談社文芸文庫，2014年）。『旅をする裸の眼』講談社，2004年。『地球にちりばめられて』講談社，2018年。『星に仄めかされて』講談社，2020年。

　他に，ヴァルター・ベンヤミン「翻訳者の使命」内村博信訳，『ベンヤミン・コレクション　2　エッセイの思想』ちくま学芸文庫，1996年。アントワーヌ・ベルマン『他者という試練　ロマン主義ドイツの文化と翻訳』藤田省一訳，みすず書房，2008年を参照のこと。

15 | 世界文学をより深く味わうために

野崎　歓・阿部公彦・塚本昌則・阿部賢一・柳原孝敦・斎藤真理子

《目標&ポイント》　世界文学をより広く読み，より深く味わうための指針となる事柄を学ぶ。21世紀の今日を生きるわれわれにとって，よく知られた古典から最新の作品まで，外国の文学に親しむことにどのような意義があるかを認識し，さらなる読書体験の契機とする。

1. 寛容と連帯の精神を求めて

野崎　歓

《キーワード》　寛容，相対主義，パンデミック

　2015年，イスラム過激派による連続テロ事件が多くの犠牲者を出し，フランス社会が大きな危機に直面したとき，一冊の古典が思いがけずベストセラー入りしたことが報じられた。その古典とは18世紀フランスの思想家，ヴォルテールの『寛容論』（1763年）である。

　ヴォルテールの時代には，17世紀以来のカトリックとプロテスタント（フランスではユグノーと呼ばれた）の宗教的抗争がなお深刻であり，ユグノーに対する迫害が続いていた。1761年，トゥールーズのユグノー，ジャン・カラスが実の長男を殺害した嫌疑をかけられ，逮捕される。トゥールーズではカトリック信者五万人に対しユグノーは二百人と少数

派だったが，ユグノーに対する迫害事件が度重なった結果，カトリック側にはユグノーの報復を恐れる雰囲気が広まっていた。カラス一家の事件は，そうした状況を背景として起こった悪質な冤罪事件だった。ジャン・カラスは無実を叫びながら，車責めの極刑に処された。ことの真相を見抜いたのが，啓蒙思想を代表する思想家ヴォルテールだった。彼はカラスの名誉回復を図って論陣を張る。その一環として書かれたのが『寛容論』だった。

　2015年のフランスでこの『寛容論』がベストセラーとなったことは，社会に対立と緊張が高まったとき，人々がおのずと古典の叡智に触れる必要を感じたことを意味している。事実，「狂信」の恐ろしさと，狂信を「理性」の力によって抑えることの必要性を説くヴォルテールの平明な言葉には，21世紀の私たちにもなお訴えかけてくる力がこもっている。

　「理性というのは，優しく，人間味があり，他者を許容し，不和をやわらげ，人間の徳を高めるものである[1]。」

　今日，世界のいたるところで，「他者を許容」し多様性を認めることの必要性が叫ばれている。啓蒙思想は改めて，現代の私たちにとって大切な思想となっているのではないか。

　『寛容論』の数年のち，新型コロナウィルス渦において世界的に再評価された古典が，カミュの『ペスト』（1947年）だった。カミュは実存主義の代表者と目された作家である。実存主義は大雑把に言えば，フランス的な啓蒙思想の土壌の上で，人間の自由と連帯，社会参加の大切さを説いた思想である。21世紀，哲学の分野で「新実存主義」（マルクス・ガブリエル）が注目を集める中，カミュの小説が世界的な話題を呼んだことは興味深い符合だった。

　もちろん，『ペスト』が読まれている背景にはパンデミックという異常事態があった。甚大な被害を引き起こしたものの，新型コロナウィル

1）　ヴォルテール『寛容論』斉藤悦則訳，光文社古典新訳文庫，2016年，57頁。

スの致死率は，いにしえのペストほどの高さではない。とはいえパンデ
ミックが，カミュが『ペスト』で描いた，「われわれみんなに関係のあ
ること」としての災厄のあり方をまざまざと想起させたことは間違いな
い。だからこそ『ペスト』の示す，危機のさなかでおのれの「職分」を
果たし協力の輪を広げていく人々の姿が，深い感動を呼んだのだろう。

　連帯を中心的なテーマとして読者に強く働きかけ，時代を象徴する意
味をもった作品として，さらにレティシア・コロンバニの『三つ編み』
（2017年，邦訳は齋藤可津子訳，早川書房，2019年）を挙げておきたい。
カミュの『ペスト』が基本的には男だけの世界を描いていたのに対し，『三
つ編み』が描き出すのは女たちの姿である。

　いわゆる不可触民（ダリット）の若いインド人女性スミタ，家業が倒
産寸前のイタリア人女性ジュリア，そして乳癌を宣告されたカナダの女
性弁護士サラ。『三つ編み』は，それらまったくかけ離れた環境にある
三人の人生を編み合わせて綴った物語である。そこには，何とか人生の
活路を開こうと苦闘する女たちへの共感が脈打っている。国や文化の違
いを超える展開は，#MeTooを介して広がっていく現在の社会運動のあ
り方を思わせるものがある。抵抗と困難に直面しながら，三人は自らの
意志をつらぬこうと奮闘する。しかも本人たちの気づかないうちに，互
いに会ったこともない三人を結びつけている「秘密」があった。そのこ
とが物語に鮮やかなエンディングをもたらす。『三つ編み』はすでに36
カ国語に翻訳されている。

　自分とは異質な他者の経験を想像し，共有することが，小説の力によっ
て可能になる。その意味で，今日の世界において文学は，一般に考えら
れている以上に大きな役割を果たすことができるのではないか。

2. アイルランドと植民地の歴史

阿部公彦

《キーワード》アイルランド，植民地，紛争，笑い

　近代英国の歴史は植民地問題を抜きには語れない。英語圏文学の作品中でもさまざまな形で植民地問題が影を落としてきた。第3章で扱ったシェイマス・ヒーニーにしても，第4章で扱ったクッツェーにしても，しばしば植民する側とされる側の葛藤が作品のテーマとからんできた。

　英文学史の中でとくに深い意味を持ってきたのは英国とアイルランドの関係だった。ケルト系の住人が多いにもかかわらず数百年にわたってアングロサクソン系が支配層として力を持ってきたアイルランドは，ようやく1949年になって連合王国から完全に独立した。その間，アイルランドの文学者としてはジョナサン・スウィフトやオスカー・ワイルドといったアングロ系の作家が注目を浴びることが多かったが，20世紀になるとジェイムズ・ジョイスやサミュエル・ベケット，フランク・オコナーといった濃厚にアイルランド臭を漂わせる作家の活躍が目立つようになる。詩の世界でもW・B・イエイツ，イーヴァン・ボーランドからシェイマス・ヒーニーに至るまでアイルランドが長らく抱えてきた問題を直視する詩人たちが出てくる。

　植民地支配の歴史というと凄惨な物語が想像されるかもしれない。たとえばW・B・イエイツの「1916年復活祭」（高松雄一編『対訳　イエイツ詩集』岩波文庫，2009年などに収録）は，第一次世界大戦の最中，連合王国からの自治獲得が棚上げにされたことに不満を持った急進派が起こした反乱と，それにつづく拙速な処分，政治的な危機といった複雑な状況の中で，もともと過激な独立運動からは距離をおいていた詩人が，

どのような気持ちを抱くようになったかを切実な言葉で描きだし，今な
お読者の心を打つ不朽の名作となっている。あるいはフランク・オコナー
の「国賓」は，1920年代に内戦状態になったアイルランドで束の間の友
情を芽生えさせたアイルランド兵とイングランド兵が，残酷な現実に直
面して心を打ち砕かれる様子がじっくりと描き出され戦慄を覚える（阿
部公彦訳『フランク・オコナー短篇集』岩波文庫，2008年所収）。

　また1960年代から数十年にわたってつづいた北アイルランド紛争のお
ぞましさを描き出した文学作品も数多い。この時代の危機は「やっかい
事（troubles）」という独特な言葉遣いで言及されることが多く，20世
紀はじめの独立運動とくらべるとかなり地域的に限定された事態のよう
にも見えるかもしれないが，実際にはイギリス政府要人や王室に対する
テロなども起き，過激派を支援したと見なされていたアメリカの勢力な
ども巻きこんで広範な広がりをもってもいた。

　しかし，アイルランド文学の大きな特徴はその転覆的とも言っていい
強烈な笑いの力でもある。その圧倒的な先駆けは何と言っても『ガリ
ヴァー旅行記』（高山宏訳，研究社，2021他多数）のスウィフトだった。
単なる冒険譚・ファンタジーの枠にはおさまらない破壊的な毒を含んだ
この作品は，最後の第四章では人間が馬に従属する社会を描き出し，人
間性に対する呪詛さえ感じさせる。また，同性愛者として投獄され，社
会の周縁部に押しやられたワイルドは，『まじめが肝心』（厨川圭子訳
角川文庫，1953年）など演劇作品や『ドリアン・グレイの肖像』（富士
川義之訳　岩波文庫　2019年）といった小説作品の中に，世間の常識に
鋭い一撃を与える強烈な一言を組み込んでいたし，20世紀になっても，
ジョイスの『ユリシーズ』（丸谷才一・永川玲二・高松雄一訳，集英社
文庫，2012年）などにはあらゆる権威や品位を笑いのめすパロディ精神
とラディカルな哄笑が横溢している。

　近年もそんなアイルランドならではの笑いの力を，これ以上ないほどの強烈なインパクトで表現する作品が出ている。2018年にブッカー賞を受賞したアナ・バーンズの『ミルクマン』（栩木玲子訳，河出書房新社，2020年）である。これは明示こそされてはいないものの，どうやら北アイルランドのベルファストを舞台にしたと思われる作品である。しかも時代は1970年代後半。紛争真っ盛りのベルファストではテロリストによる破壊行為が日常化し，町は党派的に分断されて密告や流言飛語が人々の精神を蝕んでいる。実際，精神を病み，人に毒を盛ることに明け暮れる人までいた。

　そんな中，主人公の18歳の女性はミルクマンと呼ばれるテロリストの付きまといに遭う。ふと気づくとそこにいるといった不気味な近づき方をするこの男は，テロリストとしては名が知られていた。ところが主人公の周囲では，彼女がこのテロリストと付き合っているという噂が流されてしまう。事実無根のこの噂に語り手は苦しめられ，追い詰められていく。

　というと暗澹たる凄惨な物語かと思われるのだが，実際にはこの主人公が展開するハイテンションの語りが脱線やパロディや即興芸満載で，テロリストにストーカーされている重苦しい話のはずなのに，不思議な解放感さえ覚えるほどの奇妙な笑いに満ちた小説に仕上がっている。

　もちろん，綿密なリアリズムと縁を切るわけではない。主人公が毒を盛られて苦しむさまもかなり精緻に描かれているし，愛憎をめぐる人々の心の襞のとらえ方も丁寧であるが，にもかかわらず既存の枠組みをするりと潜り抜け，あっというような目覚ましく痛烈で，しかし，どこかバカバカしくもある認識に読者を導く。社会や言葉をめぐる常識の重さを嫌というほど背負い，その抑圧に苦しんでいるにもかかわらず，その葛藤を語る言葉は実に軽快で敏捷で柔軟なのである。

　後半，ミルクマンと呼ばれた男がついに射殺される。そこで，実はミルクマンがあだ名ではなく，本名であったと判明する。ミルクマン（＝牛乳配達人）などという滑稽な名前がありうるのか？という疑念が出てくるのだが，考えてみれば，ブッチャー（＝肉屋），ハンター（＝猟師），ウィーヴァー（＝職工），サッチャー（＝屋根ふき）だっているのだから，まあ，いいのではないかといった話がつづく。作品の芯に位置する不気味な悪役の末路がこれなのである。筋書きだけからするとテロとストーキングのからんだ暗い小説のはずなのに，崇高さやゴシックな暗黒性が白々とした日常性に引き戻されてしまう。このたくましい生命力こそが，さまざまな葛藤に苦しめられてきたアイルランドが保ち続けてきた文化の芯にあるものなのかもしれない。

3．回転扉としての短編小説

塚本昌則

《キーワード》　短編小説，博物館，異界

　フランスの近代文学は何より長編小説（ロマン）によって知られてきた。職人技のような技法の冴えを見せる短編小説については，日本文学や英米文学ほど熱心ではなく，モーパッサンを除けば，短編小説によって知られている作家も少ないようにみえる。辞書でも，短編小説（コント）は，「娯楽を目的とする架空の冒険譚」と定義されていて，扱い方がきわめて軽い。しかし，筋書きのおもしろさ，残酷さだけでなく，複雑な余韻を残す優れた短編小説が実はフランスにも数多く存在する。ここではロジェ・グルニエ（1919-2017年）の「フラゴナールの婚約者」（1982年）を少し詳しく読んでみよう。

　この作品はパリの名所めぐりをする二人の男女の話である。名所めぐりといっても，さまざまな人物が埋葬された墓や史跡が中心である。墓地や博物館だけでなく，記念のプレートが貼られただけの建物もふくまれている。あらかじめ資料を調べて出かけるのだが，出典が古く，街角が変貌を遂げて近代的な高層ビルになっていたりして，徒労に終わることも多い。男は役所を定年退職したばかりの老人フィリップ，女は別れた妻の，年の離れた妹ヴィヴィアーヌで，フランス中南部で田舎暮らしをしている。ヴィヴィアーヌは夫に銃で撃たれ，一命をとりとめたが言語中枢が傷ついて言葉が話せなくなっている。彼女がパリに出て来るたびに，自分の行きたいと思う史跡や美術館を指定し，フィリップが見物の手はずをととのえて二人で出かけることにしている。ヴィヴィアーヌには，フィリップがかつて知っていたばら色の肌の少女のおもかげはな

く，痩せて浅黒い肌をした別人となっている。「彼女の来訪を彼は内心
で〈死のデート〉と呼んでいたが，それでもやはり，人を愛することが
できるのはこれが最後だろうと考え，楽しみにして待っているのだった。
ヴィヴィアーヌのおかげで，老残の身となり果てるまでのわずかな年月，
彼にはまだいくらかの愛情がのこされていたのである。」

　題名だけを見ると，ロココ調のフランスの画家が描く，ふくよかな女
性を連想してしまう。しかしここで問題となっているフラゴナールは，
画家のいとこで解剖学者のオノレ・フラゴナールである。パリ南東の郊
外メゾン・アルフォールの獣医学校の中にフラゴナール博物館があり，
そこに解剖学者が剥製にした人体や動物の標本が展示されている。とり
わけ名高いのは，皮を剥がれた騎馬の女と馬の像で，女は「フラゴナー
ルの婚約者」と呼ばれている。解剖学者に愛されたが，親から結婚に反
対されたため，悲しみのあまり死んだという伝説がある。現代ドイツの
解剖学者グンター・フォン・ハーゲンスのように，人体を標本化する特
殊な技術をもった人間が18世紀のフランスに実在していたのだ。見学を
終え，フィリップはオーステルリッツ駅までヴィヴィアーヌを送ってい
き，別れた後に気分が悪くなり，待合室のベンチに腰かける。ヴィヴィ
アーヌが「フラゴナールの婚約者」に似ていると思い，騎馬の女と馬が
自分の頭上を駆けぬけるのを感じながらフィリップは意識を失ってゆ
く。

　この短編を読んでいると，博物館，そして駅が特別な場所であること
が胸に迫ってくる。それは確かに現実にある場所であり，社会的な機能
を持っていて，日常生活の中で欠かせない役割を果たしている。同時に，
短編が凝縮した形で描いているように，それは日常の外に広がる異界へ
の通路でもある。人がやって来て立ち去るだけの場所なのに，社会生活
をはるかに超える，未知のものに開かれた敷居なのだ。この点を確認す

るために，ナボコフの「博物館への訪問」（1959年）も参照してみよう。この作品では，主人公がパリに住む友人からある依頼を受け，地方の博物館に入ってみると，そこは部屋から部屋へ，ホールからホールへ，とどこまでもとめどなく広がってゆく空間になっている。「私は名状しがたい恐怖に襲われていたが，向きを変えて通路の元来た道を引き返そうとするたびに，それまでに見たこともない場所に来てしまうのだ。」博物館の迷路から逃れようとして，歩道に出ると，そこは雪に覆われていて，主人公は，足を踏みいれることを禁じられた祖国ロシアに自分がいることに気づく。博物館は，異界への通路であり，とりわけ二度と戻ることの許されない場所，あるいは決して足を踏みいれることのできない場所へと人を誘ってゆく。

　短編小説はこのように，長さが限られているという条件を逆手にとって，現実と想像世界が回転扉のように反転する特別な場所を作りだしてみせる。ドゥルーズ／ガタリは，中編小説と短編小説を対照的な文学形式だと述べている。この二人の哲学者によれば，中編小説では「何が起きたのか？　いったい何が起きたというのか？」という疑問の周辺にすべてが組織される。それに対して，短編小説では「これから何が起きるのか？」という疑問によって，読者は息詰まるような待機状態に置かれる。短編ではつねに何かが起こり，何かが行われるというのだ（ドゥルーズ／ガタリ，1994年，p.221）。

　しかしこの定義は，短編小説が別世界への敷居を現出させる力をもっていることを忘れている。現実の世界が，驚異にみちた異界と隣りあわせになっていることに，ひとは普段，気がつくことができない。短編小説は「これから何が起きるのか？」という筋書きのおもしろさだけではなく，そうした象徴的な場所を際立たせる。短い時間で読者を夢想に誘い込むために，ある特別な負荷のかかる場所を好んで選ぶのだ。ロジェ・

258

グルニエの短編には，雑誌に複製されたレヴィタンの風景画を見て，フィリップが感心する場面がある。「森の奥からこちらにむかって伸びるただ一本の道だけで，表現しがたいものをじつにたくさん表現することに成功している。」 森の中のただ一本の道で，表現しがたいたくさんのものを言いあらわすこと――これはグルニエの短編のあり方そのものではないだろうか。そして，優れた短編小説には，見慣れた場所を不思議な世界への扉に変える力が備わっているのではないだろうか。

参考文献

ロジェ・グルニエ「フランゴナールの婚約者」，『フラゴナールの婚約者』所収，山田稔訳，みすず書房，1997年，p.357-391

ウラジーミル・ナボコフ「博物館への訪問」，『ナボコフ短編全集Ⅰ』所収，諫早勇一・貝澤哉・加藤光也・沼野充義・毛利公美・若島正訳，作品社，2000年，p.417-428

Gilles Deleuze/Félix Guattari, *Capitalisme et schizophrénie : Mille Plateaux*, 1980（ジル・ドゥルーズ／フェリックス・ガタリ『千のプラトー――資本主義と分裂症』，宇野邦一・小沢秋広・田中敏彦・豊崎光一・宮林寛・守中高明訳，河出書房新社，1994年）

4. 時間と読書

阿部賢一

《キーワード》　時間，読書，疫病

　同じ本であっても，時間を置いて読むとまったく異なる印象を受けることがある。以前読んだ時には気づかなかった言葉，情景，含意を意識したり，そればかりか，あまりの印象の差に対して，自分の記憶に大幅な修正を施すべきではないかと思うことすらある。

　例えば，前回の『世界文学への招待』（宮下志郎・小野正嗣編，放送大学教育振興会，2016年）で，私は，「移動の文学」という回を担当し，そこでポーランドの作家オルガ・トカルチュクの『逃亡派』（小椋彩訳，白水社，2014年）という小説を扱った。教材には「EU拡大，シェンゲン協定により，加盟国間内の移動が自由になる時代が到来している」（同書，181頁）と書いた。だが，この原稿を書いている2021年から見ると，手を加えたい箇所が二つある。一つは，作家について「2018年にノーベル文学賞を受賞した」という情報を補足すること，そしてもう一つは，「2020年春以降，新型コロナウイルス感染拡大のため，世界各地で移動が制限されるようになった」と加筆することである。

　あらゆる文章が具体的な時間の流れで執筆され，読み手もある具体的な時間に文章や本を読む。そこには，時差のみならず，読み方の差も，必然的に生じている。

　1937年，つまり，ミュンヒェン協定により，チェコスロヴァキアがヨーロッパの地図上から消える一年前，カレル・チャペックは『白い病』という戯曲を発表した。戦争の脅威が迫るなか，五十歳以上の人が罹患すると死にいたる疫病「白い病」の感染が広がっていく。ワクチンを発明

した町医者のガレーンは，枢密顧問官や独裁者の元帥に対し，ある条件を突きつける，という筋立てである。この作品が発表された当時，いや，20世紀後半の大半において，この戯曲は独裁政治を批判する書物として読まれていた。だがアメリカの批評家スーザン・ソンターグは『エイズとその隠喩』（邦訳は『隠喩としての病い・エイズとその隠喩』富山太佳夫訳，みすず書房，2012年）で，同書を「病」の書として読み解こうとした。疫病という題材が扱われているのだから，ソンターグの読み方はある意味で当然なのだが，反ナチスの文学というレッテルが貼られ，多くの読者もその形容に引きずられてしまっていたのである。しかし，発表から八十年以上が経過した2020年以降，同書はむしろ「疫病」の文学として再び脚光を浴びるようになった。

とはいえ，前者の読み方が「誤読」で，後者が「正解」というわけではないだろう。どちらもそれぞれの時間のなかで，ふさわしい読み方を自分のものとして引き寄せただけにすぎない。いずれにせよ，関心を持った方は，カレル・チャペック『白い病』（阿部賢一訳，岩波文庫，2020年）をそれぞれの読み方で読み進めてほしい。

ホロコーストに関する論者として知られる批評家エヴァ・ホフマンは，「時間」をめぐる著書で，こう述べている。「ときには立ち止まって，思考と感情の混乱した動きに耳を傾けねばならないだろう。そうすることで，その動きを自由な連想の中に解き放ち，あるいは予期せぬ洞察へと収斂させてとらえることができる。さらに，より大きな規模では，感情的な原因と結果とのあいだにつながりを見出し，人生の出来事や段階を示す内面の地図に自身を位置づけることも必要だ。つまり，内的時間に時間を与えるのである」（エヴァ・ホフマン『時間』早川敦子監訳，みすず書房，2020年，103頁）。

私たちの記憶や感性も，時間の経過とともにたえず動いている。だが，

体験した出来事をうまく整理できないこともある。そういう時こそ，書物を手にし，「自由な連想」に身をゆだねてもよいかもしれない。そうすれば，かつての自分には見えなかった光景が見えるようになるだろうし，「誤読」していた自分すらも受け入れることができるかもしれない。ホフマンの書物は文学と時間の関係を見事に論じている。

　時間との関連で言えば，オルガ・トカルチュク『迷子の魂』（小椋彩訳，岩波書店，2020年）にもぜひ触れてほしい。移動の時代を体現していた作家が，身体が急いでいる余り，魂が追いついていかない，私たち現代人の姿を描いた秀作だ。文字数こそ少ないが，それはゆっくり言葉を味わって読んでほしいという作者の意図の表れなのかもしれない。

　あるいは，目くるめく時間の速さを感じたければ，映画化もされたデイヴィッド・ミッチェル『クラウド・アトラス』（中川千帆，河出書房新社，2013年）がいいだろう。もしくは，異次元の時間の可能性を堪能したければ，テッド・チャン『あなたの人生の物語』（朝倉久志他訳，早川書房，2003年），同『息吹』（大森望訳，早川書房，2019年）といった作品もある。

　何はともあれ，いちばん大切なことは，読書のための時間を捻出すること，それにかぎる。

5. 文学の首都

柳原孝敦

《キーワード》 世界文芸共和国，ブエノスアイレス，バルセローナ

　〈世界文学〉の議論の中でも特異な論を展開しているのがフランスの理論家パスカル・カザノヴァの『世界文学空間』だ。世界文学の流通空間を，フランスの作家ヴァレリー・ラルボーの言う「世界文芸共和国」と想定し，その「共和国」内での作品の流通を文学証券取引所での資本の流通にたとえて興味深い。

　この共和国内での首都の地位にあったのがかつてはパリだが，近年ではロンドンやニューヨークに加え，ローマ，バルセローナ，フランクフルトなどの都市が「文学の覇権をパリと争う複数中心的な多元主義の世界へと移りつつある」（岩切正一郎訳，藤原書店，2002年，215頁）との見方を示している。

　なるほど，パリは長らく文学や芸術の首都であった。そのことに異論はない。しかしこの考え方は，とりわけ現代の状況分析としては，「多元主義」とは言っても中央集権的にすぎるだろう。ロンドンなどの諸都市はパリと「覇権を争う」のでなく，連邦制の各州の州都くらいの比喩が妥当なのではないか。少なくとも文学の国境を越えての生産と流通とにとってカザノヴァが想定する以上の重要度を備えた都市はあるように思う。

　たとえばブエノスアイレス。19世紀末葉から20世紀の初頭にかけて経済的繁栄を誇ったアルゼンチンの首都ブエノスアイレスには，世紀の転換期，モデルニスモと呼ばれた新しい詩の潮流を代表する詩人が国内外から数多く集った。かつての宗主国であったスペインの作家たちもこの

都市の新聞や雑誌に寄稿していた。

　1930年代にはフランスの*NRF*という雑誌を模範として発行された文芸誌『スール』が世界中の名だたる作家たちからの寄稿を仰ぎ，次々と新しい特集（たとえば日本文学特集など）を組み，作家たちを刺激した。この雑誌の寄稿者として健筆を振るい頭角を現したのがホルヘ・ルイス・ボルヘスだった。

　ボルヘスはフランス人が世に知らしめたとよく言われている。第10章で名を挙げたガリマール社の〈南十字星〉シリーズの翻訳によって知られるようになったのだ。このシリーズの責任編集者を務めていたのが社会学者ロジェ・カイヨワだ。彼は第二次世界大戦中をブエノスアイレスで過ごした。その時期に懇意にしていたのが『スール』を主宰するビクトリア・オカンポだった。カイヨワがブエノスアイレスに到着したときには，既にこの地に集う内外の文学者たちのサークル内で，ボルヘスは寵児の扱いを受けていたのだ。したがって「世界文芸共和国」の首都パリでボルヘスが知られるようになるには，ラテンアメリカという共和国内の一地方の首都ブエノスアイレスとの交流があってのことだし，その「一地方の首都」内での文名の確立が前提となっていたのだった。

　バルセローナは，やはり第10章で概略見たように，エージェントと出版社の存在によってラテンアメリカ文学のブームを生み出したひとつの極であった。ここについてはカザノヴァもパリと覇権を争う都市のひとつだと認めているとおりだ。ブーム以後もここには多くのラテンアメリカの作家が住み，ラテンアメリカ文学を活性化させ続けている。もちろん，スペインの都市であるので，スペインの作家たちも数多く住んでいる。

　バルセローナの出版社セシュ・バラルの文学賞によってブームの寵児となったマリオ・バルガス＝リョサは，パリやロンドンの在住経験もあ

りながら自身はマドリードを好んでいるようだが，「かつてラテンアメ
リカで作家を志す人間はパリに行ったものだが，現在ではバルセローナ
を目指す」と証言している。これは夭逝したものの近年のラテンアメリ
カ文学の新たな寵児となったロベルト・ボラーニョについてのTVド
キュメンタリーでの発言だ。ボラーニョもバルセローナに移住してきた
のだった。最終的にはそこから電車で1時間ほどの小都市ブラーナスに
住んだものの，バルセローナ大都市圏内と見ていいだろう。

　バルセローナがカザノヴァの言うようにパリと共和国首都としての覇
権を争うにいたるかどうかはわからないにしても，ラテンアメリカ文学
という共和国内の一地方にとってみれば首都であることに変わりはな
い。カザノヴァが挙げた以外にも，「世界文芸共和国」にはまだ多くの
地方があり，そこにはそれぞれの首都があるかもしれない。

6.　夏目漱石と李光洙──東アジアで「小説」が夢見たもの

斎藤真理子

《キーワード》　小泉八雲，夏目漱石，李光洙

　小泉八雲＝ラフカディオ・ハーンは日清戦争前夜の1890年に日本にやってきて，日露戦争さなかの1904年に没した。八雲はジャーナリストでもあり，日本国内に居住する西欧人に向けて日清戦争報道を行うという難しい任務を担ったこともある。彼の理想は，中国・日本・朝鮮の三国が同盟を結び，ロシア及び西欧諸国からの侵略に対抗し，極東の安全を守ることだった。独立国としての朝鮮を支援したいなら，中国だけでなく関係諸国との協同が大切だというのが八雲の主張だったが，日本の残虐行為に対する国際的な批判に対しては日本を弁護した。同時に，日本は中国に勝ったことで傲慢になるであろうと予言し，警鐘を鳴らした。

　八雲の理想が実現されなかった世界に私たちは生き，その後の歴史を当然のものと了解して生きている。八雲の死後6年めに，朝鮮はついに独立を失った。

　八雲は東京帝国大学で英文学の講義をしていたが，1903年に契約満了で退任し，その後に着任したのが夏目漱石だった。その漱石もやがて大学を辞め，朝日新聞に小説を連載するようになる。そして漱石が，早稲田の漱石山房で最後の連載『明暗』を書いているころ，目と鼻の先に，韓国近代文学の祖といわれる李光洙（イ グァンス）（1892-1950年）が下宿していた。そのときまだ早稲田大学哲学科の学生であった彼はすでに文名高く，新聞社からの依頼を受け，朝鮮初の連載小説となる『無情』（波田野節子訳，平凡社ライブラリー，2020年）をそこで書いていたのだ。

　ときは1916年，韓国併合から6年後のことだ。李光洙は後に，そのこ

ろのことを日本語で次のように回想している。

　当時は韓国が日本に併合されて間もないころで，言論出版の自由は
露ほども許されていませんでした。それで朝鮮人は，併合直前に一時
さかんであった政論さえもできず，固く口はつぐみ，筆は深く，深く
おさめられて，死のような沈黙は永遠に，永遠につづくのかと思われ
ました。
　かかる時において，沸きかえる脳中の不平と，あからさまには口に
出して言えぬ民衆的のある憧憬とを，文学的形式を借りて表現しよう
とするのは，むしろ当然でありましょう。
（『朝鮮思想通信』1929年。『李光洙——韓国近代文学の祖と「親日」
の烙印』，波田野節子，中公新書，2015年，96頁）

　その年の11月，漱石は『明暗』の執筆の途中で息を引きとった。ほど
なく年が開けて1917年の年頭から，漱石の愛読者でもあった李光洙の『無
情』の連載がついに京城でスタートする。『無情』は，西欧や日本の小
説の枠組みを借りた翻案小説ではなく，朝鮮人の男女が京城や平壌を移
動しながらくり広げる青春ドラマであり，読者から熱狂的に支持された。
　『無情』は先に見たように悲壮な決心で書かれたが，底抜けの明るさ
を持つ啓蒙小説だった。主人公は幼くして孤児になった男性だが，援助
を受けて東京の中学校に学び，京城で英語教師として働いている。これ
からのインテリ青年が朝鮮のために何をしたらよいかというテーマと，
二人の魅力的な女性との三角関係が重なって進展し，最後は三人の男女
がアメリカ，日本，ドイツに留学し，朝鮮もあらゆる面で長足の進歩を
とげているという描写で，希望に満ちて締めくくられる。

　　暗い世の中がいつまでも暗いはずはないし，無情なはずがない。我らは我らの力で世の中を明るくし，情を有らしめ，楽しくし，豊かにし，堅固にしていくのだ。楽しい笑いと万歳〔マンセー〕の歓声のなかで，過去の世界を弔〔ちょう〕する「無情」を終えよう。（『無情』459頁）

　以後，李光洙は多数の小説と論説を書くとともに独立運動家，社会運動家，ジャーナリストとして，他に並ぶ者のないほど巨大な影響力を持つ知識人となった。儒教の旧弊を厳しく批判した李光洙にこの言葉を当てはめることはいささか気がひけるが，彼の文学活動はまさに「文以載道」の実践だったといってよいだろう。その李光洙は後に自ら創氏改名し，日本の軍国主義に多大な協力を行い，売国奴と呼ばれ，その栄光は地に落ちた形となった。現在の韓国の文学事典には「近代文学史に拭い去ることのできない汚点を残した」と記されている。1950年，朝鮮戦争の際に北朝鮮軍に連行され消息を絶ち，同年に没したとされているが，死亡時の詳らかな状況はいまだに明らかになっていない。

　小泉八雲，夏目漱石，李光洙。19世紀の終わりから20世紀の幕開けの時代に，この人たちの間で何がバトンタッチされ，あるいはされなかったのか。小泉八雲には「自分が英文学の講義をするのは，日本の近代文学の創造に役に立てるためだ」というはっきりした意識があった。もしその相手が朝鮮人ならば，「朝鮮の近代文学の創造に資するために」と言ったに違いない。

　小説というものがなかった国で，一から小説を作ろうとした人々のことを考えると不思議な気持ちになる。小説とは何て奇妙な箱なのだろう。だが，その中に人間のすべてを入れることができると信じ，その箱を持ちたいと願った人々がいたから，私たちは今も数々の，東洋の言語で書かれた小説を読むことができる。夏目漱石も李光洙もその一人だった。

　例えば『無情』を漱石の『虞美人草』や『三四郎』と読み比べてみると，さまざまなことに気づくだろう。例えば，「善」と「偽善」の関係をその登場人物たちはどう考えているか。物語の中で悩んだり，嘆いたり，何ごとかを望んだりする人々の姿から，現代にもつながるヒントを汲みとってほしい。

　11章・12章では今日の韓国の小説だけを取り上げたが，李光洙ら植民地時代の文学者をはじめ，文学史全体を俯瞰するためには『韓国文学を旅する60章』（波田野節子・きむふな・斎藤真理子編著，明石書店，2020年）が参考になる。また，近代文学の黎明期に文学者たちがどのように奮闘したか，その中で日本と日本語はどのような位置づけであったかは，金哲『植民地の腹話術師たち』（渡辺直樹訳，平凡社，2017年）が参考になる。

索引

●配列は五十音順，＊は人名を示す。

分担執筆者紹介 |

（執筆の章順）

塚本　昌則（つかもと・まさのり） ——・執筆章→5・6・15

1959年	秋田県秋田市に生まれる

1982年　東京大学文学部仏文学科卒業

1987年　東京大学大学院人文科学研究科修士課程（仏語仏文学専攻）
修了

1992年　東京大学大学院人文科学研究科博士課程（仏語仏文学専攻）
中退

1998年　パリ第12大学課程博士（フランス近代文学）取得

1992年〜　東京大学助手，白百合女子大学専任講師，東京大学助教授・
准教授

2010年〜　東京大学教授

現在　　東京大学教授（大学院人文社会系研究科・文学部）

専攻　　フランス文学

主な著訳書

　　　　『フランス文学講義──言葉とイメージをめぐる12章』（中
公新書，2012年）

　　　　『目覚めたまま見る夢──20世紀フランス文学序説』（岩波
書店，2019年）

　　　　『〈前衛〉とは何か？〈後衛〉とは何か？──文学史の虚構
と近代性の時間』（共編著，平凡社，2010年）

　　　　『写真と文学──何がイメージの価値を決めるのか』（編著，
平凡社，2013年）

　　　　『声と文学──拡張する身体の誘惑』（共編著，平凡社，
2017年）

　　　　『ヴァレリーにおける詩と芸術』（共編著，水声社，2018年）

　　　　ロラン・バルト『講義集成2　〈中性〉について』（筑摩書房，
2006年）

　　　　パトリック・シャモワゾー『カリブ海偽典──最期の身ぶ
りによる聖書的物語』（紀伊國屋書店，2010年，日本翻訳
文化賞）

　　　　ウィリアム・マルクス『文学との訣別──近代文学はいか
にして死んだのか』（水声社，2019年）

　　　　エドゥアール・グリッサン『マホガニー──私の最期の時』
（水声社，2021年）

阿部　賢一（あべ・けんいち）

・執筆章→ 7・8・15

1972年，東京都生まれ。東京外国語大学大学院博士後期課程修了。
武蔵大学，立教大学を経て，現在，東京大学准教授。

専攻　　　中東欧文学，比較文学
主な著訳書

『複数形のプラハ』（人文書院，2012年）

『カレル・タイゲ　ポエジーの探求者』（水声社，2017年）

『100分de名著　ヴァーツラフ・ハヴェル『力なき者たち
の力』』（NHK出版，2020年）

パトリク・オウジェドニーク『エウロペアナ　二〇世紀史
概説』（共訳，白水社，2014年。第一回日本翻訳大賞受賞）

カレル・チャペック『白い病』（岩波文庫，2020年），『ロボッ
ト　RUR』（中公文庫，2020年）

アンナ・ツィマ『シブヤで目覚めて』（共訳，河出書房新社，
2021年）

柳原　孝敦 （やなぎはら・たかあつ）

・執筆章→9・10・15

1963年	鹿児島県名瀬市（現・奄美市）に生まれる
1989年	東京外国語大学外国語学部卒業
1991年	東京外国語大学大学院外国語学研究科修士課程修了
1995年	東京外国語大学大学院地域文化研究科博士後期課程満期退学
2003年	博士（文学）
1996年〜	法政大学経済学部准教授，ロムロ・ガリェーゴス・ラテンアメリカ研究センター（ベネズエラ）研究員，東京外国語大学助教授・准教授，教授，東京大学准教授
2017年〜	東京大学教授
専攻	スペイン語圏の文学，文化研究，現代文芸論
主な著訳書	

『ラテンアメリカ主義のレトリック』（エディマン／新宿書房，2007年）

『テクストとしての都市メキシコDF』（東京外国語大学出版会，2019年）

『kaze no tanbun 移動図書館の子供たち』（西崎憲ほかとの共著，柏書房，2021年）

『映画に学ぶスペイン語』改訂増補版（教育評論社，2021年）

アレホ・カルペンティエール『春の祭典』（国書刊行会，2001年）

ロベルト・ボラーニョ『野生の探偵たち』（松本健二との共訳，白水社，2010年）

エドゥアルド・メンドサ『グルブ消息不明』（東宣出版，2015年）

セサル・アイラ『文学会議』（新潮社，2015年）

フアン・ガブリエル・バスケス『物が落ちる音』（松籟社，2016年）

斎藤　真理子（さいとう・まりこ）

・執筆章→11・12・15

1960年	新潟県新潟市に生まれる
1979年	明治大学文学部地理歴史学科考古学専攻入学
1980年	大学内サークルで朝鮮語を学ぶ
1983年	明治大学文学部地理歴史学科考古学専攻卒業
1990〜91年	韓国延世大学語学堂で学ぶ
	以後，出版社，在日コリアン系新聞社などに勤務
2015年	『カステラ』（パク・ミンギュ著，ヒョン・ジェフンとの共訳，クレイン）で第1回日本翻訳大賞受賞
2020年	『ヒョンナムオッパへ』（チョ・ナムジュ他著，白水社）で韓国文学翻訳大賞（韓国文学翻訳院主催）受賞
現在	翻訳家
専攻	韓国文学翻訳
主な訳書	

『こびとが打ち上げた小さなボール』（チョ・セヒ，河出書房新社，2016）

『ピンポン』（パク・ミンギュ，白水社，2017）

『ギリシャ語の時間』（ハン・ガン，晶文社，2017）

『鯨』（チョン・ミョングァン，晶文社，2018）

『82年生まれ，キム・ジヨン』（チョ・ナムジュ，筑摩書房，2018）

『フィフティ・ピープル』（チョン・セラン，亜紀書房，2018）

『すべての，白いものたちの』（ハン・ガン，河出書房新社，2018）

『回復する人間』（ハン・ガン，白水社，2019）

『誰にでも親切な教会のお兄さんカン・ミノ』（イ・ギホ，亜紀書房，2020）

『優しい暴力の時代』（チョン・イヒョン，河出書房新社，2020）

『ディディの傘』（ファン・ジョンウン，亜紀書房，2020）

『もう死んでいる十二人の女たちと』（パク・ソルメ，白水社，2021）

『完全版韓国・フェミニズム・日本』（河出書房新社，2019）

編著者紹介

野崎　歓 (のざき・かん)
・執筆章→ 1・2・14・15

1959年	新潟県高田市（現・上越市）に生まれる
1981年	東京大学文学部仏文学科卒業
1985年	東京大学大学院人文科学研究科修士課程（仏文学専攻）修了
1989年	東京大学大学院人文科学研究科博士課程（仏文学専攻）中退
1989年〜	東京大学助手，一橋大学講師，東京大学助教授・准教授
2012年〜	東京大学教授
現在	放送大学教授，東京大学名誉教授
専攻	フランス文学・映画論

主な著訳書

『ジャン・ルノワール　越境する映画』（青土社，2001年，サントリー学芸賞）

『谷崎潤一郎と異国の言語』（2003年，人文書院，のち中公文庫）

『異邦の香り―ネルヴァル「東方紀行」論』（講談社，2011年，読売文学賞）

『フランス文学と愛』（講談社現代新書，2013年）

『翻訳教育』（河出書房新社，2014年）

『アンドレ・バザン―映画を信じた男』（春風社，2016年）

『夢の共有―文学と翻訳と映画のはざまで』（岩波書店，2016年）

『水の匂いがするようだ―井伏鱒二のほうへ』（集英社，2018年，角川財団学芸賞）

スタンダール『赤と黒』上・下（光文社古典新訳文庫，2007年）

ウエルベック『地図と領土』（ちくま文庫，2015年）

ネルヴァル『火の娘たち』（岩波文庫，2020年）

阿部　公彦 （あべ・まさひこ）

1966年　横浜市に生まれる
1989年　東京大学文学部卒業
1992年　東京大学大学院人文科学研究科英語英米文学専攻修士課程
　　　　修了
1997年　ケンブリッジ大学大学院英語英米文学専攻博士課程修了
現在　　東京大学大学院人文社会系研究科・文学部教授
専攻　　英米文学，文芸批評
主な著訳書
　　　　『英詩のわかり方』（研究社，2007年）
　　　　『小説的思考のススメ』（東京大学出版会，2012年）
　　　　『文学を〈凝視する〉』（岩波書店，2012年　サントリー学
　　　　芸賞受賞）
　　　　『善意と悪意の英文学史』（東京大学出版会，2015年）
　　　　『幼さという戦略』（朝日選書，2015年）
　　　　『名作をいじる』（立東舎，2017年）
　　　　『史上最悪の英語政策』（ひつじ書房，2017年）
　　　　『理想のリスニング──「人間的モヤモヤ」を聞き取る英
　　　　語の世界』（東京大学出版会，2020年）
　　　　『英文学教授が教えたがる名作の英語』（文藝春秋，2021）
　　　　『病んだ言葉　癒やす言葉　生きる言葉』（青土社，2021年）
　　　　マラマッド『魔法の樽　他十二編』（岩波文庫，2013年）

ホームページ：http://abemasahiko.my.coocan.jp/

放送大学教材　1740180-1-2211（テレビ）

新訂　世界文学への招待

発　行　　2022年3月20日　第1刷

編著者　　野崎　歓・阿部公彦

発行所　　一般財団法人　放送大学教育振興会

　　　　　〒105-0001　東京都港区虎ノ門1-14-1　郵政福祉琴平ビル

　　　　　電話 03（3502）2750

Printed in Japan　ISBN978-4-595-32321-8　C1397